Verhängnisvolle Schatten

JÜRGEN VOGLER

VERHÄNGNISVOLLE SCHATTEN

EIN OSTSEE-KRIMI

BOYENS

BOYENS
BUCHVERLAG

ISBN 978-3-8042-1492-7

Titelbild: Jürgen Vogler
Druck: CPI – Clausen & Bosse, Leck
Printed in Germany

Kapitel 1

Naturgewalten entladen sich in ihrer brachialen Macht. Sturmböen lassen das Wasser der Ostsee kochen. Schäumende Wellen donnern mit ohrenbetäubendem Lärm an den Strand. Regenschwere Wolken verschieben das bedrohliche Bild am Himmel in Sekundenschnelle. Mitten in dieser Apokalypse steht ein Mensch. Ein beseeltes Lächeln umspielt seinen Mund. Unberührt von den zügellosen Mächten der Natur. Vereint mit den erschreckenden Elementen, die schon zu Urzeiten dem Zorn der Götter zugeschrieben wurden.

Oh, entschuldigen Sie bitte. Ich habe ganz vergessen, mich vorzustellen. Mein Name ist Karl-Magnus Lindberg. Und ich muss Sie auch dafür um Verzeihung bitten, dass ich Sie so unvorbereitet mit meinen etwas euphorischen literarischen Ergüssen überschüttet habe. Aber das ist quasi eine Berufskrankheit. Ich bin Schriftsteller. Sie müssen wissen, um diese Profession einigermaßen erfüllen zu können, gibt es nur eine zwingende Voraussetzung: Fantasie. Ein bedeutender Kollege von mir hat es einmal so formuliert: Eine Welt ohne Fantasie lässt Engel weinen! Und er hat recht. Ich für meinen Teil würde die Fantasie-Theorie für Autoren noch um den Begriff „Neugier“ erweitern. Wer nicht wissbegierig ist, der lebt Zeit seines Lebens in einem Kokon seiner Beschränktheit. Ganz im Vertrauen, ohne Neugier würde die Menschheit heute noch in Höhlen hausen.

Es war der ideale Tag für eine Motorradtour durch die Holsteinische Schweiz. Der Spätsommer zeigte sich von seiner besten Seite. Ein strahlend blauer Himmel, verziert mit vereinzelten blumenkohlähnlichen Kumuluswolken.

„Mein Gott, warum hab' ich mich nicht viel früher wieder auf mein Moped geschwungen", waren Lindbergs Gedanken, als er in elegantem Schwung den Kurven der Landstraße zwischen dem Bungsberg und Neustadt folgte. Seine schwere Maschine, eine Kawasaki VN 1500 Classic Tourer, brummte gutmütig vor sich hin. Zwei Jahre lang hatte das Motorrad sicher und gut abgedeckt in der Garage gestanden, um heute wie Dornröschen aus seinem tiefen Schlaf wieder erweckt zu werden.

Die Zeit heilt alle Wunden, heißt es so schön. Doch wen das Schicksal auf brutale Weise aus der Bahn wirft, der will solche Weisheiten nicht hören. Auch Lindberg damals nicht. Zuviel verband ihn mit Katja und seinem Motorrad. Gemeinsame Kurztrips durch Holsteins Rapsfelder gehörten ebenso dazu wie auch ausgiebige Touren durch die Wälder Schwedens oder die Bergwelt der Alpen. Fünf Jahre waren sie ein Paar gewesen. Auch wenn sie in zwei verschiedenen Welten lebten, so gab es zwischen ihnen einen unbeschreiblichen Gleichklang. Während er in Lübeck und an der Ostseeküste als Schriftsteller nach aufregenden Ereignissen und Inspirationen für seine Kriminalgeschichten fahndete, flog sie als Auslandskorrespondentin für das Fernsehen um den Erdball. Nicht selten erblickte er sie in den Nachrichten auf dem Bildschirm, bis er sie erst Tage später wieder in die Arme nehmen konnte. Das Haus in Lübecks Altstadt war ihr kleines Refugium. Sein Arbeitsplatz als Schriftsteller und Katjas Anlaufpunkt und Ruhepol nach ihren Ausflügen in andere Länder bis zu jenem Tag, als das kleine Kartenhaus des Glücks von heute auf morgen zusammenbrach. Katjas Flugzeug war mit dem Kamerateam im Regenwald des Amazonas abgestürzt. Es gab keine Überlebenden. Für Lindberg folgte eine Zeit vollkommener Leere. Ein Leben im Vakuum. Er war monatelang nicht in der Lage gewesen, konstruktiv zu denken oder auch nur eine Zeile zu schreiben. Sein Verlag zeigte Verständnis. Doch irgendwann schwand auch dessen Geduld. Verträge mussten eingehalten, Leserwünsche erfüllt werden. Später war Lindberg dankbar dafür, dass ihn dieser Druck wieder aus seinem Tal der Tränen zurück geholt hatte. Die Zeit heilt alle Wunden, sagt man. Ein bisschen Wahrheit scheint doch daran zu sein.

Auch wenn Lindberg bei seiner ersten Motorradtour nach der schweren Zeit schmerzlich jenes Gefühl vermisste, wenn Katja von hinten ihre Arme um ihn geschlungen und ihren Kopf an seine Schultern gelegt hatte, so genoss er doch die Tour nach der langen Zeit seiner Motorradabstinenz. Lindberg konnte nicht ahnen, dass seine Gedanken in wenigen Sekunden durch ein ungewöhnliches Bild abgelenkt werden würden.

Er hatte gar nicht bemerkt, dass er inzwischen auf dem Weg von Schönwalde nach Neustadt bereits auf der Höhe des Gutes Hasselburg angekommen war. Kurz nach dem Bahnübergang sah er links mehrere Polizeifahrzeuge stehen. Hier lag der Friedhof von Altenkrempe. Seine Neugier war geweckt. Er hielt an, stellte seine Maschine ab und erklomm die wenigen Stufen zum Friedhof. Gebremst wurde er von einer Menschengruppe, die sich vor einem Absperrband der Polizei drängelte. Neugierig verfolgte er die Geschehnisse auf dem Friedhofsgelände. Vor einem weißen Gebäude mit rotem Schindeldach, das wie eine kleine Kapelle aussah, entdeckte er Kriminaltechniker in ihren weißen Overalls. Zwischen ihnen auch Anna Severin. Eine attraktive Erscheinung. Schlank und sportlich. Was ihre kurzen dunkelbraunen Haare noch unterstrichen. Wer sie genau beobachtete, erkannte sofort, wer hier das Sagen hatte. Sie war nicht nur Kriminalhauptkommissarin und Chefermittlerin der Mordkommission bei der Lübecker Polizeidirektion, sondern auch Lindbergs langjährige

Freundin. Sie verbanden die menschlichen Abgründe. Wenn auch auf ganz unterschiedliche Weise. Während sie aus beruflichen Gründen das Verbrechen aufklären und die Unholde jagen musste, beschränkte sich sein Interesse auf die literarisch verwertbare Geschichte, die hinter allem Übel stand. Der Faszination der Recherche und der Verbrecherjagd konnte er sich dabei allerdings nie entziehen. Doch darin lag das Problem. Anna durfte als Polizistin natürlich nicht zulassen, dass er ihr bei der Ermittlung von Straftaten, neugierig, wie er nun einmal war, permanent ins Handwerk pfuschte. Lindbergs Penetranz und auch seine etwas unkonventionellen Methoden führten jedoch nicht selten zu hilfreichen Hinweisen und Fahndungserfolgen. Kurzum, sie mochten sich auf eine ganz besondere Weise, halfen sich gegenseitig, soweit die Vorschriften es erlaubten und manchmal auch ein wenig darüber hinaus. Ihre freundschaftliche Verbundenheit erstreckte sich aber nicht nur auf die beruflich kriminellen Elemente ihres Lebens. Auch privat trafen sie sich regelmäßig. Sie vertrauten sich gegenseitig und pflegten eine liebevolle Nähe, die einem Geschwisterpaar gleich kam. Unter einigen Kollegen von Anna gab es daher auch einige Kriminalbeamte, die Lindberg lieber von weitem sahen. Allen voran Kriminalhauptkommissar Heribert Anderlecht, seines Zeichens Leiter der Kriminaltechnik. Für ihn war der Autor ein rotes Tuch. Den wahren Grund dafür konnte Lindberg nur vermuten. Er war eifersüchtig. Anna hatte berichtet, dass sie es unlängst für nötig hielt, den plumpen Annährungsversuchen des Kriminaltechnikers eine unmissverständliche Abfuhr zu erteilen. Was dessen überzogenes Ego offensichtlich nicht gefallen hatte.

Auch heute dirigierte er seine Mitarbeiter mit bedeutungsschwangeren Handzeichen, obwohl alle genau wussten, was sie zu tun hatten.

„Was ist denn hier passiert?“, fragte Lindberg einen der Zaungäste, nachdem er eine Weile die Szene beobachtet hatte.

„Da soll jemand ’ne Leiche gefunden haben“, stellte sein Nachbar bedeutungsvoll fest.

„Ist ja auf einem Friedhof nichts Ungewöhnliches“, konnte sich Lindberg nicht verkneifen.

„Nee, aber nicht wegen eine Beerdigung, sondern ganz frisch. Da inne Kapelle“, wusste eine ältere Frau zu berichten, die eine grüne Gießkanne vor ihrem Bauch mit den Armen umschlungen hielt.

Lindberg trat ein wenig zur Seite, um die Szenerie noch besser beobachten zu können. Dabei trafen sich Annas und seine Blicke. Sie sprach noch kurz mit ihren beiden Satelliten, wie Lindberg ihre Kollegen stets nannte. Kriminaloberkommissar Clemens Korthals. Ein zupackender junger Mann mit Ecken und Kanten, der sich nicht so schnell die Butter vom Brot nehmen ließ und den Anna als zuverlässigen Kollegen schätzte, wie Lindberg wusste. Der Zweite war Kriminalkommissar Malte Bockmann. Er war erst neu im Team und wollte daher alles richtig machen, was ihm in seinem Eifer nicht immer gelang.

Anna kam auf Lindberg zu.

„Lindberg, was machst du denn hier?“, begrüßte sie ihn erstaunt, „und wieso bist du im Rockerdress?“ Bis auf seine Mutter hatte es bisher niemanden gegeben, der ihn Karl-Magnus gerufen hatte. Jeder sagte „Lindberg“. Das war schon in der Schule so. Wie das entstanden war, wusste keiner so genau. Er selbst auch nicht.

„Ich freue mich auch, dich zu sehen, liebe Anna“, erwiderte Lindberg schmunzelnd.

„Verzeih. Du siehst ja. Viel Trubel hier.“ Anna legte ihre Hand versöhnlich auf seinen Arm.

„Todesermittlung?“, tastete er sich vorsichtig vor.

Anna zog ihn ein paar Schritte zur Seite von den Neugierigen fort, die das kurze Gespräch bereits mit langen Ohren belauscht hatten.

„Weibliche Leiche in der Kapelle dort.“ Anna wies mit dem Kopf auf das Häuschen hin, wo die Kriminaltechniker nach Spuren suchten. „Aber du weißt ja, mehr darf ich nicht …“

„Frau Severin, wenn Sie etwas Zeit für unsere Ermittlungen hätten, wäre ich Ihnen überaus dankbar“, wurde Anna unterbrochen. Der Leiter der Kriminaltechnik hielt es für nötig, die Totenruhe auf dem Friedhof lautstark zu stören, indem er quer über den Platz bellte. Dieser Wichtigtuer.

Anna reagierte gelassen und hob lediglich die Hand, als Zeichen, dass sie sein unüberhörbares Signal verstanden hatte.

„Unser spezieller Freund verlangt nach mir“, stellte sie lächelnd fest. „Du bist mit dem Motorrad unterwegs?“

„Ja, das erste Mal seit langer Zeit, wie du weißt.“

„Finde ich einfach super. Lindberg, du machst dich. Guck mal wieder rein. Wie wäre es mit morgen Abend?“, sagte Anna, während sie sich bereits umdrehte und auf die Kapelle zuging.

„Kann ich einrichten. Ich komm gerne.“ Anna wusste alles über ihn. Sie kannte seine Vergangenheit. Sein Leben. Einschließlich seiner großen Not nach Katjas Tod. Anna hatte Verständnis für seinen Kummer. Versuchte ihn wieder aufzurichten. Nicht nur einmal hatten sie zusammen gesessen und geredet. Anna war immer da, wenn man sie brauchte. Lindberg konnte ihr nichts vormachen. Sie kannte ihn zu gut. Sie konnten zusammen lachen und weinen und wenn es angesagt war, sich auch hemmungslos betrinken.

Lindberg war sicher, dass Anna ihm bei seinem morgigen Besuch etwas mehr von dem neuesten Leichenfund verraten würde. Trotzdem wollte er den Ort des Verbrechens nicht ohne weitere Information verlassen. Mit kleinen Schritten näherte er sich wieder den Neugierigen.

„Wer sind denn die drei Herren, die dort vorne so einträchtig zusammen stehen?“, fragte er die Dame, die immer noch ihre grüne Gießkanne wie einen Schatz umklammert hielt.

„Der lange Dünne, das is Pastor Bornemann. Und der kleine Alte is Wischi, unser Friedhofsgärtner. Eigentlich heißt er Wischnewski. Der Dicke mit die Latzhose is Karl Hollerbach. Der is sowas wie'n Hausmeister hier. Der reperiert alles, wenn was kaputt is. Anne Kirche, an Pastorat oder auch hier. Ich glaub, der wollte von die kleinen blauen Fensters anne Kapelle welche auswechseln. War'n wohl'n paar kaputt. Dabei hat er, glaub ich, die Leiche gefunden …“

„Mensch, Emma, nun halt doch mal die Klappe. Woher willst du das denn alles wissen?“, wurde die aussagefreudige grüne Gießkanne von einem älteren Herren im Lodenmantel barsch unterbrochen.

„Das is unsern Bürgermeister. Der muss immer das letzte Wort haben“, flüsterte sie Lindberg zu. Er bedankte sich bei ihr und entfernte sich unauffällig.

Kaum hatte Lindberg sich wieder auf seine Maschine geschwungen und war nur einige Meter gefahren, bremste er erneut und schwenkte kurz entschlossen auf den Parkplatz vor der Basilika ein. Auf der anderen Straßenseite lag der „Kremper Krug“. Er wusste aus langjähriger Erfahrung, Dorfkneipen waren eine unerschöpfliche Informationsquelle. Er brauchte nur eine halbe Stunde zu warten, dann würden die neuesten Nachrichten über die Tote auf dem Friedhof auch in den Dorfkrug geschwappt sein und dort ausführlich erörtert werden. Jeder würde etwas zu der Sensation im Dorf beitragen und sein Wissen und Unwissen genüsslich ausbreiten. Aufmerksame Zuhörer garantiert.

Und siehe da, er lag absolut richtig. Nachdem er sich das Gotteshaus, das viel zu groß war für das kleine Dorf, in Ruhe von innen angesehen hatte und danach den Dorfkrug betrat, tobte hier bereits das Leben. Obwohl erst Nachmittag, drängelten sich die Menschen am Tresen. Auch die meisten Tische waren besetzt. Es brummte wie in einem Bienenstock. Nur viel lauter. Auch die grüne Gießkanne war da und hatte ein Damenkränzchen um sich geschart, das gebannt an ihren Lippen hing. Ebenfalls entdeckte Lindberg den kleinen Friedhofsgärtner und den dicken Hausmeister mit der Latzhose, die sich angeregt mit dem Wirt und weiteren Gästen unterhielten. Wie zufällig manövrierte er sich in ihre Nähe. Den herausfordernden Blick des Wirtes, deutete er als Aufforderung zu einer Bestellung und entschied sich für ein alkoholfreies Weizenbier.

„Ist das wirklich wahr? Sie haben die Leiche gefunden?“, wandte er sich dem Friedhofsgärtner und der gewölbten Latzhose zu. Zunächst musterten sie sein schwarzes Lederoutfit kritisch, dann erkannten sie jedoch ihre Chance, ihr sensationelles Erlebnis erneut einem völlig Unwissenden zu präsentieren. Was sie dann auch taten. So erfuhr Lindberg, wie die grüne Gießkanne es bereits angedeutet hatte, dass die dicke Latzhose die zersplitterten Fenster der Kapelle erneuern sollte. Als er gemeinsam mit Wischi, dem Friedhofsgärtner, die Tür geöffnet hatte, waren sie erschrocken zurückgeprallt, da in der kleinen Kirche eine tote Frau auf dem Boden gelegen hatte, wie sie abwechselnd berichteten. Anschließend folgte die dramatische Schilderung der Ermittlung und ihrer Befragung durch die Kriminalpolizei. „Man hat ja schließlich nicht jeden Tag mit der Kripo zu tun“, betonte der Friedhofsgärtner bedeutungsvoll. „Und jetzt kommt der Hammer, junger Mann.“ Wischi richtete sich ein wenig auf, um Lindberg in die Augen sehen zu können. „Wissen Sie, wer die Tote ist?“

„Nein, tut mir leid. Aber Sie werden es mir sicherlich gleich verraten“, forderte er den Friedhofsgärtner lächelnd auf, während er einen Schluck aus seinem Bierglas nahm.

„Das ist die Tochter vom Grafen. Was sagen Sie nun?“ Wischi stellte sich in Positur, als erwartete er jetzt durch Lindbergs Hand die Verleihung des Verdienstordens für einmaliges Wissen.

„Donnerwetter!“, erfüllte er zumindest verbal seinen Anerkennungswunsch. „Aber von welchem Grafen sprechen sie denn?“

Allgemeines Unverständnis funkelte Lindberg aus den Augen aller Umstehenden an. Was für eine Frage überhaupt?

„Na, Wischi meent natürlich den Grafen von Bahrenfeld auf Gut Hasselburg“, stellte die gut gefüllte Latzhose kopfschüttelnd fest.

Lindberg nickte verständnisvoll. „Und Sie meinen die Leiche in der Kapelle ist seine Tochter?“

„Ohne Frage, sag ich Ihnen“, ergriff jetzt wieder Wischi das Wort. „Das ist Henriette. Die kenn ich schon, als sie noch ein kleines Kind war. Die ist doch immer weggelaufen von Zuhause. Die haben wir nicht nur einmal im Dorf und im Wald gesucht. Wisst ihr noch?“

Die Umstehenden nickten zustimmend.

„Ja, das war schon damals ein Wildfang“, bestätigte der Wirt, „bis der Alte sie rausgeworfen hat.“

„Dat aber doch nur, weil se düssen Lackaffen geheiratet het. De wär doch för de Hoheiten nich standesgemäß“, warf die pralle Latzhose abfällig ein.

„Der Junge vom Pastor war ja auch mal fürchterlich hinter ihr her", meldete sich der Friedhofsgärtner erneut zu Wort.

Der Wirt nickte zustimmend. „Der war ganz schön fertig, als sie so unvermutet den Gabelstein geheiratet hat. Der Pastorenbengel hing Abend für Abend hier am Tresen und hat sich volllaufen lassen. In seiner Wut hat er sogar einmal meinen Spielautomaten zertrümmert."

Wischi, der Friedhofsgärtner, lachte hämisch auf. „Ja, der ist jähzornig. Vielleicht hat der ja die Henriette umgebracht. Nach dem Motto: Wenn ich sie nicht haben kann, soll sie auch kein anderer kriegen."

Kapitel 2

Auf der Fahrt nach Lübeck fragte sich Lindberg, ob er eben über die Geschichte für seinen nächsten Kriminalroman gestolpert war. Er überlegte bereits, wie er den Roman aufbauen würde. Obwohl er noch viel zu wenig wusste, war sein Fantasiemotor bereits angesprungen. Er glaubte fest daran, dass Anna bereit wäre, ihm zumindest in groben Zügen von den Ermittlungen zu berichten. Aber er brauchte Hintergrundinformationen. Tobias musste ran.

Tobias Richter war nicht nur Rechtsanwalt, sondern auch sein bester Freund. Seine beruflichen Erfolge hielten sich allerdings in Grenzen. Genau genommen, seine Auftragslage dümpelte so vor sich hin. Das war nicht nur eine momentane Zeiterscheinung. Vor rund zehn Jahren schaffte Tobias nach zweitem Anlauf sein zweites Staatsexamen. Voll Überzeugung eines zukünftigen Staranwalts hatte er seinerzeit in Lübeck eine eigene Kanzlei in Räumen einer repräsentativen Villa eröffnet. Bereits wenige Wochen später lockte ihn ein spektakulärer Rechtsfall in den Gerichtssaal. Er hatte die nicht ganz unbekannte Ehefrau eines in der Hansestadt ebenso angesehenen Unternehmers zu vertreten. Ihr wurde der Mord an ihrem Gatten vorgeworfen. Von Gift war die Rede. Sie beteuerte ihre Unschuld. Wieso sie sich gerade Tobias als Verteidiger ausgesucht hatte, blieb ihm selbst und auch vielen anderen verborgen. Doch sein Freund lief während der Hauptverhandlung zur Hochform auf. Entkräftete alle Indizien, verunsicherte die Zeugen der Anklage und stellte seine Mandantin als Engel der Unschuld dar. Mit Erfolg. Der Mord war ihr nicht nachzuweisen. Sie wurde freigesprochen. Tobias war der König der Junganwälte in Lübeck. Doch sein Glück währte nur ein halbes Jahr. Denn nun stand seine einstige Mandantin erneut vor Gericht. Ihren Gärtner, der bereits zu Lebzeiten ihres Ehemannes ihr Liebhaber gewesen war, hatte es ebenfalls hingerafft. Auch hier war von Gift die Rede. Das Gericht folgte der Beteuerung ihrer Unschuld dieses Mal nicht. Trugen doch die Morde an ihrem Ehemann und dem Gärtner zweifelsfrei dieselbe Handschrift. Nämlich ihre. Sodass sie lebenslang ins Gefängnis wanderte und Tobias seitdem der Makel eines durch ihn verursachten Justizirrtums anhing. Aus den edlen Kanzleiräumen in der Villa wurde sehr schnell ein bescheidenes Büro mit angrenzender Schlafgelegenheit in einer alten Fischerkate in Schlutup, in der er bis heute hauste. Allerdings mit Blick auf die Trave. Seine Auftragslage konnte man ohne zu übertreiben als übersichtlich bezeichnen. Von ungeklärten Vertragsangelegenheiten über Rangeleien mit nicht gezahlten Versicherungsleistungen bis zu Auseinandersetzungen mit Ordnungsbehörden wegen falschen Parkens oder Trunkenheitsfahrten reichte die Bandbreite seines Wirkens. Für Lindberg nicht ganz von Nachteil, denn Tobias Terminkalender war dadurch lückenhaft. Bereitwillig nahm er gerne kleine Aufträge an. Als Bezahlung genügte ihm ein Abendessen oder auch ein gemeinsamer Theaterbesuch. Ein weiterer Vorteil für Lindbergs Arbeit lag darin, dass Tobias ein sehr belesener Mann war und über ein umfangreiches Wissen verfügte. Zudem kannte er Gott und die Welt. Er wusste, wer mit wem und warum. Es gab kaum eine Frage, die er nicht beantworten konnte. Wenn es doch einmal vorkam, dann verfolgte Tobias die Devise: „Wenn man etwas nicht weiß, muss man wissen, wo man es findet.“ Fasziniert war Lindberg zudem von Tobias' Leidenschaft für alles Elektronische. Während er selbst sich als akzeptablen Anwender eines Computers sah, der sich auch im Internet ohne Mühe zu Recht fand, beherrschte sein Freund das gesamte Repertoire eines Computerfreaks, der jedem Hacker Paroli bieten konnte.

Kurz entschlossen lenkte Lindberg seine Maschine Richtung Schlutup. Er hatte Glück. Tobias war zu Hause. Sein fünfzehn Jahre alter Golf in undefinierbarem Grau-Grün-Blau-Lack stand vor der Tür seiner Fischerkate.

„Mensch, Lindberg. Du kommst wie gerufen", empfing Tobias seinen Freund, als dieser ohne anzuklopfen eintrat. Eine Klingel gab es nicht. Der Anwalt saß an seinem Schreibtisch, der ein Drittel des Wohnzimmers einnahm. Überall lagen verstreute Akten, Papiere und Bücher herum. Der Raum sah aus, als wäre gerade ein Tornado durchgefegt. Mittendrin Tobias, der sich die Haare raufte. Was keinen Unterschied zu seiner sonst üblichen Haartracht machte, denn sein blonder Schopf sah ständig aus wie eine ausgefranste Toilettenbürste. Ein Fremder konnte durchaus bei flüchtiger Betrachtung der Meinung sein, dass hier ein kreativ fleißiger Mensch voll Leidenschaft seiner Profession nachging. Doch Lindberg wusste es besser. Tobias war nichts anderes als ein Chaot. So korrekt und weitestgehend gesetzestreu er seine Arbeit als Rechtsanwalt auch verrichtete, so unaufgeräumt ging es in seinem privaten Leben zu. Sein Problem war, dass er beides nicht voneinander trennen konnte. So sah seine Aktenablage in der Kanzlei, das war das Wohnzimmer, ebenso unübersichtlich aus wie seine Küche und die anderen Räumlichkeiten. Auch in seinem Verhältnis zum weiblichen Geschlecht war keine Konstante zu erkennen. Doch niemand konnte Tobias böse sein. Lindberg und ihn verband seit Jahren eine kumpelige Freundschaft. Vorteilhaft für ihn war auch seine uneingeschränkte Bereitschaft, ihn bei seinen kriminalistischen Nachforschungen zu unterstützen. „Du bist Sherlock Holmes und ich bin dein Dr. Watson", hatte er vor längerer Zeit grinsend festgestellt.

„Wo brennt es denn dieses Mal?“ Lindberg nahm einen Stapel Akten von einem wackeligen Gartenstuhl, der vor dem Schreibtisch stand und setzte sich vorsichtig.

„Du kennst doch die Müller-Haberfeld. Meine durchgeknallte Mandantin, die der Meinung ist, dass ihr Gatte etwas mit seiner Sekretärin oder anderen Weibern hat.“ Tobias wirkte entrüstet, aber Lindberg wusste noch nicht recht weshalb.

„Ja, du hast mir von ihr erzählt. Sie scheint ein wenig egozentrisch zu sein.“

„Das ist noch milde ausgedrückt. Weißt du, was sie mir gerade am Telefon mittgeteilt hat?“ Tobias erwartete keine Antwort und fuhr gleich fort. „Sie würde mein Honorar nicht bezahlen, da ich nicht in ihrem Sinne gearbeitet hätte. Stell dir das einmal vor.“ Lindberg sah seinen Freund immer noch verständnislos an. „Was meint sie denn damit?“

„Ich habe ihr keinen Beweis erbracht, dass ihr Ehemann fremdgeht.“

Lindberg konnte sich das Lachen nicht verkneifen. „Das ist ja ein tolles Argument. Hast du nichts herausgefunden oder was war los?“

„Da war nicht viel zu recherchieren. Ihr geliebter Gatte ist abgrundtief hässlich. Gegen den ist der Glöckner von Notre Dame ein Adonis. Zudem wiegt er zweihundert Kilo. Da ist doch allein schon physikalisch zwischen Männchen und Weibchen kaum etwas zu machen. Er selbst findet sich allerdings unwiderstehlich und ist der Meinung, dass alle weiblichen Geschöpfe auf ihn fliegen. Und nun will seine Alte nicht bezahlen.“ Lindberg musste immer noch lachen. Einerseits wegen der kuriosen Geschichte und andererseits wegen der Entrüstung seines Freundes.

„Tobias, wo ist das Problem?“, fragte er ihn. Der sah Lindberg konsterniert an.

„Hast du mich nicht verstanden? Du weißt ganz genau, dass ich nicht auf Rosen gebettet bin. Mein Kühlschrank ist leer ebenso wie der Tank in meinem Auto.“

„Lass doch mal deine Fantasie spielen, mein Freund“, forderte Lindberg Tobias auf. „Wenn Frau Müller-Haberfeld unbedingt eine Gespielin an der Seite ihres Gatten haben möchte, dann präsentiere ihr doch eine. Wie wäre es beispielsweise mit unserer Freundin Rosi?“

Tobias sah seinen Freund mit offenem Mund und großen Augen an. Ein Ausdruck, der jede Information vermissen ließ, dass diesem Kopf gegenwärtig eine gewisse Intelligenz innewohnte.

„Du meinst, wir dichten ihm ein Verhältnis an?“

„Warum nicht? Wenn das zum Seelenheil seiner Ehefrau und zu deinem Honorar führt?“ Tobias spitzte den Mund und runzelte die Stirn. Das tat er immer, wenn er nachdenken musste. Nach einer Weile hellten sich seine Gesichtszüge auf. „Nicht schlecht, Lindberg. Auch wenn dein Vorschlag einmal mehr meinem Rechtsempfinden grundsätzlich widerspricht, lockt doch die Aussicht auf Erfolg. Rosi steht ohnehin noch tief in meiner Schuld. Den kleinen Gefallen wird sie mir garantiert tun. Das kann was werden.“

Lindberg und Tobias kannten Rosi bereits seit vielen Jahren. Rosemarie Kuchenbecker, wie sie mit vollem Namen hieß, gehörte zu jenen Mädchen, die das Leben leicht nahmen. Einem ernsthaften Beruf war sie nie nachgegangen. Blond, blauäugig und mit den richtigen Kurven einer Frau versehen, verstand sie es, ihre Attraktivität ins rechte Licht zu rücken. Hier ein wenig modeln, dort gut situierte Männer umgarnen. Ein kleiner Werbespot im Fernsehen oder auch Escortservice am Abend für einsame Manager. Rosi nahm es nicht so genau. Leider blieb es nicht aus, dass sie bei ihrem Lebenswandel nicht selten die Grenzen der Gesetze rechtzeitig erkannte. So hatte Tobias ihr nicht nur einmal aus der Patsche helfen müssen. Was zu einer lockeren aber doch freundschaftlichen Verbundenheit geführt hatte.

„Sag mal, Lindberg, wie siehst du überhaupt aus?“ Erst jetzt war Tobias der Lederdress aufgefallen. „Sag bloß, du reitest den Bock wieder?“

„Es sieht so aus.“

Tobias sprang hinter seinem Schreibtisch auf und umrundete ihn. Lindberg hatte sich auch erhoben. Mit weit ausgebreiteten Armen sprang Tobias auf ihn zu, umarmte ihn und klopfte ihm ununterbrochen auf die Schultern. Lindberg ließ ihn gewähren und musste ein paar Mal schlucken. Tobias wusste nur zu gut von der langen Zeit, in der sein Freund jeden Gedanken ans Motorradfahren vermieden hatte. Vor allem kannte er auch den Grund. Immer wieder hatte er versucht, Lindberg zu gemeinsamen Touren zu animieren. Bisher erfolglos. Auch wenn seine Finanzlage permanent besorgniserregend war, eines ließ er sich nicht nehmen. Die Pflege seiner „Susi“. So nannte er sein Motorrad, BMW R 1200 C Classic. Obwohl bereits mehr als vierzehn Jahre alt, seine ganze Leidenschaft. Vor Katjas Tod hatten Tobias und Lindberg so manche gemeinsamen Touren unternommen. In Deutschland gab es keine Strecke, die sie im Laufe der Jahre nicht ausgemessen hatten. Auch die regelmäßigen Ritte nach Skandinavien hatten sie bis zum Nordkap gebracht.

„Sag an, Alter, wann wollen wir los?“, überfiel Tobias seinen Freund, nachdem er endlich von ihm abgelassen hatte. Das gefiel Lindberg. Man konnte Tobias schnell begeistern. An mangelnder Spontanität hatte er noch nie gelitten.

„Lass es ruhig angehen, Tobias. Zuerst halte ich es für nötig, für dein leibliches Wohl zu sorgen. Heute Abend

Pizzaservice mit Bier und in den nächsten Tagen zweimal Abendessen außerhalb.“ Tobias sah ihn fragend an und ließ sich wieder hinter seinem Schreibtisch nieder.

„Wie es aussieht, bahnt sich bei mir eine neue Geschichte an. Dazu benötige ich wieder deine Schnüffelnase.“ Lindberg erzählte ihm in kurzen Zügen von seinen Erlebnissen am Nachmittag in Altenkrempe.

„Leiche auf dem Friedhof. Wie krass ist das denn? Und was willst du nun von mir wissen?“

„Das Opfer heißt Henriette von Bahrenfeld und ist die Tochter des Grafen, der auf dem Gut Hasselburg sitzt. Ich will alles über diese Familie wissen. Lass mal deine Connections spielen.“

„Das wird kein Problem sein. Ich kenne da einen adeligen Studienfreund …“

„Ist gut Tobias“, unterbrach Lindberg ihn, „du machst das schon. Aber jetzt bestelle erst einmal unser Abendbrot. Ich nehme heute Pizza Supreme.“

Kapitel 3

Zu der Zeit, als Lindberg noch auf seinem Motorrad die Straßen der ostholsteinischen Hügellandschaft rund um den Bungsberg umkurvte, saß Anna Severin in ihrem Büro der Mordkommission in Lübeck. Entspannt streckte sie die Beine unter dem Schreibtisch aus, verschränkte die Hände hinter dem Kopf und dehnte ihren Körper. Welch eine Wohltat. In den vergangenen zwei Stunden hatte ihr Telefon nur drei Mal geklingelt. Von ihren Kollegen war ein einziges Mal Malte Bockmann in ihr Dienstzimmer gepoltert. Das auch nur, weil er eine Telefonnummer vergessen hatte. Ein ungewöhnlicher Tag für das Kommissariat 11 in der Polizeidirektion Lübeck. Auch für Kriminalhauptkommissarin Anna Severin, der Chefermittlerin der Mordkommission, Zeit für die ungeliebte Schreibarbeit. Oder doch nur die Ruhe vor dem Sturm? Sie wusste nur zu gut, dass diese kurzen Erholungspausen nie von Dauer waren. Das Telefon klingelte. Anna meldete sich.

„Hier ist die Leitstelle, Frau Kollegin. Wir haben eben einen etwas mysteriösen Anruf bekommen und ich dachte mir, bevor wir die ganz große Fanfare blasen, dass Sie die Angelegenheit vorher einmal auf Glaubwürdigkeit abklopfen sollten."

„O.K, worum geht es?", forderte Anna den Beamten der Leitstelle auf.

„Der Anruf kam aus Altenkrempe von einem Herrn Bornemann. Ich vermute das ist der Pastor. Der war so aufgeregt, dass er kaum ein Wort flüssig herausbekommen hat …"

„Für einen Pastor nicht unbedingt von Vorteil", bemerkte Anna süffisant.

„Das sehe ich auch so. Nun zum Kuriosum. Er meldete eine Leiche auf dem Friedhof."

„Das ist ja für einen Friedhof äußerst ungewöhnlich. War der Mann betrunken?“, fragte Anna nach.

„Nein, den Eindruck hatte ich nicht. Wie schon gesagt, er wirkte sehr aufgeregt und wie ich ihn verstanden habe, handelt es sich wohl um eine Leiche auf dem Friedhof, die da nicht hingehört oder besser gesagt, die zu diesem Zeitpunkt für eine Bestattung nicht eingeplant war.“

„Äußerst kurios. Ist gut, ich kümmere mich darum.“

Anna wählte die Nummer, die ihr die Leitstelle gegeben hatte. Nach zweimaligem Klingeln wurde abgehoben.

„Pastorat Altenkrempe. Sie sprechen mit Frau Bieler.“

„Kriminalpolizei Lübeck. Mein Name ist Anna Severin. Von Ihrem Apparat wurde eben angerufen. Worum geht es denn?“

„Ja, Herr Pastor Bornemann war das. Ich reiche Sie gleich einmal weiter.“ Noch bevor Anna antworten konnte, meldete sich der Pastor.

„Es ist entsetzlich. Wir haben hier eine Leiche“, platzte er mit bebender Stimme heraus.

„Wo haben Sie die Leiche gefunden?“ Mit ruhiger Stimme versuchte Anna dem Gespräch eine sachliche Ebene zu geben, da die Aufregung des Pastors selbst durchs Telefon fast körperlich zu spüren war.

„Nicht ich, um Gottes Willen, nein. Unser Friedhofsgärtner war es. Sie liegt in der Begräbniskapelle auf unserem Friedhof.“

„Ist gut, Herr Bornemann. Sorgen Sie bitte dafür, dass nichts verändert wird. Wir sind in Kürze bei Ihnen.“ Anna verabschiedete sich und winkte gleichzeitig durch die Glasscheibe ihre Kollegen herbei. Die beiden Kommissare standen innerhalb von Sekunden erwartungsfroh in der Tür zu Annas Büro.

„Wir haben einen Leichenfund in Altenkrempe auf dem Friedhof. Bockmann, Sie informieren die Kollegen in

Neustadt, damit sie den Fundort absperren und nicht alles schon zertrampelt ist, bis wir eintreffen. Ansprechpartner ist ein Pastor Bornemann. Clemens, du kümmerst dich um die KTU und die Rechtsmedizin. Ich versuche, jemanden von der Staatsanwaltschaft zu erreichen. Abfahrt in zehn Minuten. Alles klar?“

„Leiche auf dem Friedhof, ist das nicht …“

„Keine blöden Sprüche, Clemens. Abflug!“, unterbrach Anna ihren grinsenden Oberkommissar.

Als Anna vierzig Minuten später in Altenkrempe eintraf, sah sie, dass ihre Kollegen aus Neustadt den Fundort bereits weiträumig abgesperrt hatten. Die Nachricht über die gruselige Sensation hatte sich offensichtlich im Dorf wie ein Lauffeuer verbreitet, denn rund zwanzig Personen reckten hinter den Absperrbändern der Polizei die Hälse, um ja nichts zu versäumen.

„Moin, Frau Severin“, begrüßte der Leiter der Polizeistation Neustadt, Polizeihauptkommissar Engelbrecht, die Kollegin der Kripo.

Anna erwiderte den Gruß. „Na, was wissen wir denn schon?“

„In Kurzform: Weibliche Leiche in der kleinen Kapelle dort.“ Der Hauptkommissar zeigte auf ein kleines, weiß getünchtes Gebäude mit rotem Schindeldach. „Die drei Herren dort können Ihnen mehr erzählen. Die haben die Tote gefunden.“ Nicht weit von der Kapelle entfernt standen drei Männer zusammen und unterhielten sich angeregt.

„Vielen Dank, Herr Kollege. KTU und Rechtsmedizin müssten auch gleich eintrudeln. Dann wollen wir mal.“

Anna trat mit ihren Kollegen auf die drei vor der Kapelle zu.

„Ich bin Kriminalhauptkommissarin Severin von der Kripo Lübeck. Das sind meine Kollegen Korthals und Bockmann“, stellte sie sich vor. Sofort hatte sie die Aufmerksamkeit der drei. „Wer von Ihnen hat wo was entdeckt?“

Der Ältere von ihnen in grüner Arbeitskleidung trat einen Schritt vor.

„Da liegt ’ne Leiche drin“, war seine kurze Antwort, während er mit dem Kopf zum kleinen Haus nickte.

„Das ist unser Friedhofsgärtner, Herr Wischnewski. Der hat die Leiche gefunden. Ich bin übrigens Pastor Bornemann“, stellte sich der Pastor vor.

„Nee, nee, das war Karl“, korrigierte der Gärtner den Pastor.

„Und wer bitte ist Karl?“, fragte Anna nach.

„Dat bün ik. Karl Hollerbach. Ik bün ja bloß wegen de Finsters hier und dann dat.“ Der Dritte des Trios, ein Mann mittleren Alters mit einem stattlichen Bauch in einer blauen Latzhose, war neben den Friedhofsgärtner getreten.

„Nun gut, dazu später mehr. Haben Sie irgendetwas angefasst?“ Dabei blickte Anna die beiden vor sich abwechselnd an.

„Nee, ich hab nur die Tür aufgemacht und wollte sie dann mit einem Stein sichern, damit der Wind sie nicht wieder zuschlägt, als Karl schon rief, ‚Guck mal. Da liegt wer‘. Dann hab ich nur einen kurzen Blick reingeworfen und die Tür gleich wieder zugeschlagen“, erklärte der Friedhofsgärtner bedächtig. Anna sah anschließend Karl Hollerbach fragend an.

„Ik weer ja gor nich in’t Huus, dor heff ik dat Mallör all sehn“, kam seine erklärende Antwort.

„Dann wollen wir uns das mal ansehen“, sagte Anna und wandte sich der Kapelle zu. Der Gärtner ging vor und öffnete vorsichtig die Tür.

„Das reicht. Vielen Dank." Anna schob sich an dem Gärtner vorbei und blickte in einen rechteckigen Raum, der in ein geisterhaft diffuses Licht getaucht war. Hervorgerufen durch schmale Fenster mit blauen Butzenscheiben. Außer einem schlichten Kreuz an der gegenüberliegenden Wand und ein paar Hirschgeweihen links und rechts war die Kapelle leer. Mit Ausnahme eines weiblichen Körpers, der auf dem kahlen Betonboden lag.

Anna erkannte sofort, dass in diesem Organismus kein Blut mehr pulsierte. Die Frau war nach ihren Schätzungen gut dreißig Jahre alt. Anna kniete sich nieder. Das fahle Gesicht der Frau sah aus wie eine Totenmaske und doch war zu erkennen, dass sie zu Lebzeiten eine schöne Frau gewesen sein musste. Überhaupt fiel auf, dass sie sehr gut gekleidet war. Ihr knallrotes Kostüm stand im krassen Kontrast zu ihrer totenblassen Haut, ebenso wie ihr schwarzer Haarschopf, der ihren Kopf wie ein Heiligenschein einrahmte. Auch ihre Position irritierte Anna. Sie lag auf dem Rücken und hatte die Hände über dem Bauch gefaltet. Es sah aus, als hätte jemand sie hier bewusst zur Ruhe gebettet. Auch ihre Gesichtszüge wirkten entspannt. Ihre Augen waren geschlossen, als ob sie schlafen würde. Von einer Gewaltanwendung war beim ersten Augenschein nichts zu entdecken.

„Sieht irgendwie ganz friedlich aus." Oberkommissar Korthals war neben Anna getreten und sprach aus, was sie gerade gedacht hatte. Langsam erhob sie sich wieder.

„Den Eindruck habe ich auch."

„Hier wurde nicht nur schnell mal eine Leiche entsorgt. Sie sieht ja aus, wie aufgebahrt", stellte Annas Kollege fest.

„So ist es. Clemens, hier stehen ja genügend Neugierige herum. Frag einmal nach, ob irgendjemand etwas Auffälliges beobachtet hat." Der Oberkommissar nickte nur und verließ die Kapelle.

„Mein Gott, was ist das denn? Hier sind ja heute mehr Leute über als unter der Erde“, hörte Anna eine Stimme hinter sich. Sie drehte sich um. Vor ihr stand Kriminalhauptkommissar Heribert Anderlecht und sah sie mit erhobener linker Augenbraue an.

„Pietät ist wohl nicht dein Ding, Heribert, oder?“, begrüßte Anna den Leiter der Kriminaltechnik, mit dem sie schon seit einiger Zeit zusammen arbeitete. Eine Koryphäe in seinem Fach, aber menschlich eine Katastrophe. Ein Zyniker, dem jede Einfühlsamkeit fehlte und der sich selbst noch zu allem Übel für unfehlbar und unwiderstehlich hielt. Nicht nur einmal musste Anna sich seiner plumpen Annäherungsversuche erwehren. Ihre Kontakte konzentrierte sie peinlich genau auf das rein Dienstliche. Was aus ihrer Sicht schon anstrengend genug war.

„Leiche auf dem Friedhof hatte ich noch nicht in meinem Programm. Entbehrt nicht einer gewissen Komik“, entgegnete er süffisant.

„Über einen toten Menschen konnte ich noch nie lachen. Nun aber an die Arbeit.“

Anna und Clemens Korthals traten heraus aus der Kapelle. „Da ist ja auch Doktor Fallhuber.“ Anna wandte sich einem älteren Herrn mit schlohweißen Haaren zu, der hinter den Beamten der KTU in ihren weißen Overals auftauchte, dem Rechtsmediziner. „Es gibt Arbeit für Sie, Herr Doktor“. Doch der brummte nur abwesend.

Anna ging wieder auf den Friedhofsgärtner zu, der nach wie vor mit dem Pastor und dem Mann in der blauen Latzhose zusammenstand und die sie jetzt fragend ansahen.

„Sagen Sie mir doch bitte, ist die Kapelle eigentlich für jeden frei zugänglich?“

„Das kann man so nicht sagen“, antwortete der Pastor, „normalerweise soll die Kapelle verschlossen sein. Der Schlüssel hängt im Kirchenbüro. Aber damit Herr Wischnewski den nicht immer holen muss, hat auch er ein Exemplar. Mittlerweile haben wohl auch die Bestatter jeder einen. Sich so einen Schlüssel nachmachen zu lassen, ist ja heute kein Problem mehr."

„Wie war das heute Mittag, Herr Wischnewski, war die Tür abgeschlossen?", fragte Anna den Friedhofsgärtner.

„Nee, war sie nicht. Aber das kommt öfter vor, dass die Bestatter das einfach vergessen."

„Wie wird die Kapelle normalerweise genutzt? Viel Platz ist da ja nicht."

„Kapelle ist sicherlich auch der falsche Begriff für das kleine Haus. Aber das hat sich so eingebürgert", erklärte der Pastor, „genutzt wird es eigentlich nur als Zwischenlager für die Bestatter."

„Und was wird dort normalerweise zwischengelagert?", hakte Anna nach.

„Kränze oder Gestecke oder auch mal ein Sarg. Ganz unterschiedlich", warf der Friedhofsgärtner ein.

Anna runzelte die Stirn.

„Gut. Aus welchem Grund wollten Sie nun heute Mittag in die Kapelle?"

„Na, weil Karl, ich meine Herr Hollerbach, doch die kaputten Fensterscheiben auswechseln sollte. Die kleinen blauen, wissen Sie?", erklärte der Friedhofsgärtner. Karl Hollerbach und der Pastor nickten zustimmend.

„Ach ja. Eine ganz andere Frage. Kennt jemand von Ihnen die tote Frau?"

„Nee, weiß nicht so genau. Ich hab auch nur einen kurzen Blick reingeworfen und dann gleich die Tür wieder zugemacht, aber Karl meint ja …", antwortete der Gärtner kopfschüttelnd.

Anna horchte auf und sah Karl Hollerbach an. „Was meinen Sie, wer die Tote ist?"

„Seker bün ik ja nich, aber ik glöv, dat kann de Dochter vun den Grafen sien". Der Hausmeister kratzte sich dabei verlegen am Kopf. Anna beobachtete, dass der Pastor unruhig von einem Bein auf das andere trat und gleichzeitig seine Hände ineinander verknotete.

„Herr Pastor, sind Sie auch der Auffassung?", wandte sich Anna dem Geistlichen zu.

„Ich kann es nicht sagen. Herr Hollerbach hat ja auch mir gegenüber schon diesen Verdacht geäußert. Aber ich kann und will mir diese Absurdität einfach nicht vorstellen." Der Pastor atmete heftig ein und aus.

Anna sah den Mann vor sich besorgt an. Eigentlich sollte ein Mann seines Berufes die Begegnung mit dem Tod nicht derart aus der Bahn werfen. „Wenn sie es ist, könnten sie die Frau dann identifizieren, Herr Bornemann?"

„Mein Gott, wie schrecklich", stieß er hervor, fing sich aber gleich wieder. „Selbstverständlich, Frau Kommissarin. Ich kenne die Henriette ja schon viele Jahre."

Eine ungewöhnliche Bewegung unter den Zuschauern, die sie aus den Augenwinkeln registrierte, irritierte sie. Anna sah genauer hin und entdeckte zu ihrer Verwunderung Karl-Magnus Lindberg.

„Bockmann, Sie begleiten Pastor Bornemann zur Identifizierung. Aber erst, wenn der Doktor und Hauptkommissar Anderlecht es erlauben", wies Anna ihren jungen Kollegen an. Anschließend näherte sie sich den Zuschauern. Lindbergs große und schlanke Erscheinung war nicht zu übersehen. Lächelnd strahlte er sie an, als sie auf ihn zuging. „Er ist und bleibt ein großer Junge", kam es ihr in den Sinn. Seine funkelnden blauen Augen, umgeben von Lachfalten, sein welliges mittelblondes Haar, sein ebenmäßiges Gesicht und sein Dreitagebart zeigten einen attraktiven Mann in den besten Jahren. Sie mochte Lindberg. Er war ein nicht unbedeutender Pfeiler in ihrem Leben. Sie kannten sich schon einige Jahre. Seine Unbekümmertheit, mit der er die Welt sah, amüsierte sie immer wieder. Gleichzeitig zeigte er aber auch eine Hartnäckigkeit und einen Wissensdrang, der Anna zeitweise in Bedrängnis brachte. Insbesondere dann, wenn er sie inquisitorisch zu aktuellen Fällen befragte und auch nicht davor zurückschreckte, eigene Ermittlungen anzustellen. Zugegeben, seine unkonventionellen Recherchen waren auch für sie nicht immer von Nachteil gewesen. Zumal er seine Erkenntnisse stets mit ihr teilte. Wenn er dann noch betonte, dass sein Einsatz ausschließlich dem Ziel schriftstellerischer Ermittlungen dienen würde, konnte auch Anna ihm einfach nicht böse sein. Der plötzliche Tod seiner Freundin Katja vor rund zwei Jahren hatte Lindbergs sonnigem Gemüt allerdings einen einschneidenden Dämpfer versetzt. In unzähligen Gesprächen hatte sie versucht, ihm beizustehen und für ihn da zu sein. Nur sehr langsam hatte er aus seinem seelischen Tief wieder herausgefunden. Anna war sich ganz sicher, Lindberg schien auf einem guten Weg zu sein. Zumal als sie sah, welche Kleidung er trug.

Nach einem kurzen Gespräch mit ihm, verlangte der Leiter der Kriminaltechnik lautstark nach ihr. Sie verabschiedete sich und ging auf die kleine Kapelle zu, wo Heribert Anderlecht sie ungeduldig erwartete.

„War das nicht Lindberg, dieser aufdringliche Schreiberling, mit dem du da eben gesprochen hast?“, wurde Anna von ihm empfangen.

„Was gibt es denn so Wichtiges?“, Anna war nicht bereit, auf die unqualifizierte Frage einzugehen.

„Sind wir hier, um in einem Todesfall zu ermitteln oder um dubiose Freundschaften zu pflegen?“

„Heribert, komm zur Sache!“, fuhr Anna den Leiter der KTU an.

„Wie du willst. Also der Doktor und ich sind uns einig. Die Frau wurde erschlagen. Genickbruch. So, wie sie dort abgelegt wurde, war das im ersten Augenblick nicht zu erkennen."

Anna schüttelte den Kopf. „Als ich sie da liegen sah, sah es aus, als hätte sie jemand hergerichtet. Fast wie aufgebahrt."

„Ja. So sieht es aus. Sicher ist auf jeden Fall, dass der Fundort nicht der Tatort ist", berichtete der Chef Spurensucher weiter.

Anna sah, dass der Rechtsmediziner aus der Kapelle trat und ging auf ihn zu. „Die Frau wurde erschlagen, hat Herr Anderlecht mir gerade berichtet."

„Ja, Frau Severin, das ist zweifelsfrei. Genickbruch. Muss ein heftiger Schlag mit einem stumpfen Gegenstand gewesen sein. Einem Knüppel oder Besenstiel, so in der Art. Ich habe zumindest keine offene Wunde feststellen können."

Anna nickte verstehend. „Wie lange ist sie schon tot?"

„Noch keine vierundzwanzig Stunden. Irgendwann gestern Abend. Sie kennen das ja schon, Frau Severin. Nach der Obduktion mehr." Anna bedankte sich und verabschiedete den Doktor. Unmittelbar darauf traten Pastor Bornemann und Kommissar Bockmann aus der Kapelle und kamen auf Anna zu.

„Eindeutig die Tochter vom Grafen", stellte der Kommissar fest. Anna sah den Pastor fragend an.

„So ist es. Wie Ihr Kollege sagt. Es ist Henriette von Bahrenfeld. Kein Zweifel." Der Pastor schüttelte voller Unverständnis den Kopf.

„O.K. Haben wir schon Fotos?", wandte sich Anna ihrem Kommissar zu.

„Ja, die KTU hat schon welche gemacht."

„Gut. Sie veranlassen, dass mir ein Porträtfoto von der Toten auf mein Smartphone geschickt wird." Anna sah den

Pastor an. „Herr Bornemann, würde es Ihnen etwas ausmachen, mich zu der Familie von Bahrenfeld zu begleiten? Ich glaube, die wird Ihren Beistand nötig haben, wenn ich ihnen die Todesnachricht überbringe."

Im ersten Augenblick sah der Pastor Anna irritiert an, als hätte sie ihm einen unerfüllbaren Vorschlag gemacht. Doch dann klärten sich seine Gesichtszüge. „Ja, selbstverständlich begleite ich Sie, Frau Kommissarin."

Noch bevor Anna den Friedhof verließ, wies sie ihre Assistenten an. „Bockmann, Sie halten die Stellung. Wenn die KTU fertig ist, veranlassen Sie, dass die Tote in die Rechtsmedizin kommt. Sie kennen ja das Prozedere."

Anschließend instruierte sie noch ihren Oberkommissar.

„Clemens, wenn du hier fertig bist, kommst du bitte auch zum Gut Hasselburg. Ich fahre mit Pastor Bornemann schon einmal voraus."

Anna war bisher noch nie im Gut Hasselburg gewesen. Umso mehr beeindruckte sie das imposante Torhaus, auf das sie durch eine Allee zufuhren. Durch den Torbogen konnte sie bereits das Herrenhaus sehen. Eingefasst von zwei großen Scheunen präsentierte sich ein mächtiger Hofplatz, bis sie über eine Brücke den „Ehrenhof" betraten, wie der Pastor den Platz vor dem Herrenhaus bezeichnete. Die beiden Gebäude links und rechts nannte er „Kavalierhäuser".

Andachtsvoll blieb Anna stehen, als sie das Herrenhaus betreten hatten. Diese Pracht hatte sie nicht erwartet. Eine Freitreppe mit umfassender Galerie, Stuckelemente an den Wänden und imposante Deckenmalereien standen im Gegensatz zu den eher nüchternen äußeren Formen des Herrenhauses. Vor ihnen stand eine Dame nicht definierbaren Alters in grauem Kostüm und strenger Frisur, die ihnen geöffnet hatte. Skeptisch musterte sie Anna und den Pastor.

„Guten Tag, Frau Rotenburg. Das ist Kommissarin Severin von der Kriminalpolizei. Wir müssten bitte den Grafen in dringender Angelegenheit sprechen." Pastor Bornemann stellte Anna der Hausdame vor.

„Worum handelt es sich denn, Herr Pastor? Kriminalpolizei hatten wir noch nie im Haus." Die Hausdame hielt es offenbar für nötig, die Auswüchse menschlicher Schandtaten von der gräflichen Familie fern zu halten.

„Das würden wir dem Grafen schon gern persönlich mitteilen." Anna hatte nicht vor, ihre ohnehin nicht angenehme Aufgabe bereits dem Personal im Eingang des Hauses zu verkünden. Mit dem folgenden abschätzigen Blick der Hausdame konnte sie leben.

„Ich werde sehen, ob der gnädige Herr Zeit für Sie hat." Erhobenen Hauptes glitt die Hausdame davon und verschwand hinter einer Tür zur rechten. Kurze Zeit später wurde die Tür wieder aufgerissen und ein kräftiger Mann mit grauer Löwenmähne in grünem Loden gekleidet, stürmte ihnen entgegen.

„Pastor, was ist denn in Sie gefahren? Sie schleppen mir die Polizei ins Haus?" Graf Ruprecht von Bahrenfeld blieb unmittelbar vor Anna und dem Geistlichen stehen und funkelte beide feindselig an. Die Hausdame folgte ihm. Ihr Mienenspiel verriet ein gewisses Wohlgefallen aufgrund des resoluten Auftritts ihres Herrn.

Pastor Bornemann faltete verlegen seine Hände und deutete eine Verbeugung an. „Ich bitte vielmals um Vergebung, Herr von Bahrenfeld, es sind gar schreckliche Dinge eingetreten, die es zwingend erforderlich machen …"

„Stottern Sie hier nicht herum, Pastor. Und wer sind Sie?", fuhr der Graf erst den Pastor und dann Anna an.

„Ich bin Kriminalhauptkommissarin Anna Severin von der Mordkommission der Kripo Lübeck. Ich nehme an, Sie sind Graf von Bahrenfeld?“ Anna hatte nicht vor, sich von einem aufgeblasenen Grafen einschüchtern zu lassen. Sie hatte in ihrer Dienstzeit schon oft genug mit vergleichbaren Poltergeistern, wie sie solche Personen nannte, zu tun gehabt.

Der Graf starrte Anna entgeistert an. Die Hausdame hielt sich entsetzt die Hand vor den Mund und schien einer Ohnmacht nahe zu sein. Auch die Augenlider des Pastors flatterten irritiert. Noch bevor jemand auf die vermeintliche Respektlosigkeit reagieren konnte, fuhr Anna fort.

„Ich habe Ihnen eine Mitteilung zu machen, deren Bedeutung eine andere Örtlichkeit erfordert als eine Haustür. Könnten Sie das einrichten?“

Der Graf holte erneut tief Luft, schien sich dann aber zu besinnen. Offensichtlich beeindruckte ihn das selbstbewusste Auftreten der Kommissarin.

„Folgen Sie mir“, brummte der Graf, während er sich bereits umdrehte und auf die geöffnete Tür zusteuerte.

Sie traten in einen Raum, der im ersten Augenblick wie eine Bibliothek aussah. Bücherregale vom Boden bis zur Decke, doch mitten darin ein ausladender Schreibtisch mit einem wappengeschmückten Armlehnstuhl. Unverkennbar der Herrschaftssitz des Hausherrn. Der Graf steuerte auf eine Sitzgruppe aus Ledersesseln und –couchen zu, die in einem Halbkreis um einen mächtigen Kamin drapiert waren. Mit einer Handbewegung lud er Anna und den Pastor ein, Platz zu nehmen, während er sich selbst in einen Sessel setzte.

Der Graf sah Anna herausfordernd an. „Nun spannen Sie mich nicht länger auf die Folter. Was ist der Grund Ihres Überfalls?“

Anna ließ sich auch jetzt nicht von dem aggressiven Ton des Grafen provozieren. „Es tut mit aufrichtig leid, Herr von Bahrenfeld, aber ich habe die traurige Pflicht, ihnen mittzuteilen zu müssen, dass Ihre Tochter Henriette einer Gewalttat zum Opfer gefallen ist."

Der Graf sah Anna mit ausdrucksloser Miene an, zeigte bis auf ein kurzes Zucken des rechten Augenlids keine Reaktion. Anna war erstaunt, hatte sie doch aufgrund des herrischen Auftritts des Grafen jetzt eine weitaus impulsivere Reaktion von ihm erwartet.

Pastor Bornemann hielt es für nötig, das betretene Schweigen zu unterbrechen. „Ich darf Ihnen mein aufrichtiges Beileid aussprechen, Herr von Bahrenfeld, und Ihnen im Namen des Herrn Kraft und Zuversicht wünschen …"

Graf von Bahrenfeld wischte die Worte des Pastors mit einer abfälligen Handbewegung zur Seite. „Sparen Sie sich Ihr frommes Gewäsch für die Kanzel auf. Wie ist sie gestorben?"

Der Pastor holte entsetzt tief Luft, aber schwieg.

„Wir sind erst am Anfang unserer Ermittlungen. Aber dem ersten Anschein nach ist sie erschlagen worden", antwortete Anna in sachlichem Ton. Der Graf senkte den Kopf. Erneut trat bedrückende Stille ein, unterbrochen von dem Knarren der Tür. Eine elegante Dame, gekleidet in einem Reitdress mit kurzer karierter Jacke, beigen Breeches und braunen Stiefeln kam forschen Schrittes auf die Sitzgruppe zu.

„Gibt es irgendetwas, was ich wissen sollte?", fragte sie und musterte die Anwesenden nacheinander. Pastor Bornemann erhob sich und trat auf sie zu.

„Gnädige Frau, ein schrecklicher Unglücksfall zwingt uns …" Weiter kam der Pastor nicht.

„Henriette ist tot", fiel der Graf ihm ins Wort. Die Gräfin starrte ihren Mann fassungslos an. „Wer behauptet das?", war ihre erste Reaktion. Inzwischen war auch Anna aufgestanden.

„Ich bin Anna Severin von der Kripo Lübeck", stellte sie sich selbst vor. Die Gräfin ging auf ihren Mann zu und legte ihm die Hand auf die Schulter. Ihr vom Reiten gerötetes Gesicht hatte in Sekunden die Farbe verloren. „Was ist genau geschehen?"

Anna und der Pastor setzten sich wieder. Die Gräfin blieb stehen.

„Der Friedhofsgärtner von Altenkrempe hat Ihre Tochter heute am frühen Nachmittag in der kleinen Begräbniskapelle tot aufgefunden", berichtete Anna.

Die Gräfin holte tief Luft und sah die Kommissarin mit eiskalten Augen an. „Und Sie sind ganz sicher, dass das unsere Tochter ist."

„Es besteht kein Zweifel, gnädige Frau. Ich konnte mich selber davon überzeugen. Wie Sie wissen, kenne ich die Henriette schon von Kindesbeinen an", schaltete sich der Pastor ein. Inzwischen hatte Anna ihr Smartphone aus der Jackentasche genommen und das Porträt der Toten aufgerufen.

„Um ganz sicher zu sein, möchte ich Ihnen ein Foto zeigen." Anna sah die Gräfin fragend an. Die nickte nur, als sie auf das Foto ihrer toten Tochter auf dem Display nur einen kurzen Blick geworfen hatte. „Wie ist sie gestorben?"

„Wir gehen von einem gewaltsamen Tod aus. Vermutlich wurde sie erschlagen. Aber Genaueres kann ich erst nach weiteren Ermittlungen sagen."

„Es musste ja so kommen. Ich hab diesem Dreckskerl von Anfang an nicht getraut", platzte es aus dem Grafen heraus.

Die Gräfin starrte ihren Mann entrüstet an. „Ruprecht, was erzählst du denn da?"

Graf von Bahrenfeld fegte die Hand der Gräfin von seiner Schulter. „Die ist doch diesem Subjekt geradezu auf den Leim gegangen. Und was ist die Folge? Jetzt ist sie tot."

„Das ist doch vollkommen an den Haaren herbeigezogen, Ruprecht." Die Gräfin wandte sich von ihrem Mann ab und setzte sich in einen Sessel.

Anna registrierte die Verhaltensweise der gräflichen Eltern sehr genau. Wie konnte man bei der Nachricht vom Tod seiner Tochter so kaltschnäuzig sein? „Darf ich fragen, von wem gerade die Rede ist?"

„Von Henriettes Ehemann natürlich, diesem windigen Hund", stieß der Graf hervor.

„Und was lässt sie vermuten, dass er mit dem Tod Ihrer Tochter in Verbindung zu bringen ist?"

Bevor der Graf in seinem Zorn erwidern konnte, ergriff die Gräfin das Wort.

„Mein Mann steht offensichtlich unter Schock. Legen Sie seine Worte bitte nicht auf die Goldwaage." Die Gräfin wandte sich ihrem Gatten zu. „Du solltest auf dein Herz achten, Ruprecht. Echauffiere dich bitte nicht so sehr."

„Bevormunde mich nicht wie ein kleines Kind, Victoria. Unsere Tochter ist ermordet worden. Und da soll ich mich nicht aufregen?" Anna musste diesen Familienstreit unterbinden. Mit polizeilicher Ermittlungsarbeit hatte das nichts zu tun.

„Sehen Sie sich in der Lage, mir noch die eine oder andere Frage zu beantworten?", unterbrach sie die beiden Streitenden.

„Selbstverständlich. Fragen Sie nur", reagierte die Gräfin als erste.

„Wann haben Sie Ihre Tochter das letzte Mal gesehen?"

„Das war vor ein paar Tagen. Genau kann ich das gar nicht sagen. Sie kam nach ihrer Heirat nicht mehr sehr oft in ihr Elternhaus." Klang hier ein gewisses Bedauern mit? Anna war sich nicht ganz sicher.

„Gab es dafür einen Grund?", hakte Anna nach.

„Ganz einfach, weil ich sie hier nicht mehr sehen wollte", polterte der Graf erneut los.

„Und der Grund des Zerwürfnisses war die Heirat Ihrer Tochter mit einem Mann, der nicht Ihren Vorstellungen entsprach", stellte Anna treffsicher klar.

„Sie haben es erfasst, Frau Kommissarin. Auch wenn es Ihre Vorstellungskraft überfordert, aber es gibt gesellschaftliche Ansprüche, die unabdingbar sind. Wir Bahrenfelds pflegen diese Traditionen seit Generationen. Henriette trat diesen Geist mit Füßen, indem sie diesen hergelaufenen Emporkömmling geheiratet hat."

„Der nicht von Adel ist." Anna konnte sich die Bemerkung nicht verkneifen.

„Natürlich nicht."

„Wenn Ihr Verhältnis derart belastet war, welchen Grund hatte Ihre Tochter dann, Sie in den letzten Tagen aufzusuchen?" Anna sah abwechselnd Graf und Gräfin an.

„Belanglosigkeiten", wiegelte der Graf in bissigem Ton ab, „irgendwelche Dokumente, die sie angeblich bei ihrem Auszug vergessen haben wollte."

Die Gräfin hatte das Gespräch kommentarlos verfolgt und saß inzwischen zusammengesunken in ihrem Sessel. Bevor Anna weiter fragen konnte, wurde an die Tür geklopft und die Hausdame kündigte den Besuch des Oberstaatsanwaltes Reichenbach und eines Kommissars an.

„Sollen reinkommen!", war die kurze Aufforderung des Grafen.

Der oberste Chefankläger aus Lübeck, Dietmar Reichenbach, und Oberkommissar Korthals traten ein. Der Oberstaatsanwalt war nicht groß von Statur. Seine Freude an kulinarischen Köstlichkeiten war deutlich an seiner gewölbten Weste zu erkennen. Seine Nase zierte eine randlose Brille und sein Kopf war blank wie eine Billardkugel. Mit durchgedrücktem Rücken, wie man es bei Menschen kleinen Wuchses öfter feststellen konnte, schritt er energisch auf die Gräfin zu, ergriff ihre Hand und küsste sie, während Oberkommissar Korthals neben Anna trat.

„Meine liebe Victoria, du glaubst gar nicht, wie abgrundtief ich diese Tragödie bedaure. Es muss euch entsetzlich gehen." Das erste Mal stellte Anna fest, dass die Gräfin Betroffenheit zeigte. Waren da sogar ein paar Tränen? Graf von Bahrenfeld hatte sich mühsam erhoben. Auch der Pastor und Anna waren aufgestanden.

Der Oberstaatsanwalt wandte sich dem Grafen zu und umarmte ihn. Ein groteskes Bild. Der große und breitschulterige Graf einerseits und der kleine Jurist, der ihm gerade bis zur Brust reichte.

„Ruprecht, ich bin vollkommen fassungslos. Als ich die schreckliche Nachricht erhielt, bin ich unverzüglich zu euch geeilt."

„Gut, dass du da bist, Dietmar. Dann kannst du uns auch gleich von diesem penetranten Terrier befreien." Dabei wies er mit dem Kopf auf Anna.

Der Oberstaatsanwalt schien erst jetzt die Anwesenheit von Anna und dem Pastor zu registrieren.

„Nun, Kriminalhauptkommissarin Severin tut nur ihre Pflicht, mein Lieber", versuchte der Oberstaatsanwalt den Grafen zu besänftigen. „Ich stehe euch gleich vollkommen zur Verfügung. Gebt mir nur eine Minute." Mit einer Geste gab er Anna und ihrem Kollegen zu verstehen, dass er sie vor der Tür sprechen wollte. Gemeinsam verließen sie die Bibliothek. Pastor Bornemann nutzte den Augenblick und verabschiedete sich eilig.

„Frau Severin, ich glaube, jetzt ist nicht der geeignete Zeitpunkt, auf die Herrschaften ermittlungstechnisch einzuwirken. Wie Sie sicherlich erkannt haben, verbindet mich eine langjährige und enge Freundschaft mit dem Hause von Bahrenfeld. Ich werde mit entsprechend behutsamer Hand den Boden für Ihre weiteren Ermittlungen bereiten. Aber nicht heute. Geben Sie den Herrschaften Zeit, sich von dem ersten Schock zu erholen." Die beiden Kommissare hatten dem Oberstaatsanwalt aufmerksam zugehört. Doch je länger er sprach, umso ernster wurde Anna.

„Sie sind sich aber schon bewusst, Herr Reichenbach, dass wir hier in einem Mordfall ermitteln?"

„Darüber müssen Sie mich nicht belehren, Frau Severin. Aber eine gewisse Rücksichtnahme kann ich ja wohl auch von Ihnen erwarten." Der Oberstaatsanwalt erhob sich in seiner Entrüstung auf die Zehenspitzen. Erreichte aber auch durch diese Aktion nicht, dass er Anna auf Augenhöhe begegnen konnte.

„Ich will Sie nicht belehren, aber die Bedeutung der ersten Stunden nach der Tat im Rahmen der Ermittlung kollidieren gerade mit ihrer Freundschaft zu der gräflichen Familie. Aber bitte, Sie sind der Herr des Verfahrens."

„So ist es, Frau Severin. Genau so ist es. Ich darf also bitten." Anna hob resignierend die Hände. Der Oberstaatsanwalt drehte sich um und kehrte in die Bibliothek zurück. Anna sah Clemens Korthals an, der die Stirn runzelte und vor sich hinmurmelte: „Was für ein Arschloch!"

„Clemens, halte dich zurück! Wie heißt es in Georg Orwells ‚Animal Farm'?"

„Du hast ja recht, Chefin. Alle Tiere sind gleich, aber manche sind gleicher."

„Donnerwetter, Clemens. Du kannst Orwell zitieren. Meine Hochachtung." Anna lächelte ihren Kollegen provozierend an. Sie arbeitete mit Clemens Korthals inzwischen zwei Jahre zusammen. Anfangs musste sie sich erst an seine manchmal etwas unübliche Ausdrucksweise gewöhnen. Doch sehr schnell hatte sie gemerkt, dass es seine Art war, die Sache auf den Punkt zu bringen. Er war reaktionsschnell, konnte analytisch denken und weit vorausschauen. Sein Humor, sein unbekümmertes Wesen mündete nicht selten auch in Respektlosigkeit seinen Vorgesetzten gegenüber. Anna hatte in dieser Angelegenheit jedoch bisher keine Probleme mit ihm. Obwohl sie sich nach einer Betriebsfeier duzten, eine übliche Angewohnheit unter Kollegen, die Anna bisher nie schnell eingegangen war, hatte Clemens sie danach noch nie mit ihrem Vornamen angesprochen. Er nannte sie immer nur respektvoll „Chefin".

„Und was machen wir nun mit dem angebrochenen Nachmittag, Chefin? Leiche, Mord und keine Ermittlungen? Tolle Aussichten."

Kapitel 4

Ich frage Sie, wie bedeutend ist der Mensch? Wie wichtig nehmen wir uns selbst? Zugegeben, es gibt Zeitgenossen, die keine Gelegenheit auslassen, auf ihre persönliche Bedeutung hinzuweisen. Solche Menschen erinnern mich immer an einen Silberrücken bei den Gorillas, der sich unter mächtigem Brüllen vor die Brust trommelt, um klarzustellen, wer der Chef ist. Fragen Sie sich nicht auch manchmal, warum es einige unter uns für nötig erachten, so übertrieben auf sich aufmerksam zu machen? Ich glaube, man muss gar nicht Siegmund Freud bemühen, um zu dem Ergebnis zu kommen, dass nur der, der sich minderwertig fühlt, es auch nötig hat, mit seiner Wichtigkeit zu prahlen. Oder haben solche Leute möglicherweise sogar Leichen im Keller und wollen durch Lautstärke davon ablenken? Für mich als Schriftsteller sind aber diese Menschen nicht ganz unwichtig. Sie glauben gar nicht, welche Freude es mir bereitet, Figuren zu erfinden. Man könnte fast von einem schöpferischen Akt sprechen. Es liegt ganz allein in meiner Macht, den aufgeblasenen Wichtigtuern in meinen Romanen eine Hakennase mit Warze und ein fliehendes Kinn zu verpassen. Wenn ich zudem noch seinen fiesen Charakter unterstreichen möchte, dann bekommt er auch noch Mundgeruch. Und glauben Sie mir, nicht selten sehen diese Figuren jenen Mitmenschen ähnlich, die mir gerade im Alltag über den Weg gelaufen sind und mir aus irgendeinem unerfindlichen Grund die Suppe versalzen haben. Sie können es gerne „Die Rache des Autors“ nennen. Ich kann damit leben.

Tobias Richter hatte eine unruhige Nacht hinter sich. Zuviel stand für heute auf dem Zettel. Bereits beim Einschlafen am Abend hatte er sich ausgemalt, welche Motorradrouten er in Zukunft mit Lindberg befahren wollte. In seinen Träumen war er zusammen mit seinem Freund über atemberaubende Pisten gebrettert. Aber die zu planenden Motorradtouren beunruhigten ihn an diesem Morgen weniger. Vielmehr musste er die Sache mit seiner zahlungsunwilligen Mandantin aus der Welt schaffen. Dann war da auch noch der Auftrag von Lindberg, alle Einzelheiten und Hintergründe der adeligen Familie von Bahrenfeld zu erforschen. Noch vor dem Frühstück griff Tobias zum Telefon. Er musste es eine ganze Weile klingeln lassen, bis sich ein weibliches verschlafenes „Ja, bitte“ meldete.

„Wach auf, Rosi, du Schlafmütze. Es ist schon Viertel vor Neun.“

„Tobias, bist du das?“, kam eine gequälte Stimme aus dem Hörer.

„Natürlich bin ich das. Wer sonst? Einer deiner treuesten Verehrer.“ Wieder erklang ein genervtes Stöhnen.

„Wenn du schon so anfängst, herumzusülzen, hast du bestimmt wieder irgendein Attentat auf mich vor.“

„Rosi, mein Stern, wir müssen uns heute unbedingt sehen. Ich habe tatsächlich einen Spezialauftrag für dich, der, wenn du es richtig anstellst, ganz ertragreich für dich werden könnte“, warf Tobias seinen Köder aus.

„Ist gut, Tobias, du hast mich überzeugt. Treffen am Kanzleigebäude. Aber nicht vor Zwölf.“

„Ist gut, Rosi. Ich werde pünktlich sein.“

Das Café mitten in der Fußgängerzone in Lübecks Innenstadt war der richtige Ort für ein unverfängliches Treffen.

„Noch drei Minuten später und ich wäre gegangen“, begrüßte Rosi Tobias frostig, als er ihr links und rechts einen Kuss auf die Wangen hauchte und sich anschließend neben ihr in den Stuhl fallen ließ. Es war zwanzig nach Zwölf.

„Tut mir leid. Rosi, der Verkehr. Nirgendwo ein Parkplatz zu finden. Du kennst das ja.“

„Erzähl keinen Mist, Tobias, du bist doch mit dem Bus gekommen.“ Rosi kannte Tobias nur zu gut und auch seine chronische Ebbe im Portemonnaie.

Tobias ignorierte den Spruch. „Rosi, du siehst einfach umwerfend aus. Kein Wunder, dass dir halb Lübeck zu Füßen liegt.“ Damit hatte Tobias nicht übertrieben. Rosi war eine anziehende Frau. Ihr blondes Haar fiel in sanften Wellen bis auf die Schultern. Sie verstand es, sich dezent zu schminken und dabei ihre großen verführerischen Augen zu betonen. Ihre schwungvollen Lippen umspielte stets ein etwas spöttischer Ausdruck. Sie kleidete sich damenhaft elegant, betonte damit ihre weibliche Figur. Rosi wusste, welchen Eindruck sie auf Männer machte, ohne dabei billig zu wirken.

„Tobias, komm zur Sache, bevor ich es mir noch anders überlege“, riss Rosi den Anwalt aus seinen träumerischen Betrachtungen.

„Also, es ist folgendermaßen. Ich benötige ein Foto, das den Ehemann einer meiner Mandantinnen in eindeutiger Situation mit einer anderen Frau zeigt.“

„Und dafür brauchst du mich?“ Rosi hatte Lindberg und Tobias schon öfter Hilfsdienste erwiesen, die kurios anmuteten und sich nicht selten auch am Rande der Legalität bewegten. Sie war gewappnet.

„Genau. Meine Mandantin ist felsenfest davon überzeugt, dass ihr Mann ein Verhältnis hat. Hat er aber nicht. Hab ich recherchiert. Nun will sie mich nicht bezahlen“, berichtete Tobias von seiner Not.

Rosi fing laut an zu lachen. Die Nachbarn an den Nebentischen guckten bereits herüber.

„Du bist ernsthaft der Auffassung, wenn du deiner Mandantin ein Verhältnis ihres Mannes präsentierst, bezahlt sie dich auch? Du bist ja verrückt. Wer kommt denn bloß auf solchen Schwachsinn?“ Rosi hielt inne und musterte Tobias. „Gib es zu, Tobias, das ist nicht auf deinem Mist gewachsen. Das klingt mir sehr verdächtig nach Lindberg, dem Schlitzohr.“

„Das ist doch vollkommen egal. Hilfst du mir nun oder nicht?“

Jetzt lächelte Rosi wieder und nuckelte an ihrem Aperol Spritz, den sie vor sich stehen hatte.

„Na gut, dann lass mal deinen idiotischen Plan hören.“

„Also, der Mann den du umgarnen sollst, ist kein Unbekannter in Lübeck. Es handelt sich um den Bauunternehmer Müller-Haberfeld …“

„Was, diese schleimige und hässliche Kröte“, schrie Rosi auf, dass sich wieder die Nachbarn neugierig zu ihnen umdrehten. „Den fasse ich doch noch nicht einmal mit der Kneifzange an.“ Tobias war Rosis schriller Auftritt sichtlich peinlich.

„Rosi, beruhige dich und mache nicht so einen Lärm. Hör doch erst einmal zu.“ Tobias senkte seine Stimme. „Du sollst ja nicht mit ihm gleich ins Bett steigen. Lediglich eine Verabredung in einem Lokal, ein Gläschen Sekt, ein dankbares Küsschen auf die Wange und schon habe ich das Foto, was ich brauche, im Kasten.“

„Allein bei dem Gedanken, dass ich mit dem großspurigen Fettsack an einen Tisch sitzen soll, muss ich mich schütteln. Außerdem, welchen Grund sollte der Kerl überhaupt haben, sich mit mir zu treffen?“

„Das ist ganz leicht. An deinem schauspielerischen Talent habe ich noch nie gezweifelt. Wir passen ihn an einer seiner Baustellen ab und du erzählst ihm, dass du am Tag zuvor beinahe durch ein herabstürzendes Brett zu Schaden gekommen wärst. Du bist gestolpert, hast dir das Knie aufgeschlagen und das Kleid zerrissen. Dabei musst du natürlich auf der Mitleidstour herumreiten und dir einen Verband ums Knie wickeln.“ Rosi sah Tobias skeptisch an.

„Das klappt. Glaub es mir“, fuhr er fort, „wenn der dich sieht, wird er sofort alle seine weiteren Termine absagen und dich in ein Restaurant einladen, um mit dir alle möglichen Schadensersatzregelungen zu besprechen. Ich hab seine geilen Stielaugen förmlich vor Augen.“

„Und was soll für mich dabei herausspringen?“, wurde Rosi plötzlich geschäftsmäßig.

„Das liegt ganz bei deinem Verhandlungsgeschick. Er wird sicherlich dein zerstörtes Kleid ersetzen wollen. Wie viel Schmerzensgeld er locker macht, liegt auch daran, wie gekonnt du ihm dein großes Leid vorjammerst. Dann ist da ja noch der Verdienstausfall durch die Knieverletzung, da ja in den folgenden Tagen Fernsehwerbeaufnahmen anstanden, die du nun nicht wahrnehmen konntest. Und wenn du in ihm Hoffnungen auf weitere Begegnungen erweckst, wer weiß, wie weit er sein Füllhorn noch öffnen wird?“

„Tobias, du bist ein ganz windiger Hund, weißt du das?“ Rosi funkelte den Anwalt nicht ganz ohne Bewunderung an.

„Aus deinem lieblichen Mund ist das ein Kompliment. Und? Bist du dabei?“

„Hab ich eine Wahl?“

Kapitel 5

Nicht nur der lästige Wecker war daran schuld, dass Anna am nächsten Morgen missmutig ihr Bett verließ. Unterschwellig wurmte sie es immer noch, dass der Oberstaatsanwalt sie in ihren Ermittlungen bremsen wollte. Die Freundschaft zum Grafen hin oder her, professionell konnte man sein Verhalten nicht nennen. Würde die Kripo den hohen Herrschaften nicht bereits nach drei Tagen den Mörder ihrer Tochter auf dem Tablett präsentieren, wären sie garantiert die ersten, die lautstark über die Unfähigkeit der Polizei lamentieren würden. Noch am späten Nachmittag hatte Anna versucht, Kontakt zum Ehemann der Toten aufzunehmen. Doch ohne Erfolg. Klaus-Werner Gabelstein wäre außer Haus und erst am heutigen Vormittag wieder zu erreichen, hatte seine Sekretärin ihr bedeutungsvoll mitgeteilt.

Anna wollte sich heute nicht schon wieder am Telefon abwimmeln lassen. Nach einem kurzen Stopp im Büro der Mordkommission machte sie sich gemeinsam mit ihrem Kollegen Korthals auf den Weg nach Neustadt.

Gabelstein Consulting, wie die Unternehmensberatung der Toten und ihres Ehemanns hieß, hatte seinen Sitz in den ehemaligen Räumen der Deilmann-Reederei unmittelbar an der Neustädter Bucht bezogen. So bot sich auch den beiden Kriminalkommissaren ein freier Blick auf die Ostsee, als sie die Räumlichkeiten der Firma betraten.

Von einer blond gelockten jungen Frau hinter einem holzgetäfelten Tresen wurden sie kritisch beäugt.

„Guten Morgen. Was kann ich für Sie tun?“, wurden die Kommissare geschäftsmäßig begrüßt, indem über das Gesicht der Empfangskraft der Versuch eines Lächelns huschte.

„Mein Name ist Anna Severin von der Kripo Lübeck. Das ist mein Kollege Korthals. Wir müssen Herrn Gabelstein sprechen.“

„Ich nehme an, es geht um den Tod von Frau von Bahrenfeld. Wir sind alle vollkommen erschüttert, müssen Sie wissen.“ In dem Verhalten der jungen Frau war kein Anzeichen von Betroffenheit zu erkennen.

„Ist Herr Gabelstein im Haus?“ Anna war nicht bereit, sich weitere Phrasen anzuhören.

„Ich werde sie anmelden“, kam die schnippische Antwort. Nach einem kurzen Telefonat verkündete die blonde Eingangsfee selbstgefällig:

„Herr Gabelstein befindet sich gerade in einer wichtigen Besprechung. Es ist nicht absehbar, wann er Zeit für Sie haben wird. Vielleicht sollten Sie sich einen Termin geben lassen.“

Anna holte tief Luft. Anscheinend interessierte es den Ehemann wie auch die gräfliche Familie wenig, dass ein Mensch aus ihrer Nähe gewaltsam zu Tode gekommen war. Hilfe für ihre Ermittlung konnten sie aus dieser Ecke vermutlich nicht erwarten.

„Ich glaube, ich habe mich nicht ganz deutlich ausgedrückt. Wir ermitteln in einem Mordfall. Das Opfer ist Ihre Chefin. Wenn nicht spätestens in fünf Minuten Herr Gabelstein vor mir steht, werde ich noch heute Vormittag mit einem richterlichen Beschluss und zwanzig Kollegen Ihr Haus auf den Kopf stellen. Haben wir uns verstanden?“

Erschrocken wich das blonde Empfangswesen zurück, als die Kommissarin ihr bedenklich näher rückte und nur noch der Tresen die beiden voneinander trennte. Auch die wie von einer Pistole verschossenen scharfen Worte verfehlten ihre Wirkung nicht. Anna glaubte kaum, dass sie ihre Drohung überhaupt in die Tat umsetzen konnte. Mit dem vagen Argument Verdunklungsgefahr allein würde sie vermutlich keinen Richter von einem Durchsuchungsbeschluss überzeugen können. Aber das konnte ihr verschrecktes Gegenüber ja nicht wissen.

„Ich werde sehen, was ich machen kann." Einer Flucht ähnelnd hastete die Empfangskraft hinter ihrem Tresen hervor und stöckelte eilig auf eine Treppe zu. Kurz davor blieb sie stehen.

„Würden Sie mir bitte folgen", warf sie den beiden Kommissaren über die Schulter hinweg zu. Gemeinsam erklommen sie die erste Etage. Am Ende des Gangs öffnete die Blonde eine Glastür und ließ Anna und Clemens Korthals den Vortritt. In dem Raum saß eine Dame in einem dunklen Kostüm hinter einem Schreibtisch und sah die Eintretenden über ihre Brille missbilligend an.

„Was machen Sie denn hier, Frau Seibert? Ich habe Ihnen doch schon am Telefon gesagt, dass der Chef gegenwärtig nicht zu sprechen ist." Die Kommissare beachtete sie gar nicht.

Anna erkannte sofort, dass es dieser Vorzimmerdrache war, der sie bereits gestern und vermutlich auch gerade eben telefonisch abgewimmelt hatte. Sie sah sich kurz um. Nur noch eine weitere Tür ging vom Vorzimmer ab. Mit wenigen Schritten war sie an der Tür, klopfte kurz an und öffnete sie. In dem Raum, den sie betrat, saßen zwei Herren an einem Konferenztisch vor ihren Kaffeetassen, die erstaunt aufblickten.

„Guten Morgen. Ich bin Kriminalhauptkommissarin Anna Severin von der Kripo Lübeck. Mein Kollege Korthals. Wer ist Herr Gabelstein?"

Die beiden Herren erhoben sich und der jüngere von beiden trat auf sie zu. Er reichte ihr die Hand und sagte:

„Ich bin Klaus-Werner Gabelstein. Setzen Sie sich doch bitte zu uns."

Erst jetzt erschien die entrüstete Vorzimmerdame in der Tür. „Herr Gabelstein, es tut mir leid, aber ich konnte …"

„Es ist schon gut, Frau Kowalski. Es ist alles in Ordnung", unterbrach Klaus-Werner Gabelstein seine all ihrer

Macht beraubten Vorzimmerdame. Sie rauschte beleidigt davon.

Anschließend wandte er sich den Kommissaren zu. „Darf ich Ihnen etwas anbieten? Kaffee, Tee oder Wasser?“

„Vielen Dank, Herr Gabelstein. Ich möchte Ihnen zunächst mein Beileid zum Tod Ihrer Frau aussprechen“, entgegnete Anna, nachdem sie sich gesetzt hatten.

Gabelstein bedankte sich mit ernster Miene. „Oh, ich vergaß, Ihnen unseren Rechtsbeistand und Anwalt, Herrn Stollwerk, vorzustellen.“

„Herr Gabelstein, ich muss Ihnen hinsichtlich des Todes Ihrer Frau ein paar Fragen stellen. Halten Sie die Anwesenheit Ihres Rechtsanwalts dafür erforderlich?“

„Grundsätzlich nicht, aber es gibt keinen Grund, Herrn Stollwerk irgendetwas vorzuenthalten.“

Anna sah beide Herren abwechselnd an.

„Wie Sie wünschen. Wann haben Sie Ihre Frau das letzte Mal gesehen?“, wandte sich Anna direkt an Gabelstein.

„Das muss vorgestern gegen Mittag gewesen sein. Kurz bevor ich nach Hamburg gefahren bin.“

„Wo war diese Begegnung?“

„Ich habe mich hier im Büro von ihr verabschiedet. Aber, Frau Kommissarin, erzählen Sie mir doch erst einmal, wie man meine Frau gefunden hat. Ich habe bisher ja nur alle möglichen Gerüchte gehört.“

Anna fiel auf, dass auch der Ehemann der Toten einen sehr gefassten Eindruck vermittelte. Wenn sie sich recht erinnerte, gab es bisher keinen Menschen, der angesichts der Todesnachricht von Henriette von Bahrenfeld große Bestürzung gezeigt hatte. Tiefe Trauer sah anders aus. Auch Gabelstein verhielt sich eher wie bei einem Geschäftsgespräch. Entweder waren sie alle erzogen worden, ihre Gefühle zu verbergen oder es handelte sich um eine besonders kaltschnäuzige Gesellschaft. Ohnehin machte der Chef der Gabelstein Consulting auf Anna einen befremdlichen Eindruck. Trotz ihrer ausgeprägten Menschenkenntnis konnte sie ihn gegenwärtig nicht richtig einordnen. Maßanzug, goldene Manschettenknöpfe und Rolex am Handgelenk wiesen darauf hin, dass er es für nötig hielt, seinen Erfolg und seine Wichtigkeit bedeutungsvoll zur Schau zu stellen. Daraus einen gewissen Minderwertigkeitskomplex abzuleiten, schien Anna verfrüht. Vielleicht war es in dieser Branche, in der es um das Sein oder Nichtsein von Firmen und Konzernen und somit um Millionen ging, auch zwingend erforderlich, seine vermeintliche Kompetenz auf diese Weise zu präsentieren.

„Selbstverständlich. Der Friedhofsgärtner von Altenkrempe hat Ihre Frau gestern Mittag in der kleinen Kapelle leblos aufgefunden. Unser Rechtsmediziner hat festgestellt, dass sie eines gewaltsamen Todes gestorben ist. Nach unseren jetzigen Erkenntnissen wurde sie erschlagen. Einzelheiten müssen unsere weiteren Untersuchungen ergeben.“

„Mein Gott, wer macht denn so etwas?“, stieß Rechtsanwalt Stollwerk kopfschüttelnd hervor. Gabelstein hatte betreten seinen Kopf gesenkt.

Anna setzte ihre Befragung fort. „Herr Gabelstein, hatte Ihr Frau Feinde?“

Der Ehemann der Toten hob den Kopf und sah die Kommissarin an, als würde er aus einer anderen Welt auftauchen. Dann schien er sich zu besinnen, wo er war.

„Nein, nein, wie kommen Sie denn darauf?“

„Nun, irgendjemand muss ja einen Grund gehabt haben, Ihre Frau zu töten“, schaltete sich Oberkommissar Korthals ein, der sich bisher nur Notizen gemacht hatte.

„Verzeihen Sie, Herr Gabelstein, wenn ich mich da einmische.“ Der Rechtsanwalt setzte sich in Positur. „Ob man nun von Feinden sprechen kann, will ich nicht behaupten, aber die Arbeit einer solchen Firma führt nicht immer zur Zufriedenheit aller Beteiligten."

Anna horchte auf. „Das heißt genau?"

„Herr Stollwerk will damit sagen, dass das Ergebnis einer Unternehmensberatung auch zu markanten Einschnitten für die Beschäftigten führen kann. Damit sind nicht selten persönliche Schicksale verbunden, die in der Vergangenheit auch schon mal zu heftigen Reaktionen geführt haben."

Anna hatte das Gefühl, dass die beiden Männer um den heißen Brei herumredeten. „Beantworten Sie doch zunächst einmal die Frage meines Kollegen. Hat es gegen Ihre Frau, gegen Sie oder einen Ihrer Mitarbeiter in der letzten Zeit persönliche Drohungen oder Angriffe gegeben?"

„Ich möchte das einfach nicht überbewerten, Frau Kommissarin. Das gehört für eine Firma wie die unserige einfach zum Alltag." Klaus-Werner Gabelstein versuchte die Angelegenheit herunterzuspielen.

„Auch wenn ich schon eine Weile meinen Job verrichte, Herr Gabelstein, ist der gewaltsame Tod eines Menschen für mich immer noch nicht alltäglich. Also, hat es Morddrohungen gegeben oder nicht?" Die beiden Männer sahen die Kommissarin aufgrund ihres forschen Tons verwundert an.

„Entschuldigen Sie bitte. So war das nicht gemeint." Gabelstein fühlte sich erkennbar nicht wohl in seiner Haut. Nervös zerrte er an seinem Hemdkragen. „Es hat da schon immer mal wieder Anrufe und Drohbriefe gegeben. Wir haben aber nie darauf reagiert. Es ist ja auch nichts passiert."

„Bis auf gestern", warf Clemens Korthals nebenbei ein.

Auch Anna konnte die Haltung des Ehemanns der ermordeten Frau nicht verstehen. Selbst wenn seine Gemütslage ihn, aus welchen Gründen auch immer, nicht in die Nähe von Tränen geführt hatte, erwartete sie doch zumindest ein Fünkchen von Interesse daran, zu erfahren, warum die eigene Frau umgebracht wurde. „Wer hat angerufen und wo sind die Drohbriefe jetzt?“

„Als äußerst lästig hat sich ein Herr Sarkwitz erwiesen“, erläuterte Klaus-Werner Gabelstein, sichtlich unbehaglich in seiner Haut, „wir hatten seine marode Elektrofirma durchleuchtet und sie wurde daraufhin von einem dänischen Unternehmen übernommen. Er hat mehrfach angerufen und uns auf das unflätigste beschimpft.“

„Dabei auch Morddrohungen ausgesprochen“, ergänzte der Rechtsanwalt.

„Die Drohbriefe haben wir aufbewahrt“, fuhr Gabelstein fort, „Herr Stollwerk kann sie Ihnen nachher herausgeben.“

„Gut. Namen und Anschrift dieses Herrn Sarkwitz dann bitte auch.“ Der Rechtsanwalt nickte zustimmend.

„Eine ganz andere Frage, Sie haben Ihre Firma gemeinsam mit Ihrer Frau geführt?“, wollte Anna jetzt wissen.

„Ja. Seit unserer Heirat sind wir gleichberechtigte Teilhaber der Firma.“

„Wie lange ist das her?“

„Drei Jahre.“

„Eine ganz andere Frage. Wie war Ihr Verhältnis zu der Familie Ihrer Frau?“

Gabelstein blickte Anna irritiert an.

„Das verstehe ich jetzt nicht. Was hat das mit dem Tod meiner Frau zu tun?“

„Herr Gabelstein, wir müssen uns ein möglichst klares Bild Ihrer Lebensumständen machen, wenn wir den Tod Ihrer Frau aufklären wollen. Dazu gehört jedes Detail. Auch wenn es Ihnen im ersten Augenblick unwesentlich erscheinen mag.“

Gabelstein schien nicht überzeugt zu sein. Sein Mienenspiel drückte Befremdung aus.

„Ich hatte ein durchaus gutes und harmonisches Verhältnis zu der Familie von Bahrenfeld.“ Gabelstein zuckte mit den Schultern, als wollte er sagen „Was haben Sie denn gedacht?“

„Kann es sein, dass Ihr Schwiegervater das anders sieht?“

„Wie kommen Sie denn darauf? Worauf wollen Sie eigentlich hinaus?“ Wieder zupfte Gabelstein nervös an seinem Hemdkragen herum.

„Nun, als er gestern von dem Tod seiner Tochter erfuhr, hatte er sehr schnell massive Vorwürfe Ihnen gegenüber parat.“

„Ach, die alte Leier. Hat er Ihnen auch gleich auf die Nase gebunden, dass seine Tochter einen weitaus Besseren verdient hätte als mich. Der lebt doch noch im achtzehnten Jahrhundert, seine Durchlaucht, der Herr Graf.“

Anna runzelte die Stirn. „Also doch nicht sehr viel Harmonie zwischen Ihnen beiden?“

„Wenn Sie es genau wissen wollen. Man konnte dem Alten nichts recht machen. Als er dann noch miterleben musste, dass wir uns gut verstanden und unsere Firma super lief, und das alles ohne seinen Segen, wurde er immer abweisender und ungenießbarer. Meine Frau hat sehr darunter gelitten.“

„So viel erst einmal für heute, Herr Gabelstein. Eine abschließende Frage. Wo waren Sie vorgestern Abend so gegen zwanzig Uhr?“

Klaus-Werner Gabelstein starrte die Kommissarin entsetzt an. „Was soll das denn nun? Bin ich etwa verdächtig, meine Frau umgebracht zu haben? Sie spinnen doch wohl …“

„Reine Routine, Herr Gabelstein. Kein Grund zur Aufregung“, unterbrach Oberkommissar Korthals den aufgebrachten Ehemann der Toten.

Gabelstein schüttelte den Kopf. „Ich war in Hamburg. Das habe ich doch schon erzählt."

„Geht es etwas genauer?", hakte Anna nach.

„Ein Geschäftstermin mit anschließendem Abendessen im Hotel Atlantic", antwortete Gabelstein widerwillig.

„Dafür gibt es sicherlich Zeugen."

„Selbstverständlich."

„Ich wäre Ihnen dankbar, wenn Sie uns die Namen aufschreiben könnten."

„Übertreiben Sie jetzt aber nicht etwas? Das sind Geschäftspartner von mir. Was sollen die von meiner Firma denken, wenn plötzlich die Kriminalpolizei bei ihnen auftaucht? Wollen Sie mich ruinieren?"

Anna ließ sich nicht durch seine Entrüstung aus der Ruhe bringen. Sie kannte solche Reaktionen.

„Ich darf Sie daran erinnern, Herr Gabelstein, dass wir die Ermordung Ihrer Frau aufklären müssen. Wofür sicherlich auch Ihre Geschäftspartner Verständnis zeigen werden. Jetzt würden wir ganz gerne noch den Arbeitsplatz Ihrer Frau sehen." Anna und Clemens erhoben sich. Gabelstein und der Rechtsanwalt ebenfalls.

Der Raum, den sie kurze Zeit später betraten, erinnerte Anna an einen antiseptischen Operationssaal bestehend aus Glas und Chrom. Alles hatte gerade und glatte Kanten. Selbst die beiden abstrakten Grafiken an der Wand über dem Schreibtisch wurden von sich kreuzenden rechtwinkeligen Linien bestimmt. Für Krümmungen und Bogen gab es in diesem Zimmer keine Chance. Auch auf dem Schreibtisch war nicht erkennbar, dass hier ein Mensch je gewirkt hatte. Von den üblichen Utensilien eines Arbeitszimmers wie Aktenmappen, Stifte oder Locher fehlte jede Spur. Lediglich ein Laptop zierte die Arbeitsplatte.

„Hier hat Ihre Frau gearbeitet?" Anna konnte ihre Verwunderung nicht ganz verbergen.

„Ja, sie war ein sehr ordnungsliebender Mensch, wie Sie erkennen können“, antwortete Gabelstein. Der Rechtsanwalt hatte sich kurz vorher verabschiedet, dabei aber versichert, dass er sich um die Drohbriefe kümmern würde.

„Gut, Herr Gabelstein. Ich will Sie jetzt nicht länger aufhalten. Meine Kollegen werden den Raum noch genauer untersuchen. Dazu muss ich den Raum versiegeln. Keiner darf ihn betreten.“

„Aber meine Frau hat hier bedeutende Geschäftsunterlagen, die wir dringend benötigen“, protestierte Gabelstein entrüstet.

„Dessen bin ich mir bewusst. Sie bekommen sie so schnell wie möglich zurück, sobald wir sicher sind, dass sie für unsere Untersuchungen nicht von Relevanz sind. Wenn ich Sie jetzt bitten dürfte.“ Anna wies unmissverständlich auf die Tür. Gabelstein folgte ihrer Aufforderung widerwillig. Clemens Korthals klemmte sich den Laptop unter den Arm.

Die Vorzimmerdame der Toten, die ihrem Äußeren nach die Zwillingsschwester ihrer Kollegin im Vorzimmer von Gabelstein sein konnte, hatte die ganze Szene mit bittersaurer Miene verfolgt.

„Gibt es für diesen Raum einen Schlüssel?“, fragte Anna sie, als sie das Arbeitszimmer von Henriette von Bahrenfeld verlassen und die Tür geschlossen hatte.

„Selbstverständlich“ kam die schnippische Antwort von der Vorzimmerdame. Mit kurzen Schritten ging sie um ihren Schreibtisch herum, griff in eine Schublade und reichte den Schlüssel demonstrativ Gabelstein.

Oberkommissar Korthals nahm ihm den Schlüssel ab, verschloss die Tür und klebte das Siegel darauf.

„Noch einmal für Sie. Dieser Raum darf nicht betreten werden, bevor wir ihn wieder freigegeben haben“, erklärte

Anna nachdrücklich. Gabelsteins Missfallen war unverkennbar. Auch weil die Kommissarin ihm vor ihrer Verabschiedung mitteilte, dass sie am Nachmittag einen Besuch in seiner privaten Villa am Sierksdorfer Steilufer eingeplant hatte.

Oberkommissar Korthals holte noch den Umschlag mit den Drohbriefen von der blonden Rezeptionskraft ab. Seinen freundlichen Abschiedsgruß strafte sie schweigend mit einem verachtenden Blick.

„Mein Gott, was sind denn das für kalte Hundeschnauzen“, stieß Clemens hervor, als er sich neben Anna hinter dem Lenkrad fallen ließ.

„Gut beobachtet, Clemens. Ich glaube, hier haben wir eine harte Nuss zu knacken. Unsere erlauchten Gesprächspartner werden nicht aussagefreudiger sein“, stellte Anna lapidar fest.

„Weiß eigentlich unser geliebter Oberstaatsanwalt von unserem geplanten Besuch in Hasselburg?“ Clemens sah Anna von der Seite an.

„Nein. Warum sollte er? Aber keine schlechte Idee. Warum wollen wir einem Freund des Hauses von Bahrenfeld nicht eine Freude bereiten? Morse ihn an.“ Der Oberkommissar bedachte seine Chefin mit einem verschmitzten Grinsen und tippte die Nummer des Oberstaatsanwaltes in sein Smartphone. Der Rufton erklang über die Freisprechanlage. Nach zweimaligem Klingeln meldete sich die Vorzimmerdame des Oberstaatanwalts.

Anna räusperte sich. „Guten Morgen, Frau Haverkamp. Hier ist Anna Severin. Ist der Oberstaatsanwalt zu sprechen?“

„Natürlich, Frau Severin. Ich stelle Sie gleich durch.“

„Ich habe Ihren Anruf schon viel früher erwartet, Frau Severin“, meldete sich Oberstaatsanwalt Reichenbach ohne weitere Begrüßung. „Damit das ein für alle Mal klar ist, ich verlange von Ihnen, dass Sie Ihre Schritte in der Sache von Bahrenfeld minutiös mit mir absprechen. Wir bewegen uns hier auf einem ganz sensiblen Terrain. Haben wir uns verstanden?“

Anna musste erst einmal tief durchatmen. Was bildete sich dieser aufgeblasene Wichtigtuer bloß ein? Sie machte Ihren Job doch nicht erst seit gestern. Aus den Augenwinkeln erkannte sie, dass sich ihr Kollege nur mit Mühe das Lachen verkneifen konnte.

„Auch ich wünsche Ihnen einen wunderschönen guten Morgen, Herr Reichenbach. Ich versichere Ihnen, die Staatsanwaltschaft wird wie bisher üblich die Informationen der Mordkommission nach dem Stand der Ermittlungen erhalten. Von Ihnen wollte ich jetzt lediglich erfahren, ob Ihr Gespräch mit dem Grafen gestern noch ermittlungstechnisch relevante Ergebnisse erbracht hat.“

„Frau Severin, so geht das nicht. Ich erteile Ihnen hiermit die Weisung, wie von mir bereits erwähnt, keine Maßnahmen zu treffen ohne meine persönliche Genehmigung.“ Der Oberstaatsanwalt hob bei seinen letzten Worten die Stimme. Vermutlich um seiner Anordnung noch mehr Nachdruck zu verleihen.

Langsam hatte Anna die Nase voll. Mit diesem Mann war wirklich kein sachliches Gespräch möglich. Oberstaatsanwalt Reichenbach war allgemein bekannt dafür, seine Position zu überschätzen. Nicht das erste Mal hatten auch Annas Kollegen anderer Kommissariate Kompetenzrangeleien mit ihm ausfechten müssen. Zeitaufreibend und lästig gleichermaßen.

„Herr Oberstaatsanwalt, das kann ich Ihnen versprechen, ich werde meine Aufgabe wie bisher nach bestem Wissen und Gewissen versehen. Sollten Sie allerdings persönliches Interesse an meinem Job haben, müssen Sie sich an meine Vorgesetzten wenden. Ich gehe davon aus, dass

Sie keine sachrelevanten Informationen mehr für mich haben. Guten Tag." Wie auf Kommando drückte Clemens die Taste des Telefons und beendete das Gespräch ohne eine Antwort abzuwarten.

„Äußerst ergiebige Informationen." Clemens Korthals grinste Anna von der Seite an. „Die Nummer mit dem Job war einfach Klasse, Chefin. An der Nuss wird er noch eine Weile zu knacken haben, unser aufgeblasener Gernegroß mit Billardkugel."

Anna legte den rechten Zeigefinger an ihren Mund und sah ihren Kollegen eine Weile nachdenklich an. „Womit haben wir das verdient, Clemens? Auf der einen Seite Gefühlskälte, obwohl ein naher Angehöriger ermordet wurde und auf der anderen Seite verantwortliche Juristen, denen ihr überzogenes Ego wichtiger ist als die Verfolgung der Straftat."

Der Clemens Korthals nickte nur. „Und zwischen diesen Stühlen sitzen wir beide."

„So ist es. Gut erkannt. Aber welche Alternativen gibt es für uns?" Anna sah ihren Oberkommissar provozierend an.

„Aufgabe oder Kampf, das ist hier die Frage", kam es wie aus der Pistole geschossen.

Anna musste lachen. „Wofür entscheiden wir uns?"

Clemens Korthals warf den Motor an und lachte ebenfalls. „Für Kampf natürlich. Ist doch klar, Chefin."

Als Anna Severin und Clemens Korthals kurze Zeit später das Herrenhaus in Hasselburg betraten, wurden sie wie am Vortag von der Hausdame der gräflichen Familie empfangen. Der Besuch der beiden Kripobeamten schien ihr auch heute nicht zu gefallen. Frau Rotenburgs heruntergezogene Mundwinkel ließen keine andere Deutung zu. Anna hegte arge Zweifel, dass der Hausdrache in ihrem Leben überhaupt schon einmal den Mund zu einem Lächeln verzogen hatte.

„Der gnädige Herr und die gnädige Frau sind nicht zu sprechen“, wurden die beiden Kommissare begrüßt.

„Wie überaus bedauerlich, Frau Rotenburg“, entgegnete Anna übertrieben freundlich, „welches Familienmitglied würde uns denn außer den hohen Herrschaften zur Verfügung stehen?“

„Ich muss sehen, ob der junge Herr Graf es einrichten kann“. Die Hausdame entflog, kam kurze Zeit später wieder und deutete mit einer schlichten Handbewegung an, ihr zu folgen.

Im selben Raum wie am Vortag saß jetzt ein etwa dreißigjähriger schlanker Mann am Schreibtisch, der sich sofort erhob, als die beiden Kommissare eintraten. Ebenso wie ein älterer Herr, der gleich darauf Anstalten machte, den Raum zu verlassen.

„Einen kleinen Moment, Onkel. Warte bitte“, hielt ihn der Jüngere zurück und trat auf die beiden Kommissare zu.

„Ich bin Alexander von Bahrenfeld und das ist Manfred von Stackelberg“, stellte er sich und den älteren Herrn vor und bat sie gleichzeitig, in den Sesseln vor dem Kamin Platz zu nehmen.

„Mein Onkel ist unser Forstverwalter und der Bruder meiner Mutter“, klärte der junge Graf die Kommissare auf. „Sie müssen meine Eltern entschuldigen, aber sie fühlen sich beide nach der schrecklichen Nachricht nicht ganz wohl.“

„Wir haben natürlich noch einige Fragen, die Sie uns sicherlich auch beantworten können“, begann Anna die Befragung, „zunächst wäre uns sehr geholfen, wenn Sie uns eine Liste aller Familienmitglieder Ihres Hauses sowie auch der Bediensteten erstellen könnten.“

„Kein Problem, das werde ich gleich veranlassen“. Alexander von Bahrenfeld stand auf, ging zum Schreibtisch und gab über eine Sprechanlage ein paar kurze Anweisungen.

„Wir würden uns gerne ein Bild von Ihrer Schwester machen. Wie war ihr Werdegang? Was für einen Charakter hatte sie? Wie war Ihr Verhältnis zur Familie? Hatte sie Feinde?“

Alexander von Bahrenfeld sah Anna eine Weile schweigend an. Dann atmete er mehrmals tief durch. Anna fiel auf, dass dem jungen Grafen jegliche Ähnlichkeit mit seinem bulligen Vater fehlte. Vielmehr schien er die Eleganz seiner Mutter zu verkörpern. Schlank, aufrecht und durchaus zuvorkommend. Der Onkel hingegen wirkte eher wie eine knorrige Eiche. Ein markantes Gesicht mit ausgeprägten Kiefernknochen und vorspringendem Kinn vermittelte er den Eindruck, von Energie und Tatkraft, dem Widerspruch fremd war. Vermutlich verstand er sich mit dem alten Grafen bestens.

„Schon als kleiner Bruder habe ich sie bewundert. Erst später, als ich älter wurde, wusste ich weshalb. Sie war die einzige in der Familie, die opponierte. Die nicht tat, was man von ihr erwartete. Während meine Mutter stets versuchte, sie mit strenger aber auch verständnisvoller Hand zu bändigen, zeigte mein Vater wenig Verständnis für ihre Unbotmäßigkeit, wie er es nannte.“

„Nun übertreib mal nicht, Alexander. Ruprecht ist euch Kindern immer ein guter Vater gewesen“, protestierte der Onkel knurrend. Der junge Graf reagierte nicht auf den Einwand.

„Aber die Heirat mit Herrn Gabelstein fand wohl nicht seine Zustimmung, oder?“, warf Clemens Korthals ein.

„Das ist richtig. Es führte zum endgültigen Bruch. Mein Vater erteilte ihr sogar Hausverbot. Was Henriette aber nicht störte. Sie ignorierte es einfach. Selbst ihre beruflichen Erfolge fanden vor den Augen meines Vaters keine

Gnade. Eine von Bahrenfeld hat es nicht nötig, in finanziellen Abgründen windiger Geschäftemacher herumzuwühlen, war seine Ansicht."

„Alexander, ich bitte dich. Das gehört doch wahrhaftig nicht hierher", protestierte der Onkel erneut.

Anna atmete tief durch. „Herr von Stackelberg, zu Ihnen kommen wir gleich. Ich wäre Ihnen dankbar, wenn wir zunächst die Befragung mit Herrn von Bahrenfeld ungestört zu Ende führen könnten. Es bleibt Ihnen unbenommen, auch im Nebenzimmer zu warten."

„Also, ich darf doch bitten." Der Forstverwalter richtete sich im Sessel auf. Sein Kinn schob sich noch etwas weiter vor. „Wie reden Sie denn mit mir? Sie haben hier keinen dahergelaufenen Lakaien vor sich …"

„Darf ich Sie freundlich daran erinnern. Wir ermitteln in einer Mordsache. Und die Tote ist Ihre Nichte." Anna hatte nicht vor, sich von diesem hochnäsigen Onkel die Butter vom Brot nehmen zu lassen. „Aus dem Grunde halte ich es für nötig, dass auch das kleinste Detail auf den Tisch kommt. Für übertriebene Empfindlichkeiten ist hier wahrhaftig kein Platz." Bevor Manfred von Stackelberg antworten konnte, wandte sich Anna wieder dem jungen Grafen zu. „Nur für unser Verständnis, Herr von Bahrenfeld. Welche Aufgabe haben Sie in diesem Haus?"

„Ich bin so etwas wie der Gutsverwalter. Mein Vater ist nach wie vor der Chef des ganzen. Aber ich kümmere mich um das Bürokratische und Finanzielle des Gutes."

„Und Ihr Verhältnis zu Ihrem Vater?", hakte Anna nach.

„Man arrangiert sich. Ich möchte sie nicht weiter mit Interna langweilen."

„Gab es in der letzten Zeit Auffälligkeiten? Hatte Ihre Schwester Feinde?", schaltete sich der Oberkommissar wieder in das Gespräch ein.

„Davon ist mir nichts bekannt."

„Wann haben Sie Ihre Schwester das letzte Mal gesehen?“, fuhr Clemens Korthals fort.

„Das muss ein paar Tage her sein. Sie war kurz hier. Es ging wohl um irgendwelche Unterlagen. Genaueres weiß mein Vater.“

Anna runzelte die Stirn. Wie sie schon vermutet hatte. Mit offenen Karten wurde hier nicht gespielt. „Haben Sie eine Vorstellung, wer Ihrer Schwester so etwas antun konnte?“

„Nein. Beim besten Willen nicht. Zugegeben, sie war kein einfacher Mensch und Diplomatie war nicht unbedingt ihre Stärke. Dabei ist sie sicherlich auch immer einmal wieder jemandem auf den Fuß getreten. Aber Mord, nein, wahrhaftig nicht.“

„Herr von Stackelberg?“ forderte Anna den Onkel auf. Doch der schüttelte nur den Kopf.

„Eine letzte Frage an Sie, Herr von Bahrenfeld. Wo waren Sie vorgestern gegen einundzwanzig Uhr?“

„Sie wollen von mir ein Alibi? Glauben Sie ernsthaft, dass ich meine Schwester umgebracht habe?“

Anna reagierte gelassen. „Reine Routine. Beantworten Sie bitte meine Frage.“

„Meine Frau und ich hatten Gäste“, kam die knappe Antwort.

„Sie wohnen hier im Herrenhaus?“

„Nein, nebenan im Kavalierhaus.“

„Mein Kollege Korthals wird, bevor wir gehen, die Namen Ihrer Gäste notieren“. Bevor Alexander von Bahrenfeld sich erneut entrüsten konnte, wandte sich Anna dem Onkel zu.

„Wo wir gerade bei diesem Punkt sind. Wo waren Sie, Herr von Stackelberg, vorgestern Abend?“

„Wissen Sie was? Das geht Sie einen Scheißdreck an.“ Manfred von Stackelberg stand abrupt auf und machte Anstalten den Raum zu verlassen.

„Wie Sie wünschen, Herr von Stackelberg. Ich sehe Sie dann Morgen um neun Uhr in der Polizeidirektion in Lübeck“, erwiderte Anna völlig emotionslos.

„Onkel, bitte. Setz dich wieder. Es ist für uns alle nicht ganz leicht. Aber die Polizei tut doch auch nur ihre Pflicht.“ Der junge Graf versuchte, seinen Onkel zu beruhigen. Mit verbissenem Gesicht drehte dieser sich um und funkelte die Kommissare an. „Ich war den ganzen Abend bei einem Forstarbeitertreffen im Dorfkrug in Altenkrempe. Das können mehr als achtzig Leute bezeugen. Reicht das jetzt?“

„Hinsichtlich der Namen dieser Zeugen komme ich noch einmal auf Sie zu“. Clemens Korthals lächelte dabei den Forstverwalter des Gutes unbekümmert an, wohl wissend, dass der kurz vorm Platzen war. „Sie können mich mal!“ Manfred von Stackelberg stapfte wutentbrannt hinaus und knallte die Tür hinter sich zu.

Kapitel 6

Hand auf's Herz, wer von uns hat nicht schon einmal gelogen. Wer das, ohne die Unwahrheit zu sagen, von sich behaupten kann, ist ein Heiliger oder nicht von dieser Welt.

Die „Wahrheit" ist nach dem Duden „die Übereinstimmung einer Aussage oder Behauptung mit der Wirklichkeit". Eigentlich ganz einfach. Betrachten wir die Wahrheit allerdings durch die philosophische Brille, dann wird es kompliziert. Denn alle der uns bekannten Philosophen von Aristoteles bis Immanuel Kant haben ihre eigene Version der Wahrheit erklärt. Also verlassen wir lieber diese heikle Region und wenden uns der Wahrheit unserer Tage zu. Soviel vorweg, ein kritischer Verstand und ein waches Auge sind zu jeder Zeit hilfreich, um die Wahrheit zu erkennen. Insbesondere dann, wenn neben der Wirklichkeit auch noch „alternative Fakten" angeboten werden. Es hat Zeiten gegeben, da hat man so etwas einfach nur „Lügen" genannt.

Ich verrate Ihnen jetzt ein Geheimnis. Als Schriftsteller hat man es etwas leichter. Schreibe ich ein Sachbuch, sollte möglichst alles stimmen. Entspringt meiner Feder allerdings ein Roman, so weiß jeder Leser sogleich, das ist eine Geschichte, die der Fantasie des Autors entsprungen ist. Allerdings mit einer Einschränkung. Ganz gleich in welcher Zeit der Roman auch spielt, will ich als Autor glaubhaft bleiben, so müssen hier die Fakten stimmen. Wenn Friedrich der Große den Reißverschluss seiner Hose schließt oder eine Kuh in lockerer Folge über Gatter springt, dann sind wir der Wahrheit doch sehr fern.

Einigen wir uns auf die Aussage des französischen Philosophen Voltaire:

„Alles was du sagst, sollte wahr sein. Aber nicht alles, was wahr ist, solltest du auch sagen".

Unruhig blickte Lindberg auf die Uhr. Ursprünglich wollte er an diesem Tag seinen neuen Roman skizzieren. Dazu brauchte er Ruhe. Meistens setzte er sich dazu auf den kleinen Hof hinter seinem Haus in der Hüxstraße in Lübeck. Sein Refugium, wie er es nannte. Dort, abgeschirmt vom Trubel der Großstadt, konnte er ungestört seiner Fantasie freien Lauf lassen. Eingerahmt von weiß getünchten Mauern und duftenden Rosenstöcken. Das Haus hatte er von seinen Eltern geerbt, die bereits vor Jahren verstorben waren. Das weiße Gebäude mit dem geraden Treppengiebel vermittelte jene kaufmännische Würde, die zahlreichen Häusern der alten Hansestadt zu Eigen waren. Lindberg bewohnte die oberen beiden Etagen, während er das Geschäft im Erdgeschoss Albert Mahrenholz, einem Goldschmiedemeister, vermietet hatte.

Seinen ursprünglichen Plan konnte Lindberg heute jedoch nicht in die Tat umsetzen. Die Liste der Störenfriede nahm kein Ende. Erst hatte die Lektorin seines Verlages ihn genervt, da sie einige Passagen des Manuskriptes seines aktuellen Kriminalromans partout nicht verstand und es daher völlig unlogisch, entgegen des ursprünglichen Handlungsablaufes umschreiben wollte. Ein nicht enden wollendes Telefongespräch war nötig gewesen. Kurze Zeit später hielt ihn der Goldschmiedemeister auf, um ihn von seinen beabsichtigten Umbauplänen der Ladenräume zu überzeugen. Geduldig hatte Lindberg zugehört, um nicht dessen Begeisterung zu bremsen. Zu allerletzt berichtete Tobias telefonisch ausführlich von seinem Gespräch mit Rosi und seiner Hoffnung auf das fällige Honorar durch die eifersüchtige Ehefrau des Bauunternehmers. Positiv allerdings waren die ausführlichen Nachrichten seines Freundes über die Familie des Grafen von Bahrenfeld. So konnte Lindberg am Abend bei seinem geplanten Besuch Anna wenigstens einen kleinen Hilfsdienst erweisen, wenn sie nicht inzwischen selbst schon einiges über die Familie der Toten recherchiert hatte.

Lindberg hörte die Glocke von St. Marien, der stattlichen zweitürmigen Kaufmannskirche Lübecks. Sie schlug vier Mal. Zu spät, um noch in die Welt seiner zukünftigen Romanfiguren einzutauchen. Rund eine Stunde später wollte er sich auf den Weg zu Anna machen. Lindberg blätterte durch die Tageszeitung. Plötzlich hielt er inne. In den lokalen Nachrichten blieb er an einem Foto eines älteren Ehepaares hängen, das vor einem Haus stand und betrübt in die Kamera blickte. Die beiden kannte er. Das waren Maren und Ingo Kleinschmidt. Dreiundachtzig und fünfundachtzig Jahre alt, wie die Bildunterschrift bestätigte. Sie wohnten auf der Halbinsel Priwall in Travemünde unmittelbar an der Ostseeküste, nicht weit entfernt von seiner Tante Gertrud. Ein liebenswertes Ehepaar, das seinen Ruhestand genoss und dessen ganzer Stolz ihr Garten war. Nicht nur einmal hatte sich Lindberg lobend über die blühende Pracht bei einem kurzen Klönschnack über den Gartenzaun geäußert, wenn er seine Tante besucht hatte. Jetzt schien jedoch das kleine Glück des Ehepaars Kleinschmidt zerstört zu sein. Kopfschüttelnd las Lindberg, dass das Lübecker Bauamt den Abriss des Hauses der Familie Kleinschmidt angeordnet hatte, da beim Bau des Gebäudes keine ordnungsgemäße Baugenehmigung vorgelegen haben sollte. Die Verzweiflung der beiden schien groß zu sein, da sie sich keiner Schuld bewusst waren, als sie das Haus vor rund fünfzig Jahren gekauft hatten. Wie der Artikel in der Zeitung verriet, waren auch die juristischen Möglichkeiten bereits ausgeschöpft und das Ehepaar Kleinschmidt musste sich im nächsten Monat auf den Abrissbagger einstellen.

Lindberg merkte, wie langsam der Zorn in ihm wuchs, je weiter er den Zeitungsartikel las. Solche bürokratischen

Unmenschlichkeiten waren ihm immer schon ein Dorn im Auge gewesen. Bei Inkompetenz und Ungerechtigkeit setzte sein sonst gutmütiger Charakter zeitweise aus und verwandelte sich in abgrundtiefe Wut. Er musste handeln. Als er sah, wer den Artikel geschrieben hatte, griff er zum Telefon.

„Gernot Havelmann“, meldete sich der Teilnehmer, dessen Nummer Lindberg gewählt hatte.

„Sag mal, du begnadeter Schreiberling, kannst du mir eine Frage beantworten?“ Lindberg kannte den Redakteur der Tageszeitung schon von seiner Schulzeit her.

„Lindberg, du treuloser Poet, du meldest dich auch immer nur, wenn du was von mir willst, oder?“ Der Redakteur hatte seinen Schulkameraden bereits an der Stimme erkannt.

Lindberg lachte. „Ich glaube, diesen Vorwurf können wir uns beide machen. Aber im Ernst, Gernot. Ich habe eben deinen Artikel über die Familie Kleinschmidt gelesen. Ist die Lage für die beiden wirklich so bedrohlich, wie du schreibst?“

„Das kann man wohl sagen. Die Verbohrtheit des Lübecker Bauamtes schreit förmlich zum Himmel. Selbst die Intervention von Mitgliedern der Bürgerschaft hat nicht geholfen. Recht ist Recht und das gilt für alle gleich, ist nur aus dem Bauamt zu hören.“

„Und dagegen ist nichts zu machen?“

„Wenig. Der Mensch und speziell das Schicksal der Kleinschmidts sind dabei völlig nebensächlich. Manchmal ist unser System förmlich zum Kotzen.“ Mit einer gewissen Genugtuung registrierte Lindberg, dass sein Schulfreund ähnlich empfand wie er.

„Wer ist denn dieser Idiot im Bauamt, der so einen Mist ausbrütet?“, wollte Lindberg jetzt wissen.

„In diesem Fall ist es der Amtsleiter persönlich. Seine Gnaden, Stadtdirektor Friedhelm Semmelrogge.“

„Hat man nicht gegen den schon wegen Korruptionsverdacht ermittelt?“, meinte sich Lindberg zu erinnern.

„Ja, mehrfach sogar. Aber sie haben ihm juristisch nie etwas nachweisen können. Aber wieso interessiert dich die Sache so?“

„Ich kenne die beiden. Wenn auch nur flüchtig. Sie wohnen nicht weit von meiner Tante Gertrud entfernt. Aber in erster Linie stinkt mir diese bürokratische Willkür, die so ein harmloses und liebenswertes Paar ins Unglück stürzt. Zunächst vielen Dank, Gernot.“

„Sag die Wahrheit, Lindberg. Was hast du vor?“

„Nichts weiter. Du sagst ja selbst, da ist nicht mehr viel zu machen. Wir sollten bei Gelegenheit wieder ein Bier zusammen trinken, alter Junge. Bis später einmal und Tschüß.“ Lindberg verabschiedete sich eilig. Nach dem Gespräch saß er noch eine ganze Weile gedankenversunken in seinem Sessel. Er konnte die Kleinschmidts nicht ihrem Schicksal überlassen, ohne etwas zu unternehmen. Lindberg musste unbedingt mit Tobias über diese Sache reden. Vielleicht hatte der ja eine Idee. Ein Blick auf die Uhr zeigte ihm, dass es an der Zeit war, sich auf den Weg zu Anna zu machen, wollte er nicht zu spät kommen.

Es war nur ein Spaziergang von fünfzehn Minuten durch Lübecks Altstadt, um Annas Wohnung an der Untertrave zu erreichen. Lindberg freute sich jedes Mal aufs Neue auf einen Besuch bei Anna. Ihre Wohnung in der obersten Etage des Hauses verfügte über eine Dachterrasse, auf der sie so manchen Abend bei einem Glas Wein und den freien Blick auf die Türme der Marienkirche verbracht hatten. Auch dieser milde Spätsommerabend versprach solche Freuden.

„Hallo, Lindberg. Pünktlich wie immer“, begrüßte Anna ihren Freund mit einem Kuss auf die Wange.

„Ich werde doch meine geliebte Kommissarin nicht warten lassen“, antwortete Lindberg grinsend.

„Du kannst gleich zur Terrasse durchstarten. Es gibt heute Abend nur eine Kleinigkeit. Ich hatte keine Lust zu kochen. Wein oder Bier? Zum Essen passt eigentlich besser Wein“, beantwortete Anna ihre Frage selbst.

„Was gibt es denn?“

„Antipasti aus bella Italia“.

Anna war eine begnadete Köchin. In diesen Genuss waren Lindberg und Tobias in den vergangenen Jahren schon mehrfach gekommen. Heute hielt sich Annas Begeisterung für die Küche anscheinend in Grenzen.

Mit einem tiefen Seufzer ließ sie sich in ihren Sessel fallen, als sie die italienischen Köstlichkeiten aufgetragen und Lindberg den Bardolino eingeschenkt hatte.

„Wie es aussieht, war heute nicht dein bester Tag“, bemerkte Lindberg mit gerunzelter Stirn.

Anna sah ihren Freund eine Weile schweigend an. Dann umspielte ihren Mund ein geheimnisvolles Lächeln.

„Wie lange kennen wir uns schon, Lindberg?“, fragte sie, ohne auf seine Frage einzugehen.

„Ich denke ungefähr acht bis neun Jahre. Warum fragst du?“

Anna erhob ihr Glas. „Heute sind es auf den Tag genau zehn Jahre, mein lieber Karl-Magnus.“ Lindberg konnte sich nicht mehr daran erinnern, wann jemand das letzte Mal seinen Vornamen genannt hatte. Beide prosteten sich zu und tranken einen Schluck. Noch bevor Lindberg etwas sagen konnte, stand Anna auf und kam um den Tisch herum. Anschließend beugte sie sich nieder, nahm seinen Kopf in beide Hände und drückte ihm einen überschwänglichen Kuss auf den Mund.

Lindberg war vollkommen überrascht und sah Anna fragend an. Doch sie setzte sich wieder, als ob nichts geschehen wäre. Erst jetzt fiel ihm auf, wie verletzlich seine Freundin wirkte. So hatte er sie nie gesehen. Anna war für ihn immer die Taffe gewesen, die unverrückbar ihren Mann stand. Die so manchem Kriminellen handfest zeigte, wer die Hosen an hatte und auf jede Lebenslage eine Antwort wusste. Ihm war klar, dass es für eine Frau nicht ganz leicht sein konnte, sich in einer über Jahre geprägten Männerwelt durchzusetzen. Auch Anna hatte ihm immer einmal wieder von unliebsamen Machtkämpfen unter den Kollegen berichtet. Für sie zählte in ihrem Beruf in erster Linie die fachliche Kompetenz. Auch wenn sie für manche nach außen hin oft abweisend und kühl wirkte, so kannte Lindberg sie anders. Menschliche Wärme war ihr nicht fremd. Nicht nur einmal hatte sie mit ihm über die Opfer und Leidtragenden gesprochen, die ihr Beruf mit sich brachte und nicht selten zeigte sie tiefe Betroffenheit. Lindberg wusste, dass im Innersten seiner selbstbewussten Freundin auch eine Sehnsucht nach menschlicher Geborgenheit schlummerte.

„Womit habe ich das verdient?", fragte er sie.

„Ich hatte einfach das Bedürfnis. Du bist eine feste Größe in meinem Leben und immer da, wenn ich dich brauche. Dafür bin ich dir dankbar. Aber bevor wir sentimental werden, lass uns lieber essen." Da war sie wieder, die pragmatische Anna.

Lindberg sah seine Freundin schweigend an.

Anna versuchte die plötzliche Stille zu überspielen. „Was ist los, Lindberg? Hast du keinen Hunger?"

„Anna, ist das Fundament unserer langen Freundschaft nicht stets auch die Aufrichtigkeit gewesen? Was ist los?"

Jetzt schwieg auch Anna betreten und senkte ihren Kopf. Nur leise kamen die ersten Worte über ihre Lippen. „Ich bin es einfach so leid, Lindberg, immer die Tapfere und Zupackende spielen zu müssen. Anna kann das alles.

Anna ist unsere beste. Anna, die Superfrau. Du glaubst gar nicht, wie mich das ankotzt."

„Aber du bist doch auch gut in deinem Job, Anna", protestierte Lindberg voll Überzeugung, „du bist intelligent, erfolgreich und zudem noch ein liebenswerter Mensch."

„Hat mich irgendwann einmal auch nur ein Mensch danach gefragt, ob ich das auch sein will? Oder ob ich auf diese Weise nicht nur ein Kindheitstrauma bewältige?"

„Über deine Kindheit hast du auch mit mir kaum gesprochen", warf Lindberg ein.

„Du bist mein Freund, Lindberg, und nicht mein Therapeut. Sag mir einen Grund, weshalb ich dir davon berichten soll, dass mein Vater ein egozentrischer Patriarch war, der für alles eine Erklärung und eine Antwort hatte? Nämlich ausschließlich seine Sicht der Dinge. Und die war wahrhaftig nicht immer von dieser Welt. Dessen einziges Kind durch Gottes Fluch eine Tochter geworden ist und kein Sohn. Die nie die geringste Chance hatte, ein verspieltes Mädchen zu sein, sondern durch Zucht und Disziplin auf die verruchte und sündhafte Menschheit vorbereitet werden musste. Und die krampfhaft versucht hat, durch immer bessere Leistungen auf ihre Weise zumindest ein Fünkchen Liebe ihres Vaters zu entfachen. Ohne Erfolg. Als mein Vater vor einigen Jahren starb, hegte ich die Hoffnung, dass in mir ein befreiender Knoten platzen würde. Aber vergeblich. Ich verhalte mich bis heute, wie damals. Meine mich durch forsches Auftreten durchboxen zu müssen. Bilde mir ein, allen Männern dieser Erde Paroli bieten zu müssen. Welch ein armseliges Leben." Anna traten bei den letzten Worten Tränen in die Augen. Lindberg stand auf, trat um den Tisch herum und nahm Anna in die Arme. Schluchzend legte sie ihren Kopf an seine Brust.

Lindberg wusste nicht, wie lange er Anna schweigend in den Armen gehalten hatte, bis sie sich langsam beruhigte. Er nahm eine Serviette vom Tisch und tupfte die Tränen von ihrer Wange. Dann hob er behutsam mit dem Finger ihr Kinn an und sah ihr in die Augen.

„Anna, jeder von uns lebt in dem Käfig seiner Erziehung. Es liegt ganz allein bei uns, mit welcher Kraft und Energie wir die Gitterstäbe aufbiegen und ihm entfliehen können. Ich bin der Meinung, du hast den besten Weg gefunden. Du hast einen Job, den du mit Engagement und Leidenschaft angehst. Du hast Freunde, die dich lieben, so wie du bist. Und du hast mich, der immer da ist, wenn du ihn brauchst. Auch wenn ich als Therapeut nur begrenzt geeignet bin."

Mit der letzten Bemerkung zauberte Lindberg wieder ein zartes Lächeln in Annas Gesicht.

„Entschuldige bitte, Lindberg. Ich bin eine törichte jammernde Gans. Ich wollte uns nicht den Abend verderben."

Lindberg setzte sich wieder auf seinen Platz. „Das hast du nicht, und auf die jammernde Gans werde ich zu einem späteren Zeitpunkt bestimmt noch einmal zurückkommen."

„Du bist mir nicht böse?"

Lindberg erhob sein Glas. „Wie könnte ich denn? Alles hat seine Zeit. Und wenn die Seele ruft, sollte man sie auch erhören."

Anna sah ihren Freund dankbar an. „Lindberg, du bist einmalig."

„Da möchte ich dir nicht widersprechen, liebe Anna. Aber jetzt habe ich Hunger. Guten Appetit."

Gemeinsam fingen sie an zu essen. Nach einer Weile legte Lindberg Messer und Gabel nieder und sah Anna mit leicht geneigtem Kopf an. Wie es aussah, hatte sie sich wieder gefangen. „Dass dein Tag heute nicht der beste war, habe ich ja inzwischen gemerkt, aber was ist denn tatsächlich passiert?"

„Es kam wohl eins zum anderen“, antwortet Anna, „ich habe den Eindruck, dass der Tod von Henriette von Bahrenfeld niemanden interessiert. Die Familie am wenigsten. Zu allem Übel musste ich mich auch noch einem lästigen Oberstaatsanwalt erwehren, der von mir verlangt hat, dass ich jeden einzelnen meiner Ermittlungsschritte mit ihm absprechen sollte.“

Lindberg ergriff sein Glas und runzelte die Stirn. „Das hat er ernsthaft von dir verlangt? Wieso hängt er sich denn so hinein in diesen Fall? Wie es aussieht, ist es doch ein ganz normaler Mord. Wenn man Mord und Totschlag überhaupt normal nennen kann.“

„Er ist seit Jahren mit dem Grafen von Bahrenfeld befreundet und hält es anscheinend für nötig, ihn vor der Inquisition der Mordermittler zu beschützen.“

„Was hast du ihm denn geantwortet?“

Anna lächelte. „Ich habe ihm zu verstehen gegeben, dass ich meine Arbeit so wie bisher versehen werde und wenn er meinen Job haben will, soll er sich gefälligst an meine Vorgesetzten wenden“.

Lindberg fing prustend an zu lachen. „Damit hast du garantiert einen Freund weniger auf der Liste deiner Verehrer, liebe Anna.“

„Auf diesen Wichtigtuer kann ich auch gut und gerne verzichten.“

„Haben KTU und Rechtsmedizin denn schon irgendetwas Substantielles geliefert?“, wollte Lindberg von ihr wissen.

„Lindberg, das sind Ermittlungsinterna. Das darfst du gar nicht wissen.“

Das war Annas Standartantwort, wenn er seine Neugier nicht zügeln konnte. Aber es beunruhigte ihn nicht. Es würde nur eine Sache der Zeit sein, bis sie portionsweise seinen Wissensdurst stillen würde.

„Beinahe hätte ich es vergessen. Bist du vielleicht an einigen Details der gräflichen Familie interessiert?" Lindberg lächelte Anna schelmisch an.

„Was weißt du denn von dem Grafen?"

„Ich habe unseren Freund Tobias ein wenig bemüht. Wie du dir vorstellen kannst, waren seine Aktivitäten mehr als ergiebig. Ich dachte mir, dass es vielleicht deine Ermittlungen ein bisschen erleichtern könnte, wenn du wüsstest, mit wem du es zu tun hast."

„Lindberg, wieso bin ich bloß auf die wahnwitzige Idee gekommen, dass du dich eines Tages bessern würdest? Falls du es vergessen haben solltest, ich ermittle in diesem Fall. Das ist Aufgabe der Kriminalpolizei und nicht der Job eines einigermaßen erfolgreichen Schriftstellers und eines verkrachten Anwalts."

Lindberg wusste, dass Anna immer einmal wieder die offizielle Position verkünden musste, aber insgeheim für seine Hilfsdienste durchaus empfänglich war.

„Ist gut, Anna, dann nehme ich mein Wissen eben wieder mit nach Hause", bemerkte Lindberg mit gespielt beleidigter Miene.

Anna schüttelte den Kopf. „Nun leg schon los, du Kindskopf, was habt ihr heraus gefunden."

„Also in Kurzform. Ruprecht von Bahrenfeld und seine Frau Victoria hast du ja schon kennengelernt. Er ist der alles beherrschende Patriarch und hält die Tradition des Hauses von Bahrenfeld hoch. Sie ist eine geborene von Stackelberg. Ebenfalls alter und ehrwürdiger Holsteiner Landadel. Sie haben drei Kinder oder besser hatten. Die älteste war Henriette, die Tote. Dann gibt es noch zwei Söhne. Alexander …"

„Den habe ich heute kennengelernt. Er machte einen ganz ordentlichen Eindruck, wenn auch sehr geschäftsmäßig", unterbrach Anna ihren Freund.

„Sieh an, sieh an. Der verwaltet das Gut. Ist verheiratet mit Caroline, eine geborene von Heidenau-Wartenstein. Die beiden haben zwei Kinder, Maximilian und Julia, acht und elf Jahre alt. Dann gibt es noch Ferdinand von Bahrenfeld der zweite Sohn. Der führt mit einem russischen Teilhaber das Hotel „Albatros“ in Grömitz. Scheint aber so etwas wie das schwarze Schaf der Familie zu sein. Fährt dicke Wagen und spielt den reichen Grafensohn. Zu guter Letzt ist noch Manfred von Stackelberg zu nennen. Der Bruder der Gräfin. Er ist der Chef der gräflichen Forstverwaltung. Den scheint der alte Graf bei der Hochzeit seiner Frau mitgeerbt zu haben. Ja, und den Ehemann von der toten Henriette, Klaus-Werner Gabelstein, kennst du ja schon.“

Anna hatte Lindberg aufmerksam zugehört. „Und wer hat die arme Henriette nun umgebracht? Weißt du das auch schon?“

„Noch nicht. Ein bisschen Arbeit wollte ich dir noch überlassen.“

Lindberg hob sein Glas und lächelte Anna lausbubenhaft an.

„Übrigens, habt ihr eigentlich den Sohn vom Pastor schon unter die Lupe genommen?“

„Nein. Warum sollten wir?“, fragte Anna verwundert.

„Der hat sich irgendwann wohl in Henriette verknallt. Nach ihrer Hochzeit mit Gabelstein war er am Boden zerstört, wie Insider berichten. Der Dorfklatsch schließt ihn zumindest als potentiellen Mörder nicht aus.“

Kapitel 7

Tobias bereitete Rosi für ihren Auftritt generalstabsmäßig vor. Auch wenn sie sich anfangs etwas zierte, so konnte er sie doch davon überzeugen, dass man nichts dem Zufall überlassen durfte, wenn man erfolgreich sein wollte. Um Rosis Outfit musste er sich nicht kümmern. Da konnte ihr sowieso niemand das Wasser reichen. Auch wenn Tobias Rosi bei ihrem Auftrag nicht aus den Augen verlieren würde, wie er versprach, hielt er es dringend für erforderlich, ständig mit ihr im Kontakt zu bleiben. So stattete er sie mit einem Minimikrofon aus, das sie in ihrem Ausschnitt verschwinden ließ und einem Ohrhörer, den ihre langen Haare verdeckten. Auf diese Weise konnte er Rosi Anweisungen geben, ohne dass jemand davon etwas merkte. Gleichzeitig war er in der Lage, das Gespräch mit dem Bauunternehmer und ihr zu verfolgen.

Schon bei seiner Recherche über die vermeintlichen Seitensprünge von Müller-Haberfeld hatte Tobias sich einen Überblick über den Tagesablauf und die Gewohnheiten des Bauunternehmers verschafft. Um ganz sicher zu gehen, dass er auch an diesem Nachmittag die Baustelle in St. Jürgen kontrollieren würde, erkundigte Tobias sich bei der Sekretärin, ohne seinen Namen zu nennen.

Um sechzehn Uhr bezog Tobias seinen Beobachtungsposten auf der anderen Straßenseite gegenüber der Baustelleneinfahrt mit Kamera und Teleobjektiv. Rosi saß auf der Bank einer Bushaltestelle keine fünfzig Meter entfernt. Das Bild ihrer attraktiven Erscheinung wurde nur durch einen weißen Verband an ihrem rechten Bein gestört.

„Kannst mich hören, Rosi?“, überprüfte Tobias zum dritten Mal die Funkverbindung.

„Du nervst, Tobias. Vor einer Minute war doch auch alles in Ordnung“, zischte Rosi ins Mikrofon.

Ihre Geduld wurde nicht lange auf die Probe gestellt. Tobias sah durch das Tor der Baustelle, dass sich Müller-Haberfeld mit einem Mann mit weißem Bauhelm unterhielt und sich dann von ihm verabschiedete.

„Du musst los, Rosi. Er fährt jeden Augenblick von der Baustelle“, sprach Tobias ins Mikrofon und sah wie Rosi unverzüglich aufsprang und los ging. Kurz vor dem Tor fing sie an zu humpeln und verlangsamte ihren Schritt, bis das Auto des Bauunternehmers bedächtig aus dem Baustellentor heraus rollte. Mit einem theatralischen Hüftschwung prallte Rosi gegen den Kotflügel und sank in die Knie.

„Welch eine begnadete Schauspielerin“, kam es Tobias schmunzelnd in den Sinn.

Der Wagen stoppte abrupt. Der Fahrer und der Bauunternehmer sprangen aus dem Auto und hasteten auf Rosi zu, die sich wie benommen wieder aufrappeln wollte.

„Mein Gott, wie konnte das passieren?“, stieß Müller-Haberfeld hervor, während sich beide Männer besorgt darum bemühten, Rosi wieder auf die Beine zu helfen.

„Ich habe Sie einfach nicht gesehen“, versuchte sich der Fahrer zu entschuldigen.

„Haben Sie es auf mich abgesehen?“, hörte Tobias Rosis Stimme, begleitet von mitleidserweckendem Stöhnen.

„Wie kommen Sie denn darauf?“ Müller-Haberfeld schien entrüstet zu sein.

„Vorgestern die Attacke mit dem Brett, das mir von dem Gerüst der Baustelle beinahe auf den Kopf gefallen wäre und ich gestürzt bin. Jetzt das hier. Das kann doch kein Zufall sein.“

„Mein Gott, das hört sich ja fürchterlich an. Wie geht es Ihnen denn jetzt?“ Der Bauunternehmer wirkte betroffen.

„Ich weiß es nicht.“ Rosi ließ wiederum ein unterdrücktes Stöhnen vernehmen. Beschwerlich stützte sie sich am

Fahrzeug ab, um Sekunden später hin und her zu schwanken und einen Schwächeanfall anzudeuten. Tobias musste schmunzeln.

Müller-Haberfeld ergriff beherzt Rosis Ellenbogen.

„Sollen wir einen Rettungswagen rufen?“, fragte der Fahrer beklommen.

„Nein, nein. Es geht schon. Ich müsste mich nur irgendwo hinsetzen können und ein wenig ausruhen“, antwortete Rosi mit schwacher Stimme. Dabei sah sie in die Runde, als würde sie eine entsprechende Lokalität suchen. Ihr Blick blieb an dem Café auf der anderen Straßenseite hängen, welches Tobias für ihre Aktion ausgeguckt hatte.

„Sie haben recht. Das wird das Beste sein. Paustian, ich brauche Sie heute nicht mehr. Ich werde mich um die Dame kümmern“, wandte sich der Bauunternehmer an seinen Fahrer.

Dieser runzelte die Stirn. Anscheinend war er mit der Entscheidung seines Chefs nicht einverstanden. „Wie Sie wünschen, Herr Müller-Haberfeld.“

Tobias hatte den Eindruck, dass sich der Bauunternehmer von dem ersten Schreck erholt hatte. Offenkundig war ihm die Attraktivität des Unfallopfers bewusst geworden. Seinen Fahrer scheuchte er mit einer ungnädigen Handbewegung zur Seite, während er sich gleichzeitig beflissentlich um Rosi kümmerte. Ihren Ellenbogen ließ er gar nicht mehr los. Fürsorglich führte er sie über die Straße. Rosi spielte die Rolle der verletzten Person perfekt.

„Bingo!“, entfuhr es Tobias, als er sah, dass die beiden sich direkt am Fenster niederließen. Die optimale Position, um ein paar scharfe Schnappschüsse machen zu können.

„Nun sagen Sie mir erst einmal, wie Sie heißen?“, fragte Müller-Haberfeld, nachdem sie bei der Bedienung Kaffee und Cognac bestellt hatten.

„Mein Name ist Rosemarie Kuchenbecker, aber alle nennen mich Rosi", antwortete Rosi wahrheitsgemäß. Tobias und sie hatten sich entschieden, dass sie ihren richtigen Namen sagen sollte, um mögliche Komplikationen zu vermeiden.

„Ich heiße Bernhard Müller-Haberfeld. Aber nun müssen Sie mir erzählen, wie es zu dem Unfall und Ihrer Verletzung kam".

Tobias hörte, wie Rosi ausführlich von dem erfundenen Vorfall berichtete. Sie verzichtete auch nicht auf den Hinweis über das zerrissene Kleid und ihren Verdienstausfall durch die entgangenen Fernsehaufnahmen. Müller-Haberfeld hing gefesselt an ihren roten Lippen, wie Tobias deutlich durch das Teleobjektiv beobachten konnte.

„Rosi, übertreib nicht!", flüsterte er in das Mikrofon. Als der Bauunternehmer kurz darauf voller Mitleid über den Tisch hinweg tröstend Rosis Hand ergriff, drückte Tobias auf den Auslöser.

„Es tut mir aufrichtig leid, Rosi, dass ich zumindest indirekt an Ihrem Unglück schuld bin. Es tut mir in der Seele weh, wenn ich sehe, wie eine so bildhübsche Frau wie Sie leiden muss. Ich weiß gar nicht, wie ich das wieder gutmachen kann?"

Tobias schmunzelte. „Rosi hat ihn am Haken", kam es ihm in den Sinn.

„Ich lebe ja noch. Es hätte ja alles auch noch viel schlimmer kommen können. Machen Sie sich darüber nicht allzu viele Gedanken, Herr Müller-Haberfeld", antwortete Rosi bescheiden.

Tobias holte tief Luft. Mein Gott, was war das denn? Hoffentlich vermasselte Rosi jetzt nicht alles. Nicht, dass der alte Lüstling im letzten Moment noch abspringt.

„Sagen Sie doch bitte Bernhard zu mir. Müller-Haberfeld klingt so förmlich. Ihre Bescheidenheit ziert sie, liebe

Rosi. Aber erlauben Sie mir doch wenigstens, dass ich Ihnen Ihren Schaden und Ihren finanziellen Verlust ausgleiche." Tobias atmete erleichtert auf. Rosi war einfach Spitze.

Noch bevor Rosi antworten konnte, hatte Müller-Haberfeld seine Brieftasche gezogen und ihr ein paar Scheine entnommen.

„Es ist wirklich nicht nötig, Bernhard", säuselte Rosi, „aber wenn es Ihr Gewissen beruhigt." Ohne auf das Geld zu gucken, das der Bauunternehmer verdeckt über den Tisch geschoben hatte, ergriff Rosi die Scheine und ließ sie in ihrer Handtasche verschwinden.

„Rosi, verstehen Sie mich bitte nicht falsch, aber ich möchte Sie in den nächsten Tagen wieder treffen. Nicht nur, dass Sie mir sehr sympathisch sind, aber ich möchte mich doch gerne versichern, dass es Ihnen gut geht."

Tobias beobachtete, dass Rosi den verzückt wirkenden Bauunternehmer liebreizend anlächelte.

„Bernhard, kann es sein, dass Sie meine missliche Notlage ausnutzen wollen?" Tobias meinte sogar einen koketten Augenaufschlag bei Rosi entdeckt zu haben.

„Aber ich bitte Sie, liebe Rosi. Wie können Sie nur so etwas von mir denken? Ich gebe Ihnen hier meine Karte. Über die Mobilnummer können Sie mich jederzeit erreichen." Dabei schob er Rosi seine Visitenkarte über den Tisch.

„Haben Sie vielleicht auch eine Karte für mich?" Tobias wurde unruhig. Hoffentlich macht Rosi jetzt keinen Fehler. Er sah, wie sie in ihrer Handtasche kramte.

„Tut mir leid, Bernhard, aber ich habe gerade keine dabei. Aber ich rufe Sie an. Versprochen." Tobias atmete auf.

„Jetzt müssen Sie mich entschuldigen. Meine Tante wartet sicherlich schon ungeduldig auf mich." Rosi stand auf, nicht ohne sich am Tisch abzustützen.

„Schade, dass wir nicht mehr Zeit für einander haben", kam es aus dem Mund des Bauunternehmers, „soll ich ein Taxi für Sie rufen?"

„Nein, nein. Vielen Dank. Das ist nicht nötig. Es geht schon. Ich rufe Sie an."

Noch bevor Müller-Haberfeld weiter auf Rosi einwirken konnte, war sie aus dem Café enteilt, nicht ohne das Humpeln zu vergessen. Einen gewissen Vorsprung erreichte sie dadurch, da der Bauunternehmer noch bezahlen musste.

Rosi trat auf die Straße und kam auf Tobias zu. Ohne ihn anzusehen, ging sie an ihm vorbei, da sie vereinbart hatten, nach ihrem Auftritt getrennte Wege zu gehen.

„Du warst einfach großartig, Rosi", flüsterte er ins Mikrofon.

„Jeder tut das, was er kann", kam die leise Antwort.

Tobias wollte sich schon umwenden, als er aus dem Augenwinkel eine Bewegung registrierte, die ihm auffällig vorkam. Er erschrak. Rosi wurde verfolgt. Unzweifelhaft hatte sich der Fahrer des Bauunternehmers auf ihre Spur geheftet. Hatte er Rosis schauspielerische Leistung doch durchschaut und war nicht von dem Unfall überzeugt?

„Rosi, sieh zu, dass du schnell den nächsten Bus bekommst und von hier verschwindest. Mach dich unsichtbar. Der Fahrer von Müller-Haberfeld verfolgt dich. Dreh dich nicht um. Ich kümmere mich um ihn", warnte Tobias seine Freundin über das Mikrofon. Gleichzeitig schritt er auf den Fahrer zu und stellte sich ihm in den Weg.

„Entschuldigen Sie bitte, können Sie mir sagen, wie ich zur Sana-Klinik komme. Meine Mutter hat sich ein Bein gebrochen, müssen Sie wissen und …"

Der Fahrer sah Tobias vollkommen irritiert an, konnte ihm aber nicht ausweichen.

„Was geht mich Ihre Mutter an? Machen Sie den Weg frei“, schnauzte er Tobias an. Doch der dachte nicht daran.

„Ja, aber irgendwo hier muss doch die Klinik sein. Können Sie mir wirklich nicht …“

Der Fahrer schob Tobias kurzerhand zur Seite, um seine Verfolgung fortzusetzen. Von Rosi war nichts mehr zu sehen.

Kapitel 8

Anna war nach dem Abend mit Lindberg in einen fast komatösen Schlaf gefallen. Am nächsten Morgen erwachte sie in einer Stimmung, die sie seit langem nicht mehr kannte. Sie verspürte eine innere Zufriedenheit, die sie kaum erklären konnte. War ihr emotionaler Ausbruch am Vorabend doch ein Ventil gewesen? Waren Lindbergs mitfühlende Worte nicht ganz ohne Wirkung geblieben? Es dauerte jedoch nur wenige Stunden, bis ihre positive Grundstimmung an diesem Morgen ihren ersten Dämpfer erhielt.

„Sag einmal, Clemens, muss man, wenn man von Adel ist, so gefühlskalt sein oder sehe ich das zu kritisch?" Anna und Clemens hatten gerade das Herrenhaus in Hasselburg verlassen und sich in ihr Auto gesetzt. Eine erneute Befragung der gräflichen Familienmitglieder und der Bediensteten hatte sie in ihren Ermittlungen kein Stückchen weiter gebracht.

Alle konnten ein Alibi nachweisen. Selbst ein Motiv für den Mord an der wenig geliebten Henriette war nicht erkennbar.

„Ich kenne mich in diesen Kreisen wenig aus, Anna. Aber ich bin schon in der Lage, zu beurteilen, ob einer seine Nase hoch trägt. Und in diesem Haus treffen wir einige Paradebeispiele dafür an."

„Für mich ist das unverständlich. Wir haben bei unserer Arbeit ja schon die unterschiedlichsten Reaktionen der Menschen erlebt, wenn wir ihnen die Todesnachricht von nahen Angehörigen überbringen mussten. Aber eine solche Kaltschnäuzigkeit ist mir noch nie begegnet." Anna schüttelte voller Unverständnis den Kopf.

„Wir sollten uns jetzt einmal den Pastorensohn vorknöpfen. Vielleicht haben wir bei dem ein bisschen mehr

Glück. Wie ich erfahren habe, arbeitet er gar nicht weit von hier in der Gärtnerei in Altenkrempe." Clemens Korthals startete den Motor.

Nach wenigen Minuten parkte er den Dienstwagen vor der Gärtnerei Kramer unweit der alles überragenden Basilika. Als die beiden Kommissare ausstiegen und auf den Eingang zugingen, trat ihnen unvermutet ein Mann undefinierbaren Alters in den Weg. Seine Haare, die ihm bis auf die Schultern hingen waren ebenso verfilzt wie sein Bart. Er trug einen abgewetzten Parka und derbe Stiefel und sah aus wie ein Waldschrat.

„Der heilige Basilikus wirft Schatten über sein Reich. Ihr seid die Boten des Verderbens. Weicht von uns", stieß er theatralisch hervor und breitete dabei seine Arme aus.

Anna und Clemens Korthals blieben stehen und sahen sich schmunzelnd an.

„Wir sind die Guten, alter Mann, und bewegen uns stets auf dem Pfade der Tugend", entgegnete ihm der Oberkommissar freundlich lächelnd.

„Der heilige Basilikus wird die Unholde der Welt der ewigen Verdammnis zuführen. Er wird sie zerquetschen und in den gierigen Schlund der Hölle werfen. Hütet Euch vor falschen Taten."

„Jetzt ist gut, Karl-Friedrich. Nun lass die Leute mal durch." An Anna und Clemens trat eine ältere Dame vorbei und schob den Waldschrat kurzerhand zur Seite. Was dieser sich auch ohne zu Murren gefallen ließ.

„Sie müssen entschuldigen, Karl-Friedrich ist nicht ganz richtig im Kopf. Aber das haben Sie ja auch schon selber gemerkt", erklärte die ältere Dame, nachdem sie alle drei die Gärtnerei betreten hatten. „Er ist früher Zimmermann gewesen und bei Bauarbeiten an der Basilika vom Dach gefallen. Eine tragische Geschichte." Anna und Clemens bedankten sich bei ihr und verabschiedeten sich.

„Der heilige Basilikus … Armer Kerl. Was es nicht alles gibt?“, sprach Clemens aus, was auch Anna dachte.

Anschließend wandten sie sich der Bedienung an der Kasse zu.

„Wo finden wir bitte Ihren Chef?“, fragte Anna sie.

„Das ist der Herr dort hinten im grünen Jackett.“ Dabei zeigt sie zu einem Mann, der vor einen Orangenbaum stand und ihn sorgenvoll betrachtete. Die beiden Kommissare gingen auf ihn zu.

„Guten Morgen. Mein Name ist Anna Severin. Das ist mein Kollege Korthals. Wir sind von der Kripo“, begrüßte Anna den Besitzer der Gärtnerei.

„Oh, was habe ich verbrochen?“, reagierte der Mann im grünen Jackett freundlich.

„Wir würden gerne einen Mitarbeiter von Ihnen sprechen. Dennis Bornemann. Ist das möglich?“

„Kein Problem. Hat er was verbrochen?“

„Es ist nur eine Befragung“, beruhigte Anna den Gärtnereibesitzer.

„Ist gut. Einen kleinen Augenblick. Ich habe ihn gerade in unserer Außenanlage gesehen. Ich rufe ihn mal.“ Dabei zog er ein Smartphone hervor und tippte eine Nummer ein. „Hallo Dennis. Hier ist die Polizei, die dich sprechen will …“

Anna beobachtet aus den Augenwinkeln plötzlich eine hastige Bewegung. Durch das Fenster sah sie einen jungen Mann, der ein Handy am Ohr hatte, in ihre Richtung blickte und hastig davonlief.

„Nein. Nicht das auch noch“, stöhnte Anna auf. Ihr Kollege wusste sofort, was sie meinte, als auch er den flüchtenden jungen Mann sah. Beide Kommissare ließen den Gärtnereibesitzer stehen und stürmten los. Als sie in die

Außenanlage stürzten, sahen sie Dennis Bornemann zwischen mannshohen Koniferen verschwinden.

„Du links, ich rechts herum“, stieß Clemens hervor, während er bereits weiterlief. Anna verfolgte die Gänge der Gärtnerei und guckte hinter jeden Busch. Je weiter sie sich vom Haupthaus entfernte, umso größer wurden die angepflanzten Gewächse, hinter denen man sich ohne Mühe verstecken konnte. Vom flüchtigen Pastorensohn war nichts zu sehen. Als sie auch die einzelnen Treibhäuser zu ihrer Linken verlassen hatte, kam sie in einen Bereich der Gärtnerei, der offensichtlich längere Zeit nicht bearbeitet und kultiviert worden war. Das Gras wuchs hier sehr hoch. Bäume und Buschwerk wirkten ungepflegt. Hinter einer zwei Meter hohen Ligusterhecke entdeckte Anna ein baufällig wirkendes Backsteingebäude. Vorsichtig näherte sie sich dem Eingang. Jederzeit darauf gewappnet, auf den Flüchtigen zu treffen. Als sie den Griff erfasste und versuchte, die schwere Holztür zu öffnen, wunderte sie sich, wie leicht und geräuschlos sie sich in ihren Angeln drehte. Der Raum, in den sie trat, lag vollkommen im Dunkeln. Sie fingerte ihre kleine LED-Taschenlampe aus ihrer Jackentasche und schaltet sie an. Sie stand in einem kleinen Vorraum. Eine dicke schwarze Decke versperrte ihr den weiteren Weg. Als sie diese zur Seite schob, starrte sie fassungslos in das Innere des alten Backsteinhauses.

Anna holte ihr Smartphone hervor.

„Hast du ihn erwischt?“, meldete sich Clemens.

„Nein. Du sicherlich auch nicht, oder?“

„Nee, der ist wohl über alle Berge. Ich frage mich nur warum?“, bemerkte Clemens.

„Möglicherweise habe ich eine Antwort auf deine Frage. Komm einmal her. Du musste dich nur in Richtung Treibhäuser bewegen und dann links halten. Da findest du dann ein altes Backsteingebäude. Da bin ich.“

Es dauert keine drei Minuten, als Clemens Korthals das alte Haus betrat und ebenso mit offenem Mund den Innenraum betrachtete wie Anna kurz vorher.

„Und du meinst, das könnte das Werk von Dennis Bornemann sein?“, wollte Clemens von Anna wissen.

„Sag mir einen Grund, warum er so panisch geflohen ist. Es sei denn, er ist auch Henriettes Mörder. Eine andere Erklärung habe ich nicht.“

„Eine Gärtnerei mit einer Hanfplantage ist auch einmal ganz etwas Neues. Beleuchtung, Wärmelampen, Belüftung, sieht alles sehr professionell aus. Aber ich glaube, dass der Besitzer davon nichts weiß, dass auf seinem Gelände berauschende Blätter wachsen“, vermutete der Oberkommissar.

„Ich geb dir recht. Daher möchte ich einen Versuch starten. Sieh dir einmal an, was ich noch gefunden habe.“ Anna hielt einen Revolver und ein Notizbuch in den Händen.

„Donnerwetter. Ist der geladen?“

„So ist es. Und im Notizbuch sind fein säuberlich Namen notiert. Ich vermute, dass es sich um mögliche Kunden und Abnehmer des Grases handelt. Daher folgender Plan. Dennis Bornemann wird sich sicherlich darum bemühen, diese beiden Kostbarkeiten so schnell wie möglich an sich zu bringen. Bisher weiß er nicht, dass wir seine Plantage entdeckt haben. Du gehst zurück zum Besitzer, berichtest ihm von unserem Fund und verpflichtest ihn zum Stillschweigen. Anschließend tust du so, als ob du die Gärtnerei verlässt, bleibst aber in der Nähe. Wir beide schalten unsere Smartphones auf Dauerkontakt. Ich bleibe hier und warte, ob er kommt. Vielleicht haben wir Glück.“

„Kein schlechter Plan. Findest du das gut, wenn du hier allein auf ihn wartest?“ Clemens Korthals klang besorgt.

„Clemens, du kennst mich doch …“

„Ist ja schon gut, Chefin", unterbrach der Oberkommissar seine Kollegin, „war ja nur eine Frage." Nachdem beide ihre Smartphones eingeschaltet hatten, verließ Clemens das Haus.

Anna hatte recht. Es war noch keine Stunde vergangen, als sie Schritte außerhalb des Hauses hörte. Kurz darauf wurde die Tür behutsam geöffnet und der Vorhang zu Seite geschoben.

„Das, was sie suchen, habe ich bereits", begrüßte Anna den Pastorensohn. Der fuhr erschrocken herum und starrte Anna bewegungslos an. Bevor er sich versah, klickten bereits die Handschellen. „Dennis Bornemann, ich nehme Sie vorläufig fest, wegen des Verdachts, Henriette von Bahrenfeld ermordet zu haben und wegen Verstöße gegen das Betäubungsmittelgesetz."

„Das können Sie nicht machen. Ich bin unschuldig", waren die ersten zaghaften Proteste des völlig überraschten Sohnes des Pastors.

„Meine Kollegen werden Sie jetzt nach Lübeck ins Zentralgewahrsam bringen. Wir werden uns dann dort noch heute Nachmittag ganz in Ruhe unterhalten", erklärte Anna ihr weiteres Vorgehen.

Als sie den Festgenommenen aus dem Haus führte, kamen ihr bereits Clemens und zwei weitere Kollegen entgegen, die ihn übernahmen und abführten.

„Ich habe inzwischen auch die Rauschgiftkollegen informiert. Die werden sicherlich jeden Augenblick eintrudeln. Der Besitzer ist vollkommen am Boden zerstört und versteht die Welt nicht mehr", berichtete Clemens Korthals Anna, „und Kompliment, Chefin. Du hattest einmal wieder den richtigen Riecher."

„Ein bisschen Glück gehört auch in unserem Job immer dazu." Anna lächelte ihren Kollegen dankbar an.

Zwei Stunden später saß Dennis Bornemann Anna und Clemens im Vernehmungsraum in der Lübecker Polizeidirektion gegenüber. Sein ohnehin mageres Gesicht wirkte eingefallen und zerknitterter. Er sah alt aus für seine erst achtundzwanzig Jahre.

„Wie Sie wissen, ermitteln wir in der Mordsache Henriette von Bahrenfeld“, begann Anna die Vernehmung, „Sie kannten die Tote?“

„Ja, aber ich habe sie nicht ermordet.“

„Dazu kommen wir später. Wann haben sie Henriette von Bahrenfeld das letzte Mal gesehen?“

„Das weiß ich nicht mehr. Das muss Wochen her sein. Da sind wir uns in Neustadt zufällig über den Weg gelaufen.“

„Wo waren Sie am Abend des 16. August?“, stellte Clemens Korthals die nächste Frage.

„Woher soll ich das jetzt noch wissen?“, kam die unwillige Antwort.

„Solange ist das ja noch nicht her. An Ihrer Stelle würde ich sehr intensiv nachdenken, Herr Bornemann. Sie stehen gegenwärtig unter Mordverdacht und um diesen zu entkräften, ist jedes Alibi von Vorteil“, erklärte Anna nachsichtig.

„Ich habe Henriette nicht umgebracht. Das könnte ich gar nicht …“

„Sie meinen, weil Sie sie geliebt haben?“, hakte Anna nach.

Dennis Bornemann sah die Kommissarin erstaunt an.

„Wie kommen Sie denn auf diese blödsinnige Idee?“, fuhr er auf, „Sie war doch viel älter als ich.“

„Herr Bornemann, das ganze Dorf weiß doch, wie sie ausgerastet sind und sich wochenlang betrunken haben, als Henriette Klaus-Werner Gabelstein geheiratet hat. Verschmähte Liebe ist ein klassisches Mordmotiv“, erklärte

Anna, „also noch einmal. Wo waren Sie am Abend des 16. August?“

„Ich weiß es nicht genau. Meistens bin ich abends bei den Pflanzen“, kam die kleinlaute Antwort.

„Sie meinen bei den Hanfpflanzen?“, fragte Clemens Korthals nach. Dennis Bornemann nickte nur.

„Nun gut. Sie werden zunächst in Haft bleiben, da wir mit ihnen noch nicht ganz fertig sind und meine Kollegen vom Rauschgift sich noch mit ihnen unterhalten werden. Ihr Waffenbesitz und Ihre Flucht werfen ebenfalls kein vorteilhaftes Licht auf Sie. Ich würde Ihnen vorschlagen, dass Sie sich um einen Anwalt kümmern.“ Anna beendete die Vernehmung. Der Sohn des Pastors wurde abgeführt.

„Es wird Zeit, dass wir eine erste Bilanz ziehen“, erklärte Anna, nachdem sich ihre beiden Kollegen in ihrem Dienstzimmer gesetzt hatten, „Henriette von Bahrenfeld wurde erschlagen und offensichtlich auch beraubt. Wir haben weder Handtasche, Uhr und Schmuck bei ihr gefunden. Nach dem Bericht der Rechtsmedizin weisen Verletzungen darauf hin, dass man ihr sogar eine Kette vom Hals gerissen haben muss.“

„Sieht nach Raubmord aus“, stellte Clemens Korthals fest.

„Oder es sollte so aussehen“, wandte Anna ein, „sicher ist auf jeden Fall die Todesursache. Genickbruch durch einen Schlag mit einem Rundholz, da keine weiteren offenen Wunden entstanden sind, aber Holzfasern auf der Haut gefunden wurden. So zumindest das Ergebnis der Rechtsmedizin. Das Besondere aber ist, dass der Schlag von oben ausgeführt wurde.“

„Riesen gibt es aber selbst in Altenkrempe nicht. Und dass der Mörder vor seiner Tat erst auf eine Leiter geklettert ist, halte ich auch für eher unwahrscheinlich“, stellte

Oberkommissar Korthals mit toternster Miene fest. Kommissar Bockhorn blickte ihn verstört an. Anna musste schmunzeln.

„Deine Analyse, Clemens, wie immer äußerst treffend. Aber im Ernst, Bockhorn, was können wir daraus schließen?“, wandte sich Anna dem jungen Kommissar zu. Dieser sah irritiert von einem zum anderen. „Ja, ja, der Mörder muss vielleicht doch sehr groß gewesen sein.“

„Was halten Sie von der Version, dass das Opfer gekniet haben muss?“, fragte Anna nach. Bockhorn bekam einen roten Kopf und nickte nur.

„Die Tatwaffe wurde bisher nicht gefunden. Todeszeitpunkt gegen zwanzig Uhr des Vortages, also ungefähr sechzehn Stunden vor ihrem Fund. Fundort ist nicht gleich Tatort“, fuhr Anna fort.

„Ich frage mich, was wollte sie zu dieser Zeit auf dem Friedhof?“, warf der Oberkommissar ein.

Annas Telefon klingelte. Sie stand auf und meldete sich.

„Ist gut. Ich komme“, war ihre kurze Antwort.

„Der Oberboss verlangt nach mir. Versucht inzwischen herauszubekommen, ob jemand von der Familie weiß, wieso unser Opfer den Friedhof besucht hat. Ich bin gleich wieder da.“ Anna verließ eiligen Schrittes ihr Büro. Kriminaldirektor Mertens durfte man nicht warten lassen.

„Ah, Frau Severin. Treten Sie ein. Nehmen Sie Platz“, begrüßte der Leiter der Lübecker Kripo seine Mitarbeiterin.

„Ich wollte mich nach dem Stand der Ermittlungen in der Angelegenheit Henriette von Bahrenfeld erkundigen“, kam Kriminaldirektor Mertens gleich zur Sache.

„Die Berichte der Rechtsmedizin und der KTU liegen vor. Die Befragungen des engeren Familienkreises und der Firmenmitarbeiter sind noch nicht ganz abgeschlossen.

Aber einen Verdächtigen haben wir nicht“, antwortete Anna wahrheitsgemäß.

„Nun, es wäre ja auch zu schön gewesen. Ich habe von Oberstaatsanwalt Reichenbach einen Anruf erhalten, der mich ein wenig beunruhigt, Frau Severin …“

„Aha, daher weht der Wind“, konnte Anna sich nicht verkneifen.

Kriminaldirektor Mertens hob die linke Augenbraue.

„Er berichtete mir, dass Sie ihm gegenüber auf äußerst respektlose Weise erklärt hätten, dass Sie nicht gewillt wären, seine dienstlichen Anordnungen zu befolgen. Wenn ich ganz ehrlich bin, kann ich mir das nicht vorstellen. Oder irre ich mich da?“

Anna lächelte ihren Vorgesetzten freundlich an. Sie mochte ihren Chef. Er war stets korrekt und forderte seine Leute, aber gleichzeitig hatte er eine väterliche und fürsorgliche Art, die Anna sehr an ihm schätzte. Ein Wesenszug im bürokratischen Gefüge der Polizei, der nicht allzu oft zu finden war.

Anna schilderte dem Kriminaldirektor den Wortwechsel mit dem Oberstaatsanwalt und seine unangemessenen Forderung, alle Maßnahmen ihrer Ermittlungen vorher von ihm genehmigen zu lassen.

„Das Gespräche endete dann allerdings mit meiner respektlosen Aussage, dass der Herr Oberstaatsanwalt, wenn er meinen Job machen wolle, sich doch bitte an meine Vorgesetzten wenden solle“, beendete Anna ihre Ausführungen.

Für einen kurzen Moment blickte der Kriminaldirektor seine Kommissarin vollkommen regungslos mit ernster Miene an, dann aber begann er hemmungslos und lautstark zu lachen. Anna musste unwillkürlich mit einstimmen.

„Das haben Sie wirklich zu ihm gesagt?“, fragte der Leiter der Kripo nach, weil er offensichtlich nicht glauben konnte, was er soeben gehört hatte. Anna hob nur die Schultern, als wollte sie sagen: „So war es und nicht anders."

„Das war nun wirklich respektlos, Frau Severin", stellte Kriminaldirektor Mertens immer noch lachend fest, „aber hinsichtlich seiner eigentümlichen Anordnungen doch erklärbar. Was meinen Sie, warum echauffiert er sich in dieser Sache so?"

„Ich habe festgestellt, dass er mit dem Grafen von Bahrenfeld seit langer Zeit befreundet ist. Deshalb meint er wohl, durch sein Engagement, der Familie einen besonderen Dienst erweisen zu müssen. Anders kann ich das nicht erklären."

„Wie auch immer. Sie ermitteln in altbewährter Weise weiter. Sollte der Oberstaatsanwalt ihnen in die Quere kommen, verweisen Sie ihn an mich, wie Sie es ja auch schon auf Ihre respektlose Weise getan haben." Wieder konnte sich Kriminaldirektor Mertens vor Lachen nicht halten, während er Anna mit einer freundlichen Handbewegung entließ.

„Brennt es irgendwo, Chefin?", fragte Oberkommissar Korthals nach, als Anna sich wieder in ihrem Büro gesetzt hatte, um die unterbrochene Besprechung mit ihren beiden Kommissaren fortzusetzen.

„Nein, nein. Unser geliebter Oberstaatsanwalt hat sich nur bei unserem Oberboss ausgeweint. Wir machen weiter, wie bisher. Habt ihr etwas über den Friedhofsaufenthalt unseres Opfers erfahren können?"

„Das kann man wohl sagen. Ich habe mit der Frau ihres Bruders Alexander telefoniert", berichtete Clemens Korthals. „Die erzählte, dass ihre Schwägerin regelmäßig auf dem Friedhof in Altenkrempe das Grab ihrer Tochter besucht hat. Die hat nur fünf Monate gelebt. Plötzlicher Kindstod oder so ähnlich."

„Hat irgendjemand das bei den Befragungen der Familienmitglieder und des Personals erwähnt?“, fragte Anna erstaunt nach. Beide Kommissare schüttelten den Kopf.

„Äußerst eigenartig“, konnte Anna nur bemerken. „Auf jeden Fall wissen wir jetzt zumindest, weshalb sie auf dem Friedhof war. Da zwängt sich die Frage auf, wer wusste von ihren regelmäßigen Besuchen dort?“

„Gestorben ist die Kleine vor gut zwei Jahren“, berichtete Clemens, „ich gehe davon aus, dass es aus ihrem Umfeld niemanden gab, der das nicht wusste.“ Anna nickte. „Das wird die Anzahl der potentiellen Täter kaum eingrenzen. Wir wissen auch immer noch nicht, wie sie zum Friedhof gekommen ist. Nun gut. Was könnte uns noch die eigenartige Lage der Toten in der Kapelle verraten?“ Anna sah ihre beiden Kommissare fragend an.

„Die lag dort, als würde sie schlafen“, warf Kommissar Bockhorn ein.

„Das stimmt“, bestätigte Clemens, „ihr Mörder hat sie nicht einfach in der Kapelle lieblos versteckt. Es sah aus, als ob er sie aufgebahrt hatte.“

„Könnte man daraus schließen, dass der Mörder einen persönlichen Bezug zu ihr hatte?“, fragte Kommissar Bockmann.

„Durchaus ein logischer Schluss. Die Befragung von Dennis Bornemann hat uns bisher auch nicht weitergebracht. Das Einzige, was uns helfen wird, ist dic Antwort auf die Frage: Was war das Motiv, die junge Frau umzubringen?“

Kapitel 9

Ich weiß nicht, wie es Ihnen geht, aber möchten Sie wirklich zu Beginn eines Krimis wissen, wer der Mörder ist? Ich nicht! Die Story, ob als Film oder als Buch, kann noch so gut erzählt sein, irgendwie fehlt mir dann immer die wahre Spannung und der alles aufklärende Höhepunkt am Ende der Geschichte. Vielleicht bin ich da etwas konservativ. Ich will bewusst irregeführt werden. Der Autor soll mich auf falsche Fährten locken, mich in Sicherheit wiegen, um mich dann auf der nächsten Seite aus allen Wolken fallen zu lassen. Wissen Sie, was ein „Roter Hering“ ist? Jeder Krimiautor benutzt ihn. Ich auch. Zu einem „Red Herring“, wie die Briten ihn nennen, wird der uns bekannte Fisch, wenn man ihn räuchert. Gleichzeitig entwickelt er dadurch einen typischen aber auch strengen Geruch. Die Überlieferung behauptet, dass pfiffige Räuber schon vor Jahrhunderten einen roten Hering an einem Band hinter sich hergezogen haben, um die Spürhunde auf eine falsche Fährte zu locken. Genau das praktizieren die meisten Krimiautoren bis heute. Natürlich nur im übertragenen Sinne. Ein „Roter Hering“ ist somit nichts anderes als eine „Nebelkerze“, die Sie, liebe Leser, vom wahren Täter ablenken und auf eine falsche Spur führen soll. Es ist absolut legitim, wenn Sie diese Verfahrensweise als anrüchig empfinden, aber Sie müssen damit leben. Denn ohne den „Roten Hering“ wäre im Krimi auch die Spannung tot.

„Du bist immer für einer Überraschung gut, mein Junge“, begrüßte Getrud Mannstein ihren Neffen, als Lindberg unvermutet bei seiner Tante vor der Tür stand.

„Ich habe dich in der letzten Zeit ein bisschen vernachlässigt, liebe Tante. Dafür möchte ich mich entschuldigen“, antwortete Lindberg schmunzelnd und zauberte hinter seinem Rücken eine Flasche Eierlikör hervor.

„Das nennt man Bestechung. Zumal du genau weißt, dass ich dieser Art von Medizin nicht widerstehen kann.“

Lindberg trat ein und küsste seine Tante Gertrud auf die Wange. „Ein Beweis dafür, Tantchen, wie sehr ich um dein Wohl besorgt bin.“ Gertrud Mannstein schlug ihrem Neffen vor die Brust, denn „Tante“ oder gar „Tantchen“ wollte sie ungern genannt werden. Was Lindberg durchaus wusste.

Tante Gertrud, die Schwester seiner Mutter, wohnte auf dem Priwall. Jener Halbinsel in Travemünde, wo zu DDR-Zeiten die Sperranlagen an die Ostseeküste stießen und die Bewohner nur auf der Fähre über den Fluss zu erreichen waren.

„Erzähl mir doch einmal, wie geht es denn den Kleinschmidts von nebenan“, fragte Lindberg, nachdem Tante Gertrud Kaffee gekocht und sie sich es auf der Veranda gemütlich gemacht hatten.

„Ach, das ist eine traurige Geschichte. Ihr Haus soll doch abgerissen werden“, begann Gertrud Mannstein mit besorgter Stimme.

„Ich habe davon in der Zeitung gelesen. Und da gibt es keinen Ausweg?“, wollte Lindberg wissen.

„Ich weiß es nicht, mein Junge. Auf jeden Fall sind die beiden völlig am Boden zerstört.“

Lindberg nahm einen Schluck Kaffee und setzte die Tasse wieder bedächtig ab. „Wie lange wohnst du jetzt hier, Gertrud?“

Getrud Mannstein stieß einen sehnsuchtsvollen Seufzer aus. „Jetzt sind es schon zweiundsechzig Jahre her, als dein Onkel Willi und ich hier eingezogen sind.“

„Da hat es doch sicherlich auch eine Baugenehmigung gegeben, oder?“

„Natürlich. Wo denkst du denn hin? Dein Onkel Willi war doch Beamter. Da musste doch alles seine Ordnung haben." Tante Gertrud klang entrüstet.

„Und wann ist das Haus der Kleinschmidts gebaut worden?"

„Das muss ungefähr zwei Jahre später gewesen sein, als die Hardenbergs eingezogen sind. Das waren die Vorbesitzer von den Kleinschmidts, musst du wissen."

„Äußerst eigenartig das Ganze." Lindberg schüttelte den Kopf. Ungefähr eine Stunde später verabschiedete er sich wieder von seiner Tante. Nicht ohne das Versprechen, sie möglichst bald wieder zu besuchen.

Als Lindberg kurze Zeit später die Pforte zum Haus der Nachbarn öffnete, fiel ihm sofort der verwahrloste Garten auf. Unkraut spross zwischen den Gehwegplatten. Der Rasen war nicht gemäht worden und vertrocknete Blüten der Rankrosen ließen ihre Köpfe hängen. Der ganze Stolz der Kleinschmidts hatte längere Zeit keine liebevolle Hand mehr gesehen.

Als Lindberg klingelte, wurde wenig später zaghaft die Tür geöffnet und vor ihm stand eine Frau, die ihn ängstlich aus gramvollem Gesicht anblickte. Erst als sie ihn erkannte, hellte sich ihre Miene auf.

„Ach, Herr Lindberg. Das ist aber schön, Sie zu sehen. Treten Sie doch ein. Mein Mann wird sich sicherlich auch freuen." Lindberg begrüßte die alte Dame freundlich und folgte ihr ins Wohnzimmer, wo Ingo Kleinschmidt in einem Sessel vor dem flimmernden Fernseher döste.

„Guck mal, Ingo, wer hier ist?", weckte sie ihren Mann auf.

„Herr Lindberg, das ist aber eine Überraschung". Der alte Mann wollte sich schon aus dem Sessel quälen, aber Lindberg war gleich bei ihm und legte ihm sachte die Hand auf die Schulter. „Bleiben Sie doch sitzen, Herr Kleinschmidt“.

„Ja, vielen Dank. Die alten Knochen, Sie wissen schon.“ Erleichtert lehnte sich Ingo Kleinschmidt wieder zurück.

„Haben Sie Ihre Tante besucht?“, fragte Maren Kleinschmidt nicht ganz ohne Neugier.

„Ja, das auch. Aber in erster Linie wollte ich aus Ihrem berufenen Munde einmal hören, was es denn mit dem drohenden Abriss Ihres Hauses auf sich hat“, erklärte Lindberg seinen Besuch.

„Ach, Herr Lindberg. Wir sind vollkommen am Boden zerstört. Wir wissen einfach nicht mehr ein noch aus.“ In Ingo Kleinschmidts Worten schwang völlige Resignation mit.

„Vor drei Monaten erhielten wir einen Brief von der Hansestadt Lübeck, in dem kurz und bündig stand, dass unser Haus ohne Baugenehmigung errichtet worden wäre und deshalb abgerissen werden muss. Stellen Sie sich das einmal vor.“

„Und was haben Sie daraufhin unternommen?“

„Wir wussten ja gar nicht, was wir machen sollten. Bis uns Bekannte sagten, wir müssten Widerspruch einlegen“, schaltete sich Maren Kleinschmidt ein.

„Das haben wir dann auch gemacht“, fuhr ihr Ehemann fort, „aber das hat das Bauamt mit einem Brief und einer Fülle an Paragrafen einfach abgeschmettert.“

„Haben Sie denn keinen Rechtsanwalt eingeschaltet?“, fragte Lindberg verwundert nach.

„Der kostet doch so viel Geld. Den können wir uns gar nicht leisten“, warf Maren Kleinschmidt bekümmert ein.

„Aber da hat sich trotzdem ein Rechtsanwalt bei uns gemeldet“, erklärte Ingo Kleinschmidt, „der hat gesagt, er hätte von unserem Dilemma in der Zeitung gelesen und wollte uns helfen.“

Lindberg wurde hellhörig. „Hat der auch einen Namen?“

„Ja, der hieß Maximilian Bauer.“

„Aber wie es aussieht, konnte er Ihnen auch nicht helfen“, bemerkte Lindberg treffend.

„Nein, er teilte uns irgendwann mit, dass er sich intensiv mit dem Fall auseinandergesetzt und auch alle Akten beim Bauamt geprüft hätte und dass da nichts zu machen wäre.“

Lindberg sah sein Gegenüber eine Weile schweigend an. Ihm kam die ganze Sache äußerst suspekt vor. Es steckte mehr dahinter, als der bürokratische Formalismus aufgrund einer fehlenden Baugenehmigung. Da war er sich ganz sicher.

„Liebe Frau Kleinschmidt, lieber Herr Kleinschmidt, ich will Ihnen keine falschen Hoffnung machen, aber hier stimmt etwas nicht. Wenn es Ihnen recht ist, kümmere ich mich darum. Es kann sein, dass sich mein Freund Tobias Richter mit Ihnen in Verbindung setzt. Der ist auch Rechtsanwalt. Das sollte Sie aber nicht erschrecken. Ich würde meinem Freund ganz gerne die Briefe zeigen, die Sie von der Stadt und dem Rechtsanwalt erhalten haben.“

„Das haben wir hier alles in einer Mappe. Ich hole sie Ihnen. Einen kleinen Moment.“ Kurze Zeit später kam Maren Kleinschmidt mit einer grünen Aktenmappe zurück und reichte sie Lindberg.

„Ich habe nur eine Bitte an Sie beide, halten Sie durch. Der Zug ist noch nicht abgefahren.“

„Das wollen Sie wirklich tun, Herr Lindberg?“ In den Augen der beiden alten Eheleute leuchtete ein kleiner Funke Hoffnung auf.

„Das trifft sich ja bestens. Das Traumpaar der Hansestadt im Glück vereint“, platzte Lindberg in der Behausung seines Freundes in Schlutup hinein und strahlte Rosi und Tobias an.

„Kannst du nicht anklopfen? Rosi und ich wollten es uns gerade gemütlich machen“, antwortete Tobias grinsend.

„Wovon träumst du nachts, du Paragrafenreiter?“, konterte Rosi sofort.

„Es wird Zeit, dass ihr beiden heiratet. Wie ein altes Ehepaar klingt ihr jetzt schon“, bemerkte Lindberg amüsiert.

„Eher stürze ich mich am Brodtener Ufer von der Steilküste“, setzte Rosi bissig nach.

„Du siehst, Lindberg, Rosi liebt mich über alles. Sonst wäre sie doch zu einer solchen leidenschaftlichen Reaktion gar nicht fähig“, betonte Tobias voller Überzeugung.

„Eine andere Erklärung ist undenkbar, Tobias. Ich gebe dir uneingeschränkt recht.“

„Bist du denn völlig durchgeknallt, Lindberg? Erst treibst du mich mit deiner blödsinnigen Idee dieser schleimigen Kröte von Bauunternehmer in die Arme und jetzt willst du mich auch noch mit diesem Chaoten von Rechtsanwalt verkuppeln? Hab ich es denn hier nur mit Wahnsinnigen zu tun?“

„Rosi, mein Schatz, du bist wahrhaftig unwiderstehlich, wenn du zornig bist“, erwiderte Lindberg charmant lächelnd. Er ging auf sie zu, nahm ihren Kopf in beide Hände und drückte ihr einen Kuss auf den Mund. Rosi wehrte sich nicht. Ihr Zorn war in Bruchteilen von Sekunden verflogen. „Daran könnte ich mich gewöhnen“.

„Jetzt werde ich aber eifersüchtig“, protestierte Tobias, „da wir aber gegenwärtig nicht klären können, wer von uns beiden denn nun Rosi heiratet, können wir wieder sachlich werden?“

„Manchmal ist unser Freund ein richtiger Spielverderber. Oder wie siehst du das, Rosi?“, bemerkte Lindberg gespielt missmutig.

„Ein Jurist halt. Was willst du machen?“, war Rosis lapidarer Kommentar.

„Auch wenn die kleine Hexe mir gerade in den Rücken fällt, eines muss ich dir verraten, Lindberg, die Show mit Müller-Haberfeld war einmalig. Rosi hat ihre Rolle traumhaft gespielt. Der geile Bock ist, wie du vorausgesagt hast, voll auf die Nummer reingefallen und ich hab die besten Bilder im Kasten.“ Tobias schien immer noch begeistert zu sein. Rosi warf ihm eine versöhnende Kusshand zu.

Lindberg lächelte. „Jetzt bleibt nur noch zu hoffen, dass seine betrogene Ehefrau auch auf die Fotos reagiert und dich bezahlt.“

„Da bin ich mir ganz sicher. Bei der eindeutigen Beweislage.“ Tobias schob die Fotos, die er vor sich liegen hatte, über den Schreibtisch, damit Lindberg sie betrachten konnte.

„Eindeutig belastende Dokumente. Ohne Frage“, war sein Kommentar. „Rosi, bist du auch angemessen entschädigt worden?“

Tobias setzte ein unverschämtes Grinsen auf. „Erzähl es ihm!“, forderte er Rosi auf.

„Er hat tatsächlich fünfzehnhundert Euro locker gemacht“, antwortete Rosi.

„Kein schlechter Stundenlohn“, bemerkte Lindberg ironisch. „Aber jetzt etwas ganz anderes. Tobias, ich habe einen neuen Auftrag für dich, der dir wie immer garantiert kein Honorar einbringt.“

„Es geht doch nichts über gute fürsorgliche Freunde“, stöhnte Lindbergs Freund auf.

„Auf dem Priwall neben meiner Tante Gertrud wohnt seit Jahrzehnten das Ehepaar Kleinschmidt“, fuhr Lindberg fort, „plötzlich und unerwartet soll deren Haus wegen fehlender Baugenehmigung abgerissen werden.“

„Ich hab davon gelesen“, warf Rosi ein, „das kann man den alten Leuten doch nicht antun.“

„Der Meinung bin ich auch. Tobias, ich habe dir alle Unterlagen der Kleinschmidts mitgebracht.“ Lindberg legte die Akte auf den Schreibtisch seines Freundes. „Mir kommt die Sache auf irgendeine Weise äußerst verdächtig vor. Mein Schulfreund Gernot von der Zeitung weiß, dass der Bauamtsleiter Semmelrogge sich in der Angelegenheit stark engagiert.“

„Hat man gegen den nicht schon wegen Vorteilsannahme ermittelt?“, fragte Tobias nach.

„Nicht nur einmal. Aber immer ohne Erfolg. Außerdem hat sich auch noch ein Rechtsanwalt Bauer eingeschaltet. Kennst du den?“

„Bauer? Meinst du Maximilian Bauer?“ Tobias starrte Lindberg entgeistert an. Der nickte nur.

„Das ist der windigste Hund auf Gottes Erdboden. Ein Studienkollege. Auf den trifft der Begriff Winkeladvokat wie die Faust aufs Auge. Und der vertritt die Interessen des Ehepaars Kleinschmidt?“

„So würde ich das nicht formulieren. Aber guck dir die Unterlagen erst einmal in Ruhe an. Wenn du mehr wissen musst, rufe die Kleinschmidts an. Die wissen Bescheid, dass du dich jetzt darum kümmern wirst.“

„Zu Befehl Chef“, war Tobias einziger Kommentar.

„Außerdem ist heute euer Glückstag“, fuhr Lindberg fort, „ich lade euch zum Essen ein. Italiener oder Grieche?“

Rosi reagierte als erste. „Italiener.“

„Grieche“, kam von Tobias.

„Das musste ja so kommen. Wir gehen zum Türken!“, ordnete Lindberg feixend an.

Kapitel 10

„Äußerst edel!“ Anna und Clemens Korthals standen vor dem Hotel „Albatros“ in Grömitz. Ein modernes terrassenförmiges Gebäude direkt an der Strandpromenade.

„Dann wollen wir einmal hören, was uns der gräfliche Sohn zu erzählen hat.“ Die beiden Kommissare betraten das Hotel. Der elegante Eindruck setzte sich auch im großzügig gestalteten Foyer fort. Anna wandte sich der Rezeption zu, wo sie von einer jungen Frau, gänzlich in Rot gekleidet, lächelnd begrüßt wurde. „Was kann ich für Sie tun?“

„Ich hätte gern Ferdinand von Bahrenfeld gesprochen. Wir sind von der Kripo aus Lübeck.“ Anna entging nicht der irritierte Blick des Mädchens.

„Ich werde Herrn von Bahrenfeld informieren. Wenn Sie bitte solange im Foyer Platz nehmen wollen.“ Die Lady in Red zeigte mit einer schwebenden Handbewegung auf eine Sitzgruppe in der Nähe der Rezeption, während sie gleichzeitig zum Telefon griff.

Zehn Minuten später erschien der Grafensohn. Betont lässig schlenderte er auf die Kommissare zu. Elegant in einem dunkelblauen Anzug mit offenem weißen Hemd gekleidet. Sein braungebranntes Gesicht zeigte eine herablassende Überheblichkeit, wie sie Anna auch schon bei seinem Vater beobachtet hatte.

„Sie können sich sicherlich vorstellen, dass Ihr Besuch in diesen Räumlichkeiten nicht gerade geschäftsfördernd ist. Diskretion kann ich ja wohl auch von Ihnen erwarten.“ Anna und Clemens waren aufgestanden und warfen sich nach diesem grußlosen Auftritt des Hoteldirektors kurze Blicke zu.

„Guten Morgen, Herr von Bahrenfeld“, erwiderte Anna lächelnd. Sie stellte sich und ihren Kollegen vor und fuhr dann fort. „Angesichts der Tatsache, dass wir einen Mord aufzuklären haben, nämlich den an Ihrer Schwester, werden Sie sicherlich Verständnis dafür haben, dass uns das Wohl Ihres Hauses gegenwärtig weniger interessiert. Wo können wir uns ungestört unterhalten?“

Eine solche Antwort hatte Ferdinand von Bahrenfeld nicht erwartet. Für einen Augenblick sah er die Kommissarin konsterniert an, fing sich dann aber gleich wieder.

„Wir gehen in mein Büro.“ Daraufhin drehte er sich um und steuerte auf den Fahrstuhl zu. Anna und Clemens folgten ihm.

Den Lift setzte der Grafensohn mit einer Chipkarte in Bewegung, obwohl die Bedienungsknöpfe eine Fahrt bis in die achte Etage ermöglichten. Anna fiel auf, dass auf der digitalen Anzeige während ihres Aufstiegs lediglich ein Seestern aufflackerte und nicht wie üblich die jeweiligen Stockwerke zu sehen waren. Als sich die Fahrstuhltüren öffneten, hielten die beiden Kommissare fast zeitgleich die Luft an. Sie traten in einen endlos wirkenden Raum, dessen Größe noch durch eine umfassende Panoramascheibe, die bis zum Boden reichte, verstärkt wurde. Unter ihnen glitzerte die Ostsee. Mit einem Blick, konnte man die gesamte Lübecker Bucht erfassen. Ein Schreibtisch aus Glas und Stahl und eine Sitzgruppe aus grauem Leder waren die einzigen Möbel in dem Büro des Hoteldirektors.

Ferdinand von Bahrenfeld wies auf die Sessel hin, was als Einladung zum Platznehmen zu deuten war. „Darf ich Ihnen etwas anbieten? Es gibt nichts, was wir in unserem Haus nicht servieren könnten. Also?“ Dabei fixierte er die beiden Kommissare mit erhobenem Kinn wie ein Oberlehrer, der von seinen Schülern eine zügige Antwort erwartete.

Anna wollte sich bei diesem arroganten Kerl für gnädig erbrachte Dienstleistungen partout nicht bedanken müssen. „Nein, vielen Dank. Wir würden gerne gleich zu Sache kommen.“

„Sie gehen an Ihrem Glück vorbei. Doch wie Sie meinen.“ Ferdinand von Bahrenfeld setzte sich ebenfalls und schlug die Beine übereinander. Anna registrierte, dass er keine Socken trug. In ihren Augen ein modischer Missgriff in Kombination eines maßgeschneiderten Anzugs und edler Lederschuhe.

„Bevor Sie anfangen, beantworten Sie mir doch erst einmal eine Frage. Wie kommt eine so schöne und attraktive Frau wie Sie zur Kriminalpolizei?“ Der gräfliche Spross schien sich in der Rolle des souveränen Hotelbesitzers mit dem Abglanz eines Charmeurs sichtlich wohl zu fühlen. Er lächelte die Kommissarin herausfordernd an, als wollte er noch ergänzend sagen: „Und wenn du die richtige Antwort gibst, können wir gleich ins Bett hüpfen“. Anna kannte diese Typen, die sich für unwiderstehlich hielten. Frauen waren für sie nichts anderes als Lustobjekte. Nicht selten versteckten sich hinter diesen machohaften Fassaden ausgeprägte Minderwertigkeitskomplexe. Anna fand diese Kerle ekelhaft und abstoßend. Den tragischen Tod seiner Schwester schien Ferdinand von Bahrenfeld vollkommen zu ignorieren. Sie hatte nicht die Absicht, auf seine blödsinnige Frage einzugehen. Es wurde höchste Zeit, den aufgeblasenen und angeberischen Grafensohn wieder auf den Boden der Tatsachen zu bringen.

„Wo waren Sie am Abend des 16. August?“

Ferdinand von Bahrenfeld starrte Anna mit offenem Mund an. Mit dieser schroffen Reaktion hatte er nicht gerechnet.

„Ich habe Ihnen doch nur eine harmlose …“

„Beantworten Sie doch einfach nur die Frage meiner Kollegin“, schoss jetzt auch Clemens Korthals einen Pfeil auf den Hotelbesitzer ab.

„Ich muss schon sagen, Sie enttäuschen mich sehr. Ich wollte nur eine angenehme Atmosphäre schaffen, aber Sie …“

„Herr von Bahrenfeld“, unterbrach Anna ihr Gegenüber, „wir sind hier nicht zum Smalltalk erschienen. Wir ermitteln in einem Mordfall. Und falls Sie es im Augenblick vergessen haben sollten. Es ist Ihre Schwester die ermordet wurde. Daher erneut meine Frage. Wo waren Sie am Abend des 16. August?“

„Wollen Sie mir ernsthaft unterstellen, dass ich meine Schwester …“

Annas Geduld erschöpfte sich langsam. „Herr von Bahrenfeld, bitte. Falls Sie nicht bereit sind, unsere Fragen hier zu beantworten, können wir Sie gerne auch morgen ins Kommissariat nach Lübeck zitieren. Ganz, wie Sie wollen.“ Anna und ihr Kollege machten beide Anstalten sich von ihren Sitzen zu erheben.

„Ist ja gut. Bitte behalten Sie Platz.“ Begann die arrogante Fassade zu bröckeln? „Ich war an dem Abend auf einer Geburtstagsparty meines Kompagnons.“

„Hat der auch einen Namen?“, hakte Clemens Korthals sofort nach.

„Das ist Igor Antonow. Wir führen zusammen dieses Hotel.“

Der Kommissar notierte den Namen. „Wo war diese Feier?“

„An Bord seiner Motoryacht ‚Carina‘. Wir sind bis Warnemünde gefahren.“

Anna registrierte, dass der Bruder der Toten jetzt mehr oder weniger bereitwillig antwortete, seine hochmütige Haltung hatte er jedoch nicht abgelegt. Er verhielt sich, als würde er sich bei der Beantwortung der Fragen eines notwendigen Übels entledigen. „Wann haben Sie Ihre Schwester das letzte Mal gesehen?“

„Das kann ich nicht mehr so genau sagen. Wir hatten seit längerer Zeit nur noch selten Kontakt. Es ist bestimmt schon drei vier Wochen her.“

„Mochten Sie Ihre Schwester nicht?“ Anna warf ihrem Kollegen an ihrer Seite einen irritierten Blick zu, als er diese schroffe Frage stellte.

„Natürlich. Wie kommen Sie denn darauf? Wir sind beruflich wie auch gesellschaftlich eben unterschiedliche Wege gegangen.“

„Können Sie uns das ein wenig erklären?“, schaltete Anna sich wieder ein.

„Nun, das ist doch ganz offensichtlich. Ich habe ein Hotel zu führen und sie hatte Pleitefirmen abzuwickeln. Das sind doch zwei verschiedene Schuhe.“

Anna hatte das Gefühl, dass dem Grafensohn dieses Thema nicht gefiel. Er unterstrich seine Worte mit hastigen Gesten, als wollte er lästige Fliegen verscheuchen. „Gesellschaftlich und familiär gab es auch keine Berührungspunkte mit Ihrer Schwester?“

„Sie hat sich doch nur mit den Leuten aus den Chefetagen umgeben und ich habe mein Elternhaus schon in jungen Jahren verlassen und bin meinen eigenen Weg gegangen. Wie Sie sehen, ja auch nicht ganz erfolglos.“ Da war sie wieder, die herablassende Überheblichkeit eines Sohnes aus gräflichem Hause.

„Können Sie sich vorstellen, wer Ihrer Schwester das angetan hat?“, wollte Oberkommissar Korthals wissen.

„Keine Ahnung. Vielleicht hat sie einem Konzernchef, der seine Firma in den Dreck gefahren hat, die Krawatte zu eng gebunden und der hat sich eben gerächt. Was weiß ich?“

Ferdinand von Bahrenfeld machte sich über den Tod seiner Schwester wahrhaftig keine ernsthaften Gedanken. Die Befragung lief ins Leere. Anna machte sich selbst den Vorwurf, dass sie vorher nicht mehr den Hintergrund des

Hotelbesitzers durchleuchtet hatte. Sie konnte ihr Gefühl nicht erklären, aber irgendetwas stimmte hier nicht. Es war nicht die hochmütige und dünkelhafte Art, die sie beunruhigte. Sie hatte den Eindruck, dass Ferdinand von Bahrenfeld unterschwellig auf der Lauer lag. Wie ein Tier, das Gefahr witterte.

„Gut, Herr von Bahrenfeld. Soviel für heute. Wir werden Ihr Alibi überprüfen. Wo können wir Herrn Antonow erreichen?"

Der Bruder der Toten schien im ersten Augenblick über das plötzliche Ende der Befragung verwundert zu sein.

„Der ist zurzeit geschäftlich in Russland", kam die kurze Antwort, die Clemens Korthals nicht genügte. „Und wann erwarten Sie ihn zurück?"

„In zwei oder drei Wochen. Das weiß man bei ihm nie so genau." Anna musterte den Hotelier kritisch.

„Aber Sie führen das Hotel schon gemeinsam, oder?"

„Ja, natürlich. Jeder von uns hat da seinen fest umrissenen Bereich." Wieder fiel Anna dieser lauernde Unterton auf.

„Gut. Hier ist meine Visitenkarte. Falls Ihnen noch etwas Relevantes zum Mord an Ihrer Schwester einfällt, können Sie mich jederzeit erreichen." Die beiden Kommissare erhoben sich.

„Sie haben mir meine eingangs gestellte Frage noch nicht beantwortet, Frau Kriminalhauptkommissarin". Ferdinand von Bahrenfeld musterte Anna mit süffisantem Lächeln, nachdem er einen kurzen Blick auf die Visitenkarte geworfen hatte.

„Sie haben es sicherlich schon bemerkt, Herr von Bahrenfeld. Unser Beruf hat es so an sich, dass wir die Fragen stellen."

Anna und Clemens Korthals verabschiedeten sich zügig von dem Sohn des Grafen. Nicht ohne Hinweis, dass man sich bestimmt im Rahmen der Ermittlungen noch einmal sehen müsste.

„Mein Gott, was ist das denn für eine arrogantes Arschloch“, entfuhr es Oberkommissar Korthals, als sich die beiden Kommissare vor dem Hotel ins Auto setzten.

„Clemens, denk an deine Erziehung!“, rief Anna ihren Kollegen lächelnd zur Ordnung, „aber du hast ja recht. Er ist wirklich ein unangenehmer Kandidat. Irgendwie kommt er mir auch nicht ganz durchsichtig vor.“

„Du meinst, weil er so auf die Tonne haut und dicke Backen macht?“

„Nein, das ist es nicht allein. Ich hatte immer den Eindruck, dass er krampfhaft versucht hat, etwas zu verstecken. Ich kann es schwer erklären.“

Clemens Korthals kannte seine Chefin schon sehr gut. „Dein sprichwörtliches Bauchgefühl?“

„Ja, vielleicht. Wir werden sehen. Aber was mich vielmehr ärgert, dass wir nicht vorankommen. Es ist alles so wenig greifbar. Alle mauern und pflegen ihre Eitelkeiten. Würde meine Schwester ermordet werden, wenn ich denn eine hätte, hielten mich doch keine zehn Pferde zurück, der Sache akribisch auf den Grund zu gehen.“

Der Oberkommissar startete den Wagen. „Da gebe ich dir recht. Das sehe ich genauso. Mir fällt da gerade etwas ein. Vielleicht ist es einen Versuch wert. Wir wissen von der Toten doch eigentlich verhältnismäßig wenig.“

„Das ist wohl wahr. Was hast du vor?“, fragte Anna und blickte Clemens neugierig von der Seite an.

„Können wir in Neustadt noch einen kurzen Stopp bei Gabelstein Consulting machen?“

„Warum nicht?“

„Es ist nur ein Versuch, Chefin. Lass dich überraschen.“ Anna nickte nur schmunzelnd. Die manchmal etwas ungewöhnlichen Ideen ihres Kollegen hatten nicht selten auch zum Erfolg geführt.

„Ich bin gleich wieder da“, rief Clemens Anna zu, als er in Neustadt vor dem Geschäftsgebäude der Gabelstein Consulting aus dem Wagen stieg.

Die Brünette hinter der Rezeption lächelte ihn ebenso professionell an wie die Blonde vom Vortag.

„Ist Frau Seibert heute nicht im Dienst?“, fragte Clemens ein wenig enttäuscht.

„Sie macht gerade Mittagspause. Vielleicht kann ich Ihnen auch weiterhelfen.“

„Vielen Dank, aber ich müsste sie wegen des Todes Ihrer Chefin doch persönlich sprechen. Wo könnte ich sie denn finden?“ Die Brünette wirkte im ersten Augenblick unschlüssig, doch dann traf sie eine Entscheidung. „Nina, also Frau Seibert, isst meistens im ‚Pier 19‘ in der Ancora Marina eine Kleinigkeit“. Der Oberkommissar bedankte und verabschiedete sich eilig.

„Nun, welche aufsehenerregenden Erkenntnisse hast du gewonnen?“, empfing ihn Anna im Auto.

„Dauert noch einen Augenblick.“ Clemens startete den Wagen. Zur Ancora Marina waren es nur wenige Minuten. Schon vom Parkplatz aus sah Clemens die Blondine auf der Terrasse des Restaurants sitzen.

„Macht es dir etwas aus, auf meine Kosten einen Kaffee zu bestellen und dich ein wenig abseits zu halten?“, fragte er Anna, während er den Motor abstellte.

„Clemens, was hast du wieder vor?“

„Ermittlungen, Chefin. Nichts anderes. Versprochen. Auch wenn es im ersten Augenblick etwas anders aussehen mag.“

Anna schüttelte nur den Kopf. Anschließend beobachtete sie, wie ihr Kollege auf eine blonde Frau zuging, sie begrüßte und sich dann zu ihr an den Tisch setzte. Erst jetzt erkannte sie die Person. Es war die, die sie am Vortag bei Gabelstein Consulting empfangen hatte.

„Es tut mir leid, Frau Seibert, dass ich Sie hier überfalle, aber ich benötige unbedingt Ihre Hilfe."

Nina Seibert blickte verwundert von ihrer Illustrierten auf, als sie so unvermutet angesprochen wurde. Dann erkannte sie den Oberkommissar und runzelte die Stirn.

„Ich wüsste nicht, wie ich Ihnen helfen könnte", antwortete sie abweisend. Clemens Korthals ließ sich nicht entmutigen, sondern setzte sich unaufgefordert.

„Ich weiß, Frau Seibert, dass der Tod Ihrer Chefin ein fürchterlicher Schicksalsschlag für Sie sein muss. Ich habe absolutes Verständnis dafür. Glauben Sie mir, Sie sind nicht der erste Mensch, der mir begegnet, der mit solchen erschütterten Katastrophen fertig werden muss. Reden ist da eine der besten Therapien."

„Und Sie wollen jetzt ernsthaft mein Seelentröster sein?" Nina Seibert bedachte den Oberkommissar mit einem spöttischen Blick.

„Nein, ganz bestimmt nicht. Ich möchte mich mit Ihnen nur in einer entspannten Umgebung unterhalten. Besser als gestern, wo die Voraussetzungen für uns beide denkbar unglücklich waren." Clemens Korthals ließ seinen ganzen Charme spielen, um die reservierte Blondine friedlich zu stimmen. Mit Erfolg.

„Nun gut. Wie kann ich Ihnen denn helfen?", willigte sie zögernd ein.

„In Ihrer Position entgeht Ihnen vermutlich nichts. Sie wissen doch genau, wie der Hase in der Firma läuft. Daher meine Frage, Frau Seibert, hat sich das Ehepaar wirklich so traumhaft verstanden, wie man uns weißmachen will? Ist Gabelstein Consulting tatsächlich eine große harmonische Familie?"

Nina Seibert fing plötzlich höhnisch an zu lachen. „Wer erzählt Ihnen denn ein solches Märchen?"

„Bisher sind keine anderen Signale bei uns angekommen. War es denn nicht so?"

„Wollen Sie wirklich die Wahrheit wissen?" Nina Seibert konnte sich das Schmunzeln immer noch nicht verkneifen. „Ganz einfach ausgedrückt. Die von Bahrenfeld war ein Biest. Die hatte die Hosen an und er musste tun, was sie sagte. Als sie in die Firma eintrat, hat sie erst mal die Belegschaft auf Vordermann gebracht und Gabelstein Consulting zu dem gemacht, was es heute ist." Clemens Korthals hörte aufmerksam zu.

„Hatte sie denn Feinde? Was meinen Sie?"

„Also die Zahl ihrer Freunde hielt sich in Grenzen. Sie war auch bei den Verhandlungen mit den Firmen, die sie beraten hat, gnadenlos. Ich habe sie öfter als Sekretärin begleitet. Sie glauben gar nicht, wie sie mit den Firmenchefs umgesprungen ist."

„Und die haben sich das gefallen lassen?"

„Mehr oder weniger. In den meisten Fällen waren sie nicht in der Position, den Mund weit aufmachen zu können."

„Wie hat sich denn ihr Ehemann verhalten?"

„Der war folgsam wie ein Lamm."

„Nie ein böses Wort? Nie Streit?"

„Natürlich hat es da auch mal geknallt, aber am Ende hat sie immer ihren Willen durchgesetzt."

„Wer Ihre Chefin umgebracht haben könnte, da haben Sie aber keinen Verdacht, oder?"

„Nein, wahrhaftig nicht. Kandidaten gibt es da wohl genug, die ihr die Pest an den Hals gewünscht haben, aber Mord. Das ist dann schon eine ganz andere Nummer."

„Frau Seibert, Sie haben mir wirklich geholfen. Darf ich mich wieder bei Ihnen melden, wenn ich nicht weiter weiß?“ Clemens Korthals erhob sich und strahlte die Blondine erwartungsvoll an.

„Wenn Sie meinen“. Dabei hob sie gleichgültig ihre Schultern und entließ den Oberkommissar mit einem wohlwollenden Lächeln.

„Na, Clemens, war dein Date erfolgreich?“, fragte Anna schmunzelnd, als sie wieder im Auto saßen.

„Unter Date stelle ich mir aber etwas ganz anderes vor, Chefin. Aber erfolgreich war es schon.“ Anschließend berichtete er Anna ausführlich von den neuen Erkenntnissen über die Tote und deren Firma. Die vermeintlich heile Welt der von Bahrenfelds bekam Risse.

„Äußerst aufschlussreich. Ohne Frage. Wo wir schon unterwegs sind, lass uns heute auch gleich diesen aggressiven Elektromenschen aufsuchen“, schlug Anna vor.

„Kein Problem. Der heißt Matthias Sarkwitz und wohnt in Eutin. Da ist übrigens auch seine Firma, die von den Dänen übernommen worden ist. Er hat die Karre wohl ziemlich in den Dreck gefahren. Altes Familienunternehmen. Nie neu investiert. Daher in den vergangenen Jahren nur rote Zahlen“, berichtete Clemens Korthals, während er Richtung Eutin fuhr.

„Du bist gut informiert, Clemens.“

„Man tut, was man kann. Steht alles in den Akten, die wir bei Gabelstein eingepackt haben. Der Sarkwitz hat eine stattliche Abfindung bekommen. Aber stinksauer scheint er trotzdem zu sein. Die Dänen haben die Firma innerhalb eines Jahres wieder auf Vordermann gebracht. Nur wenige Leute entlassen, das Know-how der Belegschaft genutzt und voll in die Zukunft investiert. Digitalisierung heißt das Zauberwort, mit dem der alte Sarkwitz anscheinend nichts am Hut hatte.“

Die Villa in der Nähe des Eutiner Wasserturms, in der Matthias Sarkwitz wohnte, strahlte noch heute traditionelle Würde aus. Kurze Zeit später, nachdem Anna und Clemens geklingelt hatten, öffnete ein grauhaariger Herr, der Anzug und Krawatte trug, die Tür und musterte sie abfällig.

„Wenn Sie von den Zeugen Jehovas sind, können Sie gleich wieder gehen und außerdem kaufen wir nichts an der Tür", begrüßt er die beiden Kommissare.

„Sie sind Herr Sarkwitz?", fragte Anna freundlich.

„Was geht Sie das an, wer ich bin?", fauchte er sie an.

„Mein Name ist Anna Severin und das ist mein Kollege Korthals. Wir kommen von der Kriminalpolizei und müssen Matthias Sarkwitz sprechen."

„Kriminalpolizei? Können Sie sich ausweisen?"

Anna holte ihren Dienstausweis hervor. Clemens zeigte ihm seine Marke.

„Was wollen Sie von mir?", polterte der einstige Firmenbesitzer weiter.

„Ich nehme an, Sie möchten unsere Fragen nicht unbedingt auf der Straße beantworten, Herr Sarkwitz?"

„Kommen Sie rein, aber ich habe nicht viel Zeit." Matthias Sarkwitz trat mehr oder weniger bereitwillig zur Seite und ließ die Kommissare ein. Durch eine großzügige Eingangshalle geleitete er sie in ein Wohnzimmer, von dem man einen Blick auf einen parkähnlichen Garten hatte. Bevor sie sich setzten, trat eine ältere Dame durch die Terrassentür.

„Haben wir Besuch, Matthias?", fragte sie.

„Nein. Nicht der Rede wert, Elfriede. Kümmere du dich weiter um deine Rosen", fertigte er sie kurzerhand ab. Ohne mit der Wimper zu zucken, drehte sie sich wieder um und folgte der Weisung ihres Ehemanns klaglos.

„Herr Sarkwitz, Sie hatten in der Vergangenheit Kontakt zur Firma Gabelstein Consulting in Neustadt?", begann Anna die Befragung, nachdem sie sich gesetzt hatten.

„Hören Sie bloß auf. Von diesen Verbrechern will ich nichts mehr hören. Oder gibt es endlich jemanden, der dieser Hyäne den Hals umgedreht hat. Das wären wenigstens einmal gute Nachrichten“, tönte Matthias Sarkwitz lautstark.

„Es tut mir leid, meine Kollegin hat vergessen, Ihnen zu sagen, wir sind von der Mordkommission“, ergriff Clemens Korthals das Wort. Anna wusste, dass ihr Kollege auf solche aufgeblasenen Wichtigtuer geradezu allergisch reagierte. „Und noch etwas haben wir vergessen, Ihnen zu verraten. Wir ermitteln gegen Sie, da wir Sie des Mordes an Henriette von Bahrenfeld verdächtigen.“

Mit diesen Worten hatte der Oberkommissar den ehemaligen Fabrikbesitzer zum Schweigen gebracht. Anna beobachtete mit Genugtuung, wie ihrem Gegenüber die Kinnlade herunterklappte und er luftschnappend nach Antworten suchte.

„Entschuldigen Sie bitte, Herr Sarkwitz, aber mein Kollege ist manchmal ein wenig direkt“, fuhr Anna fort, während sie Clemens unauffällig zublinzelte, „aber Ihre Ausführungen liefern uns den Beweis für ein eindeutiges Mordmotiv.“

„Was für ein Blödsinn. Ich habe die von Bahrenfeld doch nicht umgebracht. Was denken Sie denn von mir?“ Matthias Sarkwitz schien sich sehr schnell vom ersten Schreck erholt zu haben.

„Herr Sarkwitz, damit wir uns ein Bild machen können, benötigen wird jedes Detail.“ Anna versuchte, das Gespräch auf eine sachliche Ebene zu lenken. „Daher meine Frage, wie kam es zu ersten Kontakten zu der Firma Gabelstein Consulting und speziell zu Frau von Bahrenfeld?“

„Sie wollen ernsthaft, dass ich Ihnen diese widerliche Posse erzähle? Ich habe meine Firma mehr als dreißig Jahre erfolgreich geführt. Ein Betrieb mit 244 Mitarbeitern, die sich nie über mich beklagen konnten. Wir waren führend in der Produktion von elektrischen Zubehörteilen. Es gibt in keinem deutschen Haushalt nicht eine Maschine, in der nicht auch ein Teil von Sarkwitz-Elektrik enthalten ist. Das muss mir erst einmal jemand nachmachen …"

„Aber in den letzten Jahren haben Sie nur noch rote Zahlen geschrieben", unterbrach Clemens Korthals die Lobhudeleien des ehemaligen Firmenchefs.

„Was bilden Sie sich denn ein, junger Mann? Eine Firma wie meine zu führen, bedeutet täglichen Kampf. Die Konkurrenz schläft nie. Unser Markt wird mit Billigprodukten aus Asien überschwemmt. Da muss man sich behaupten. Ich konnte mich nicht wie Sie Tag für Tag wohlgefällig und bequem in dem komfortablen Sessel des Beamtentums zurücklehnen. Ich wurde gefordert …"

„Da gebe ich Ihnen absolut recht, Herr Sarkwitz", unterbrach Clemens Korthals sein gegenüber erneut, „wir von der Mordkommission schweben täglich auf Wolken. Können wir uns bitte endlich auf die Sache konzentrieren? Seit wann kennen Sie Frau von Bahrenfeld?"

Matthias Sarkwitz blickte den Oberkommissar entgeistert an. Anscheinend war er es nicht gewohnt, in diesem forschen Ton angesprochen zu werden.

„Das war im Frühjahr vergangenen Jahres, als sie mit ihren Geiern in meiner Firma einfiel."

„Nachdem Gabelstein Consulting Ihre Firma in der bestehenden Form als nicht mehr wettbewerbsfähig erklärt hat, haben Sie mehrfach in Neustadt angerufen und Morddrohungen ausgesprochen. Ist das richtig?", fragte Anna nach.

„Ja, was hätten Sie denn gemacht, wenn eine solche hergelaufene Xantippe daher kommt und Sie um Ihre Firma beraubt?“ Mattias Sarkwitz plusterte sich nach wie vor auf. Sein Gesicht war rot angelaufen.

„Herr Sarkwitz, so kommen wir nicht weiter, wenn Sie nicht bereit sind, unsere Fragen sachlich zu beantworten.“ Selbst Annas Geduld hatte Grenzen. Auch Clemens Unruhe neben sich angesichts dieser Selbstherrlichkeit des Hausherrn war ihr nicht verborgen geblieben.

„Sachlichkeit? Sachlichkeit? Hier geht es nicht um Sachlichkeit, sondern um Ungerechtigkeit in ganz großem Stil, die mir persönlich widerfahren ist.“

Anna reagierte nicht darauf. „Haben Sie bei Gabelstein Consulting angerufen und Morddrohungen ausgesprochen oder nicht?“

„Ja, natürlich. Was tut das heute denn noch zur Sache?“

„Angesichts des unnatürlichen Todes von Frau von Bahrenfeld ist es für uns nicht ganz unbedeutend. Haben Sie auch Drohbriefe an die Firma in Neustadt geschrieben?“, wollte Clemens Korthals jetzt wissen.

„Was soll das Ganze hier eigentlich …?“

„Haben Sie oder haben Sie nicht?“ Der Oberkommissar ließ nicht locker.

„Wissen Sie was, ich werde jetzt meinen Anwalt anrufen …“

„Das ist Ihr gutes Recht und ich kann es Ihnen in Ihrer derzeitigen Lage auch nur dringend empfehlen. Aber vielleicht sind Sie ja vorher noch bereit, uns zwei abschließende Fragen zu beantworten“, schaltete sich Anna wieder ein, „erstens, wo waren Sie am Abend des 16. August dieses Jahres und zweitens, haben Sie Henriette von Bahrenfeld ermordet?“

Matthias Sarkwitz funkelte die beiden Kommissare ungläubig an. „Das fragen Sie mich ernsthaft? Unglaublich.

Am 16. August war ich auf einer Studienreise in Nicaragua. Und die von Bahrenfeld habe ich nicht umgebracht, obwohl ich ihr bis heute die Pest an den Hals wünsche."

„Gut, wir werden Ihr Alibi noch überprüfen", erklärte Anna und fuhr fort, „da Sie keine Angaben zu den Drohbriefen machen wollen, fordere ich Sie auf, noch heute auf dem Polizeirevier Eutin zu erscheinen. Wir brauchen Ihre Fingerabdrücke. Sollten wir weitere Fragen haben, melden wir uns wieder." Anna und ihr Kollege standen auf und verließen ohne ein weiteres Wort das Haus. Matthias Sarkwitz' ansatzweiser Protest blieb ihm voller Entrüstung im Hals stecken.

„Welch ein liebenswerter Zeitgenosse", stöhnte Clemens Korthals, als er sich auf den Fahrersitz fallen ließ.

„Wie es aussieht, haben wir heute nicht unseren Glückstag erwischt", bemerkte Anna zustimmend, „verbinde uns doch einmal mit unseren Kollegen hier in Eutin."

Clemens Korthals drückte ein paar Tasten.

„Polizei Eutin, Landsberg", meldete sich kurz darauf eine Stimme über die Freisprechanlage.

„Hier ist Anna Severin. Moin, Herr Kollege. Ich brauche mal wieder Ihre Hilfe."

„Ah, Frau Severin. Für Sie stets und gerne zu Diensten. Wie kann ich helfen?" Anna musste lachen, als sie sah, dass ihr Kollege neben ihr die Augen verdrehte.

„Wir haben eben im Rahmen der Mordermittlung Henriette von Bahrenfeld Matthias Sarkwitz befragt. Ich habe angeordnet, dass er noch heute bei Ihnen erscheinen soll, damit wir seine Fingerabdrücke bekommen."

„Kein Problem. Ich weiß, von wem Sie sprechen."

„Sollte er im Laufe des Tages nicht erscheinen, wäre es gut, wenn Sie ihm spätestens morgen ein paar Kollegen schicken würden. Er hat sich nämlich heute nicht unbedingt kooperativ gezeigt."

„Ist gut, Frau Severin. Wir bleiben am Ball. Wenn wir die Daten von ihm haben, schicken wir sie gleich auf Ihren PC. Sollte es Schwierigkeiten geben, melde ich mich bei Ihnen."

„Perfekt, Herr Landsberg, vielen Dank", verabschiedete sich Anna bei Ihrem Kollegen. Clemens Korthals sah sie mit hochgezogener Augenbraue von der Seite an.

Anna lächelte zufrieden. „Es gibt noch Menschen auf dieser Welt, mein lieber Clemens, die freundlich, nett und zuvorkommend sind."

Kapitel 11

Einige der Fabrikhallen in den Schlutuper Tannen hatten schon bessere Tage gesehen. Doch leer standen sie nicht. Kleine Betriebe hatten sich angesiedelt. Manche von ihnen wiesen sogar mit großen Plakaten auf ihre Leistungsfähigkeit hin. Lindberg umkurvte im Schritttempo mit seiner Kawasaki die Schlaglöcher. Er wusste, wohin er wollte. Am Ende einer Sackgasse standen mehrere ineinander verschachtelte Gebäude, deren Mauersteine hier und da aus den Löchern des bröckelnden Putzes herausguckten. Eines der Häuser verfügte über ein großes Tor, dessen Holztüren weit offen standen. Aus dem Innern war ein blubberndes Brummen zu hören und vor dem Tor stand ungefähr ein Dutzend Motorräder. Ein Firmenschild gab es nicht, lediglich der überdimensionale Kopf eines Indianerhäuptlings zierte die Wand rechts neben dem Tor.

Kaum hatte Lindberg seine Maschine abgestellt, erlosch das Motorbrummen aus der Halle und ein Hüne von Mann trat heraus. Er trug einen Overall, der zu seinen besseren Zeiten vermutlich einmal grün gewesen war. Seinen Kopf zierte ein ölverschmiertes Tuch und auch in seinem graubärtigen Gesicht waren ähnliche Spuren zu erkennen.

„Na, Schrauber, du alte Ölkanne. Du könntest auch mal wieder 'ne Dusche gebrauchen", begrüßte Lindberg den Hünen.

„Lindberg, du verrückter Schmierfink. Wo kommst du denn her?" Mit riesigen Schritten kam der Hüne auf Lindberg zugestürmt, umarmte ihn überschwänglich und klopfte ihm immer wieder mit seinen öligen Händen auf den Rücken.

„Nun lass mal gut sein, Schrauber. Du tust ja geradeso, als ob ich von den Toten auferstanden bin." Lindberg konnte sich nur mit Mühe von dem Klammergriff seines Motorradkumpels befreien.

„Na, bist du ja auch. Wir haben dich doch eine Ewigkeit nicht gesehen."

„Du hast ja recht, Schrauber. Aber die letzten Monate liefen nicht so rund. Hast sicherlich davon gehört."

„Ja, ich weiß. Die Kacke mit Katja und so. Haut einen schon ganz schön um sowas. Kann ich gut verstehen, Alter." Der Schrauber unterstrich sein Mitgefühl erneut mit kräftigem kameradschaftlichem Schulterklopfen. „Tobias, der hinterlistige Rechtsverdreher, hat ja immer mal wieder reingeguckt und von dir erzählt."

Lindberg und Tobias verband mit diesem raubeinigen Kerl eine langjährige Freundschaft. Der Schrauber, alle riefen ihn so und niemand wusste, wie er tatsächlich hieß, wusste alles über Motorräder. Es gab keine Maschine, dessen Macken er nicht kannte. Er zerlegte Motoren in atemraubender Geschwindigkeit, fand in Kürze jeden Fehler, behob ihn und schraubte alles wieder funktionsgerecht zusammen. Allerdings hatte er es mit der Ersatzteilbeschaffung nicht immer sehr genau genommen. Bereits in der Jugend konnte er seine Begeisterung für motorisierte Zweiräder nicht bremsen. Da das nötige Kleingeld fehlte, klaute er sie einfach. Was so manchem Jugendrichter nicht gefiel und auf dieses Weise die Liste seiner Vorstrafen wuchs. Als er vor einigen Jahren erneut mit dem Gesetz in Konflikt geriet, da er eine Kurbelwelle für eine 50er Indian Chief auf ehrliche Weise nicht erwerben konnte, drohte ihm ein längerer Knastaufenthalt. Nur durch Lindbergs vehemente Fürsprache und Tobias' brillante Verteidigung vor Gericht kam er mit einer Bewährungsstrafe davon. Was er den beiden Motorradfreunden nie vergessen hatte.

„Aber jetzt reitest du den Bock wieder, wie ich sehe. Finde ich geil." Abermals bearbeitete der Schrauber Lindbergs Schultern.

„Sag mal, Schrauber, geht es hier nochmal voran?“ Aus dem Tor waren drei Typen getreten, die auf die beiden zukamen.

„Meine Fresse, wenn das nicht Lindberg ist, das alte Tintenfass?“

„Dich gibt es noch?“

„Und du fährst wieder Moped?“

Alle drei begrüßten Lindberg wie einen verlorenen Sohn. Emotionen pur. Für einen Außenstehenden vollkommen ungewöhnlich, angesichts ihrer verwegenen Outfits. Schwarzes Leder, Rocker-Dress, Pferdeschwanz, graue Bärte, Ohrringe und Tattoos. Die Werkstatt des Schraubers war schon immer ein Treffpunkt für Biker gewesen. Man kannte sich. Die Leidenschaft für das Motorrad verwischte alle Grenzen und Standesunterschiede.

„Was ist los, Schrauber, Lindbergs Wiederauferstehung muss gefeiert werden. Rück den Bölkstoff raus!“

„Denkt dran, ihr wollt alle noch fahren, ihr Suffköppe“, gab der Schrauber zu bedenken.

„Papa Schrauber, ich mach mich nass. Wer nicht will, kann ja auch eine von deinen kastrierten Pfützen saufen. Nun mach schon, hol die Gallonen.“ Die Motorradkumpels ließen nicht locker. Wenige Minuten später saßen alle fünf vor dem Tor unter dem großen Indianerkopf und prosteten sich zu. Es gab nur ein Thema: Motorräder.

Lindberg genoss diese derbe Männergesellschaft. Sie hatte ihm gefehlt. Tobias und er hatten in der Vergangenheit mit dem Schrauber und seinen Kumpels gemeinsame Touren unternommen und natürlich auch ihr technisches Wissen angezapft, wenn es an ihren Maschinen einmal nicht ganz rund lief.

„Erzähl mal, Lindberg, kannst du nicht mal einen Krimi schreiben, wo nur solche stattlichen Kerle wie wir drin vorkommen?“, wollte einer der Biker wissen, den alle Rudi nannten.

„Dann musst du aber erst jemanden umbringen, Rudi. Vorher kommst du bei unserem Krimischreiber nicht groß raus“, stellte der Schrauber lachend fest.

„So was kann Rudi nicht. Rudi ist ein Menschenfreund. Der führt auch alte Damen über die Straße“, wusste „Nase“, wie der Motorradfreak mit der schiefen Adlernase gerufen wurde.

„Ja, auch dann, wenn sie gar nicht rüber will“, kam von dem Biker mit dem Pferdeschwanz, der mit „AC“ angesprochen wurde.

Lindberg hob lachend seine Bierflasche. „Wenn ich über euch etwas schreiben müsste, könnte es nur ein Fantasy-Roman werden. Denn dass es euch wirklich gibt, glaubt mir niemand auf der Welt.“

Lautstarker Protest schallte Lindberg entgegen, sodass er anfangs gar nicht die Melodie seines Smartphones gehört hatte. Das Display zeigte Rosi an. Lindberg stand auf und ging ein paar Schritte zur Seite. „Hallo Rosi, wo brennts’ …?“ Weiter kam er nicht.

„Lindberg, hilf mir … bitte … schnell …“ Ein Poltern, ein unterdrückter Schrei, dann Stille.

„Rosi? Rosi hörst du mich?“ Keine Antwort. Lindberg starrte auf das Display. Die Verbindung war abgebrochen.

Mit Riesenschritten sprang er auf sein Motorrad zu. „Schrauber, komm mit, wir müssen Rosi retten.“ Der Schrauber fragte nicht lange, saß in wenigen Sekunden auf seiner Maschine, die vor dem Tor stand und preschte mit Lindberg davon.

Die Geschwindigkeitsbegrenzung der Wesloer Straße und die roten Ampeln interessierten die beiden Biker nicht. Rosi wohnte nicht weit. Mit quietschenden Reifen hielten Lindberg und der Schrauber vor dem Mehrfamilienhaus am Rittbrook. Keine fünf Minuten später. Die Haustür stand offen. Lindberg lief voraus. Vor Rosis Wohnungstür hielt er inne und lauschte. Stimmen waren zu hören. Es klang wie ein Streit.

„Hörst du das“, fragte Lindberg den Schrauber, „da stimmt was nicht.“

„Mach Platz“, war dessen Antwort, während er bereits einen Schritt zurücktrat. Krachend flog die Wohnungstür auf. Ein kurzer kräftiger Tritt mit dem Motorradstiefel hatte genügt.

Das Bild war eindeutig. Rosi lag im Wohnzimmer auf der Couch und wehrte sich verzweifelt. Ihre Bluse hing in Fetzen herunter, ihr Slip baumelte an ihrem rechten Bein, die Haare waren zerzaust, ihr Lippenstift verschmiert. Über ihr hing ein Kerl mit breiten Schultern, dessen Hosen in den Kniekehlen hingen und der vergeblich versuchte Rosi gefügig zu machen.

Lindberg sprang auf ihn zu, ergriff seinen Haarschopf und riss ihn kraftvoll nach hinten. Der Vergewaltiger schrie auf und taumelte zurück. Im selben Augenblick traf ihn der Dampfhammer in Form der Faust des Schraubers in der Magengegend, sodass er zusammenklappte wie ein Taschenmesser. Lindberg guckte verwundert auf das Büschel Haare, das er jetzt in den Händen hielt. Noch bevor der verhinderte Lustmolch zu Boden ging, verpasste der Schrauber ihm einen Aufwärtshaken, dass er rücklings gegen die Wand krachte und bewusstlos an ihr herunterrutschte.

Lindberg stürzte auf Rosi zu, setzte sich zu ihr und nahm sie in die Arme. Sie zitterte am ganzen Körper und begann hemmungslos zu schluchzen. Es dauerte Minuten, bis sie ein Wort herausbrachte.

Lindberg streichelte beruhigend ihren Rücken. „Was ist denn nur passiert, Rosi?“

„Das ist der Fahrer von Müller-Haberfeld. Paustian oder so ähnlich heißt er.“ Rosi musste immer wieder schlucken, bis sie weiter sprechen konnte.

„Und was wollte er von dir?“

„Es war wegen des Unfalls. Er hätte deswegen Ärger mit seinem Chef bekommen und er wüsste genau, dass er mich nicht angefahren hat. Als Entschädigung sollte ich jetzt die Beine breitmachen, wie er sich ausgedrückt hat.“ Rosi fing wieder an zu weinen.

Lindberg schüttelte den Kopf. „Es tut mir wirklich leid, Rosi. Das war so nicht vorauszusehen.“

Der Schrauber ließ den Bewusstlosen derweil nicht aus den Augen. Als er jedoch Rosis Erklärung hörte, merkte er auf. „Von welchem Unfall redet ihr?“

„Lappalien, Schrauber. Nichts von Bedeutung“, antwortete Lindberg beschwichtigend. Der Schrauber bohrte nicht weiter nach. Er wusste, wenn Lindberg es für nötig hielt, würde er es ihm irgendwann erzählen. Außerdem wurde seine Aufmerksamkeit in diesem Augenblick abgelenkt, da sich Rosis ungebetener Besucher regte und aus seiner Bewusstlosigkeit erwachte. Als er die Augen aufschlug und die massige Statur vor sich erblickte, versuchte er, aufzuspringen. Benommen flog er wieder gegen die Wand, als der Schrauber ihm seinen Stiefel auf die Brust drückte.

„Was wolltest du von Rosi, du Drecksau? Was sollte die Nummer hier?“

„Die Schlampe, hat mich beschissen und meinen Chef auch“, kam ächzend aus seinem Mund. Lindberg fiel auf, dass er nicht ganz deutlich sprach. Als er genauer hinsah, erkannte er, dass dem Kerl zwei Schneidezähne fehlten. Im selben Augenblick heulte er auf und krümmte sich. Der Schrauber hatte ihm kurzerhand zwischen die Beine getreten. „Noch so ein Spruch und dein Glockenspiel hängt an der Deckenbeleuchtung. Hast du das verstanden, du Haufen Scheiße?“

„Ist gut, Schrauber. Sie zu, dass du den Mistkerl los wirst. Nicht, dass uns die Nachbarn noch die Bullen auf den Hals hetzen. Die Staatskarosse, die vor dem Haus steht, gehört sicher seinem Chef.“ Lindberg wollte kein weiteres Aufsehen erregen. Die Nummer mit Rosi und dem Bauunternehmer war zwar geglückt, hatte aber jetzt eine unerwartete Wendung genommen.

Der Schrauber nickte nur und packte den winselnden Fahrer am Kragen und zog ihn hoch. „Zieh deine Hose hoch, du Blindgänger, dein mickeriges Wurzelgemüse kann man ja nicht mit ansehen.“ Nachdem der ramponierte Chauffeur seine Hose zusammengerafft hatte, ergriff der Schrauber seinen Arm und schubste ihn zum Ausgang. Erst auf der Straße vor der schwarzen Limousine ließ er ihn wieder los.

„Solltest du noch einmal in Rosis Nähe auftauchen, du Dumpfbacke, wirst du anschließend im Knabenchor singen können. Verstanden?“ Der Schrauber knallte die Wagentür zu. Panisch startete der Fahrer das Auto und gab Gas. Das kratzende Geräusch, das der Motorradschlüssel des Schraubers auf dem Lack der schwarzen Limousine verursachte, hörte er nicht.

Kapitel 12

Ich möchte Ihnen eine Frage stellen. Braucht ein Schriftsteller Mut? Wie Sie sicherlich nicht anders erwartet haben, werde ich die Frage auch gleich selbst beantworten. Und sie lautet: Ja! Nun werden Sie sagen, was soll daran mutig sein, wenn jemand am Schreibtisch sitzt und sich Geschichten ausdenkt. Die Furchtlosigkeit eines Autors besteht darin, das Alltägliche zu ignorieren. Alle fünfe gerade sein zu lassen. Gegen den Strom zu schwimmen. Erst wenn ich nicht mehr in den eingefahrenen Gleisen denke, wenn ich Einförmigkeit, Einfallslosigkeit und Monotonie unseres Alltags verlasse, entstehen abenteuerliche und unterhaltsame Geschichten. Ein Beispiel: Ich beschreibe den ganz normalen Ablauf des Marktleiters eines Supermarktes. Er weist seine Mitarbeiter an, nicht zu lange Pausen zu machen, er gibt Bestellungen für den nächsten Tag auf und er kontrolliert die Regale. Spätestens jetzt werden Sie gähnend das Buch zu Seite legen. Marschiert derselbe Marktleiter aber mit einer Trompete und einer roten Nase durch die Gänge, um die Aufmerksamkeit seiner Kunden zu erreichen und ihnen die neusten Sonderangebote persönlich zu verkünden, ruft dieses Bild bei Ihnen ein amüsiertes Lächeln hervor. Vermutlich auch, weil sie sich ihren Marktleiter, den sie kennen, in dieser Situation vorstellen werden. Wenn Sie wollen, könnte ich ihn auch noch auf einem Drachen fliegen lassen. Den Mut, den ich als Autor mit dieser kleinen Geschichte bewiesen habe, ist der, dass ich mir eine Geschichte ausgedacht habe, die Sie so nie erleben werden. Die weniger Fantasiebegabten unter Ihnen werden zu dem vernichtenden Urteil kommen und sagen: Mein Gott, was spinnt der sich denn bloß für einen Mist zusammen. Ich würde diesen Menschen nicht widersprechen, denn genau das ist es, was einen mutigen Schriftsteller ausmacht.

Lindberg zählte sich selbst nicht zu den grüblerischen Menschen. Ihm war eine grundlegende sonnige Natur mitgegeben. Seine positive Lebenseinstellung mit zeitweise unkonventionellen Ausführungen kam nicht bei allen Personen vorbehaltlos gut an. Das wusste er, doch das störte ihn nicht. Während andere ihn zeitweise als Wunderling bezeichneten, sah er sich selbst eher als Persönlichkeit mit Konturen. Aufgrund seines wachen Verstandes, seiner ausgeprägten Menschenkenntnisse, seinen analytischen Fähigkeiten verbunden mit einer scharfen Zunge fühlten sich manche Menschen in seiner Nähe unwohl. Nicht selten musste er sich den Vorwurf von Arroganz und Oberflächlichkeit gefallen lassen. Ein Urteil, dass fern der Realität lag.

Lindberg hatte der Überfall auf Rosi zwar keine schlaflosen Nächte bereitet, doch fühlte er sich für das Dilemma verantwortlich. Schließlich war er es gewesen, der Tobias diesen Floh ins Ohr gesetzt hatte, seine Finanzlage durch den Einsatz von Rosi aufzupolieren. Mit verheerenden Folgen, wie er jetzt wusste. Es war das schlechte Gewissen, das an Lindberg nagte.

Kurzentschlossen hatte er Rosi, Anna und Tobias zu einem Grillabend eingeladen. Der milde Spätsommerabend unterstrich die gemütliche Atmosphäre im kleinen Hof in der Hüxstraße. Lindbergs Kochkünste hielten sich stark in Grenzen, aber für die sachgerechte Bedienung des Grills reichte es gerade. Zudem fand er bei Anna Unterstützung in Form eines köstlichen mediterranen Salats. Auch die Servietten, Gläser und Kerzen verrieten eine weibliche Hand.

„Lindberg, eigentlich sollten wir viel öfter zusammenkommen und dein kleines Refugium genießen." Tobias lehnte sich gesättigt zurück und hob sein Weinglas.

„Wider Erwarten kommen aus Tobias Mund einmal vernünftige Worte, denen ich nicht widersprechen kann."

Auch Rosi ergriff ihr Weinglas und funkelte Tobias über den Tisch hinweg kämpferisch an.

Lindberg nickte zufrieden. „Nachdem der allgemeine Burgfriede aufgrund gefüllter Mägen sichergestellt ist, lasst uns anstoßen, liebe Freunde." Er und Anna erhoben ebenfalls ihre Gläser.

„Trinkspruch!", verkündete Tobias.

„Oh, nein. Nicht wieder Tobias", stöhnte Anna auf.

„Warum nicht?", wandte Lindberg ein, „er kennt nun mal die besten. Los Tobias, lass einen raus!" Tobias ließ sich nicht zwei Mal bitten.

„Der Knecht steht vor dem Scheunentor und pinkelt durch die Ritze. Plötzlich fällt 'ne Sense um und ab ist seine Spritze. Ein kleiner Stummel bleibt zum Trost – Prost!"

Es dauerte eine Weile, bis die vier Freunde vor lauter Lachen trinken konnten.

„Anna, was gibt es Neues von der Verbrecherfront? Ist der Friedhofsmord schon aufgeklärt?", wollte Tobias wissen, nachdem sich alle wieder ein wenig beruhigt hatten.

„Ach, ihr wisst doch, dass ich nichts sagen darf, aber irgendwie bin ich momentan richtig angefressen." Lindberg fiel auf, dass Anna schon den gesamten Abend angespannt wirkte. Bisher hatte sie solche Abende stets unbekümmert genossen. „Ärger, Stress oder urlaubsreif?"

„Such dir etwas aus, Lindberg. Es passt alles. Erst musste ich mich von diesem Widerling von Grafensohn anbaggern lassen, dann erzählte mir Herr Gabelstein so ganz nebenbei, dass das Auto seiner ermordeten Frau unauffindbar wäre und zu guter Letzt hielt es der Oberstaatsanwalt nach wie vor für nötig, die Interessen des Hauses von Bahrenfeld zu vertreten, anstatt meine Ermittlungen zu unterstützen. Aber sonst ist alles in bester Ordnung."

„Der Sohn vom Grafen hat dich tatsächlich angebaggert?" Rosi sah Anna ungläubig an.

„Eine aalglatte Type, Rosi. Mimt den Unwiderstehlichen. Irgendwie habe ich den Eindruck, dass der nicht ganz sauber ist. Nur so ein Gefühl."

„Solche Windeier kenne ich", antwortete Rosi und nickte wissend mit dem Kopf.

Lindberg war hellhörig geworden. „Worauf begründet sich denn dein Gefühl? Ist es nur Antipathie, weil er sich dir gegenüber so unmöglich verhalten hat oder gibt es da mehr?"

„Da kommt eins zum anderen. Einmal berührt ihn der Tod seiner Schwester wenig. Aber das gilt auch für alle anderen Familienmitglieder, habe ich den Eindruck. Vielmehr sonnt er sich in seinem vermeintlichen Reichtum, den er protzig mit seinem Luxus-Hotel und teurer Kleidung demonstriert. Rolex und Ferrari natürlich auch. Das wirkt alles so vordergründig, so plakativ. Ich hab den Eindruck, er will etwas verbergen."

„Du wirst ihm schon auf den Zahn fühlen, wie ich dich kenne. Solche Kotzbrocken fordern dich doch geradezu heraus." Rosi hielt es anscheinend für nötig, Anna auf ihre Weise Mut zu machen.

„Und was war das mit dem Auto der Toten?", fragte Tobias nach.

„Wir haben uns schon Gedanken darüber gemacht, wie die Tote auf den Friedhof gekommen ist, aber bisher keine plausible Antwort gefunden", erklärte Anna ihren Freunden, „bis uns dann gestern, fünf Tage nach dem Tod seiner Frau, ihr verehrter Ehemann so ganz nebenbei verraten hat, dass er den Wagen seiner Frau vermisst."

„Die hat vermutlich wie ich einen fünfzehn Jahre alten Golf gefahren", bemerkte Tobias süffisant.

„Nicht ganz, es ist ein Porsche 911 Targa 4, mein lieber Tobias, in lieblich weiblichem Orange", antwortete Anna lächelnd.

„Der hat dreihundert PS unter der Haube. Dafür darfst du dann auch rund einhundertundfünfzigtausend hinblättern. Ungefähr deine Preisklasse, Tobias.“ Lindberg konnte sich den kleinen Seitenhieb auf seinen ständig abgebrannten Freund nicht verkneifen.

Tobias funkelte Lindberg giftig an. „Na, deine Vorschläge zu Besserung meiner Finanzlage waren ja wohl auch nicht so berauschend. Kannst ja mal Rosi fragen, wie die das sieht.“

Anna sah die drei erstaunt an. „Was war das denn eben, Tobias? Was ist mit Rosi? Habe ich etwas versäumt?“

„Ach, Tobias hat wieder einen Knoten in seinem verwirrten Juristenhirn. Manchmal kann man ihm einfach nicht folgen.“ Lindberg versuchte die gespannte Lage zu entkräften. Unter dem Tisch stieß er Tobias ans Schienbein und Rosi gegenüber verdreht er die Augen. Von dieser unrühmlichen Nummer und den Überfall auf Rosi musste Anna nun wirklich nichts erfahren.

„Aber irgendetwas habt ihr doch wieder ausgeheckt. Ich kenne euch doch.“ Anna wollte mehr wissen.

„Anna, auch Rechtsanwälte und Schriftsteller unterliegen der Schweigepflicht“, erklärte Lindberg übertrieben bedeutungsvoll, „und auch Kommissare müssen nicht alles wissen.“

Anna wollte sich mit diesem blöden Spruch nicht abspeisen lassen. „Rosi, erzähl, was war los?“

„Ich weiß von nichts, Anna. Ich bin die Unschuld vom Lande“, antwortete Rosi mit einem treuherzigen Augenaufschlag.

„Das können wir beide bestätigen“, kam es bei Lindberg und Tobias wie aus einem Munde.

„Was genau wollt ihr bestätigen? Dass Rosi nichts weiß oder dass sie die Unschuld vom Lande ist?“ Anna sah ihre drei Freunde abwechselnd herausfordernd an.

„Jetzt keine Details bitte", reagierte Lindberg als erster, „lass uns lieber wieder zu deinen kriminellen Akteuren kommen. Der Wagen der Toten ist tatsächlich spurlos verschwunden?"

Anna erkannte Lindbergs Absicht und schmunzelte. „Sieht so aus. Auf jeden Fall behauptet der Ehemann das. Gefahren ist sie wohl nur alleine damit. Da war sie wohl ganz pingelig."

„Du hast wirklich keinen Verdacht, wer die Grafentochter ermordet haben könnte?", hakte Lindberg nach.

„Das eine oder andere Alibi müssen wir noch überprüfen. Ganz langsam häutet sich auch die Zwiebel. Die heile Welt, die uns die Betroffenen bisher vorspielen wollten, bekommt schon ein paar Dellen. Doch Konkretes gibt es nicht. Aber jetzt habe ich euch schon wieder viel zu viel erzählt …"

Annas Handy klingelte. Sie sah auf das Display und meldete sich.

„Clemens, was gibt es? Ich habe Feierabend." Anschließend lauschte sie. „Ernsthaft? Spinnt der denn total?" Wieder hörte sie eine Weile zu. „Ist gut. Danke, Clemens. Ich bin rechtzeitig da. Tschüß."

„Was war das denn für ein komischer Anruf?", fragte Rosi neugierig.

„Das war mein Kollege Clemens Korthals. Wie es aussieht, dreht der Oberstaatsanwalt jetzt vollkommen durch. Er wollte für heute Abend um zehn Uhr eine Konferenz der gesamten Mordkommission einberufen. Angeblich weil irgendjemand massive juristische Schritte gegen die Kripo angekündigt hat. Nur mein Chef, Kriminaldirektor Mertens, konnte ihn mit Mühe davon abhalten. Er hat die Aktion auf morgen früh verschoben." Anna schüttelte niedergeschlagen den Kopf.

„Seid mir nicht böse, Kinder, aber ich brauche meinen Schönheitsschlaf." Anna stand auf und verabschiedete sich von Rosi und Tobias. Lindberg begleitete sie noch vor die Tür. „Soll ich dir eine Taxe rufen?“

„Nein, nein. Der kleine Spaziergang tut mir gut und es ist ja nicht weit.“ Anna küsste Lindberg links und rechts auf die Wange. „Vielen Dank für den schönen Abend, Lindberg.“

„Anna, du weißt, wo du mich findest.“ Stirnrunzelnd blickte er seiner Freundin hinter her. „Welch eine beeindruckende Person“, kam es ihm in den Sinn. Woher nahm sie nur die Kraft, sich in dieser ignoranten Männerwelt zu behaupten? Dazu sich noch in ihrem Job täglich mit dem Abschaum der Menschheit herumzuschlagen? Doch wie es aussah, schien Annas Motor mehr und mehr an Power zu verlieren. Lindberg atmete tief durch.

„Anna gefällt mir gar nicht“, stieß er seufzend hervor, als er sich wieder zu Rosi und Tobias an den Tisch gesetzt hatte.

„Ja, sie wirkt erschöpft und ein wenig lustlos. So kennen wir sie eigentlich gar nicht“, pflichtet Tobias ihm bei.

„Ich glaube, sie braucht einfach nur Urlaub“, ergänzte Rosi schwärmerisch, „so mit allem Drum und Dran. Massage, Wellness und ein Hotel, wo man dir alle Wünsche von den Augen abliest. Dazu kein Mann weit und breit.“

Tobias starrte Rosi verwundert an. „Das aus deinem Mund, Rosi. Willst du wohlmöglich die Fakultät wechseln?“

Rosi warf Tobias einen koketten Blick zu. „Tobias, die Welt hält viele Wunder bereit, man muss sie nur entdecken.“

„Bevor wir uns noch in tiefere menschliche Abgründe begeben, lass uns lieber überlegen, wie wir Anna helfen können“, unterbrach Lindberg das Geplänkel der beiden.

„Du hast ja recht. Ich könnte beispielsweise mal diesen fiesen Grafensohn unter die Lupe nehmen“, warf Tobias ein.

„Du meinst, der hat Dreck am Stecken, weil er so auf dicke Hose macht?“, wollte Rosi wissen.

„Ich weiß es nicht“, antwortete Tobias, „aber Anna hat doch auch schon so ein Gefühl gehabt, dass mit dem etwas nicht stimmt.“

Lindberg fand die Idee nicht schlecht. Tobias war ein begnadeter Schnüffler. Durch seine guten Verbindungen und seine Computerkenntnisse hatten sie auch schon so manche Informationen erhalten, die selbst die Kripo trotz genauer Recherche nicht erfahren konnte. Vielleicht lag es auch daran, dass Lindberg und Tobias nicht immer den ganz geraden und legalen Weg nahmen, um hinter die Kulissen gucken zu können. „Keine schlechte Idee Tobias. Klemm dich mal dahinter.“

„Mach ich. Dabei fällt mir ein. Du wolltest doch etwas mehr über diesen Winkeladvokaten Maximilian Bauer wissen, der die Nachbarn deiner Tante angeblich beraten hat.“

Lindberg nickte.

„Wie ich schon gesagt hab. Das ist eine ganz linke Krücke. Seine meisten Aufträge erhält er von der Stadtverwaltung Lübeck. Und mit dem Bauamtsleiter Semmelrogge ist er ganz dick befreundet. Bei allen Rechtstreitigkeiten, die die Stadt an der Backe hat, hat auch er seine Finger drin.“

„Du meinst, der hatte gar kein Interesse daran, die Kleinschmidts zu vertreten, sondern hat sie bewusst falsch informiert, um sie einzuschüchtern?“

„Der vertritt das Bauamt und niemand anderen, Lindberg.“

„Was für eine Sauerei. Aber es muss doch noch mehr dahinter stecken. Warum ist das Bauamt so begierig hinter dem Grundstück von den Kleinschmidts her?“ Lindberg kratzte sich nachdenklich am Kopf.

Kapitel 13

Anna betrat ihr Büro an diesem Morgen schon sehr früh. Sie hatte eine unruhige Nacht hinter sich. Zuviel ging ihr im Kopf herum. Sie war ganz froh, dass ihre Kollegen der Mordkommission noch nicht anwesend waren. So konnte sie in Ruhe noch einmal die Ermittlungsakten durchgehen. Eine Arbeit, die sein musste, die ihr aber nie viel Freude bereitete.

Die Suche nach dem Auto der Ermordeten Henriette von Bahrenfeld war bisher ergebnislos verlaufen. Was Anna ein wenig verwunderte. Ein Porsche 911 Targa in Orange war schließlich kein alltägliches Fahrzeug. Das Alibi von Ferdinand von Bahrenfeld konnte auch noch nicht bestätigt werden, da der russische Mitbesitzer des Hotels, Igor Antonow, noch nicht wieder aufgetaucht war. Die Aussagen des Pastorensohns, Dennis Bornemann, hatten sie bisher nicht weitergebracht. Seine Flucht und die Hanfplantage sprachen nicht unbedingt für ihn. Außerdem hatte er als verschmähter Liebhaber durchaus ein Motiv. Zudem fehlte ihm ein Alibi. Es war alles so wenig greifbar. Sie hatten nichts Konkretes in der Hand. Keine stichhaltigen Beweise. Auch die Untersuchung der Drohbriefe an die Firma Gabelstein Consulting durch die KTU hatte bisher nichts Verwertbares erbracht. Der Vergleich mit den Fingerabdrücken des einstigen Firmenbesitzers Matthias Sarkwitz erwies sich als Fehlschuss. Zu viele hatten inzwischen die Drohbriefe in der Hand gehabt. Eindeutige und klare Fingerbadrücken waren nicht mehr zuzuordnen.

Annas Telefon klingelte. Auf dem Display sah sie, dass es das Vorzimmer des Kriminaldirektors war.

„Guten Morgen, Frau Pantaenius. Ich vermute, unser Chef verlangt nach mir."

„Sie vermuten richtig, Frau Severin. Guten Morgen. Bringen Sie sicherheitshalber gute Laune mit, denn der Himmel scheint heute Morgen etwas stark bewölkt zu sein."

„Ich werde mich bemühen. Bis gleich." Anna mochte die mütterliche Vorzimmerdame ihres Chefs, die kaum etwas erschüttern konnte und die stets ein aufmunterndes Wort auf den Lippen hatte.

„Sie können gleich durchgehen. Er wartet schon", verriet sie flüsternd, als Anna wenige Minuten später das Vorzimmer ihres Chefs betrat.

„Frau Severin. Gut, dass Sie da sind." Kriminaldirektor Mertens schien tatsächlich nicht bester Laune zu sein, wenn er schon auf den Morgengruß verzichtete. Ein bedenkliches Zeichen, da er sonst gesteigerten Wert auf gute Umgangsformen legte.

„Dass Sie und der Oberstaatsanwalt keine Freunde sind, ist mir ja hinlänglich bekannt", kam der Kriminaldirektor unmittelbar zu Sache, nachdem sie sich gesetzt hatten, „aber erklären Sie mir einmal, wieso er mich gestern Abend anrief, mich und die Kripo auf das Unflätigste beschimpfte und ununterbrochen von massiven juristischen Klagen gegen die Mordkommission lamentierte?"

Anna hatte den Leiter der Kripo noch nie so aufgebracht erlebt. Von der sonst fürsorglichen und beruhigenden Art war nichts mehr zu erkennen.

„Es tut mir leid, Herr Mertens. Ich weiß nicht, was den Oberstaatsanwalt geritten hat und weshalb er diese Anschuldigungen in den Raum wirft. Ich habe mit ihm seit der verbalen Auseinandersetzung, von der ich Ihnen berichtet habe, nicht wieder gesprochen."

„Ich konnte ihn nur mit Mühe und Not davon abhalten, die gesamte Mordkommission noch am gestrigen Abend zusammenzutrommeln. Hat es denn in den vergangenen

Tagen irgendeinen Vorfall gegeben, der auffällig war? Wo Sie oder einer Ihrer Mitarbeiter sich nicht ganz korrekt verhalten haben könnten?“

Anna schüttelte den Kopf. „Ich bin mir keiner Schuld bewusst und meine Kollegen haben auch nichts berichtet.“

„Nun gut. Warten wir es ab. Oberstaatsanwalt Reichenbach hat seine Anwesenheit für die Lage um zehn Uhr angekündigt. Dann werden wir vermutlich mehr erfahren.“

Als Anna eine halbe Stunde später den Besprechungsraum betrat, waren bereits fast alle Plätze besetzt. Clemens Korthals winkte ihr zu und wies auf einen Stuhl neben sich, den er offensichtlich für sie freigehalten hatte.

„Mein Gott, ist das ein Herdenauftrieb heute Morgen“, begrüßte er seine Chefin grinsend. Bevor Anna antworten konnte, ging ein allgemeines Raunen durch die Reihen. Oberstaatsanwalt Reichenbach und Kriminaldirektor Mertens hatten den Raum betreten. Am Rednerpult angekommen, bat der Leiter der Kripo um Ruhe.

„Bevor wir uns unserem alltäglichen Geschäft widmen und mit der Lagebesprechung beginnen können, möchte Oberstaatanwalt Reichenbach einige Worte an Sie richten. Bitte, Herr Oberstaatsanwalt.“ Kriminaldirektor Mertens trat einen Schritt zur Seite.

„Meine Damen, meine Herren der Mordkommission, ich halte es für dringend erforderlich, Sie an Ihre originären Aufgaben zu erinnern. Sie haben strafrechtliche Tatbestände aufzuklären. Und dieses in einer Form, die den allgemeinen Gepflogenheiten von Takt und Anstand entsprechen.“ Ein unruhiges Rumoren aus den Reihen der Kripobeamten irritierte den Oberstaatsanwalt. Hektisch blickte er um sich. Mit erhobener Stimme fuhr er fort.

„Mir liegen mehrere Beschwerden von Personen vor, die Sie im Rahmen Ihrer Ermittlungen kontaktiert haben. Es ist offensichtlich, dass dabei Kompetenzen deutlich überschritten worden sind. In einem konkreten Fall werden sogar juristische Schritte angedroht. Das heißt, Sie erwarten Klagen wegen Nötigung, Beleidigung und Geschäftsschädigung. Das ist unerträglich, da es letztlich auch auf die Staatsanwaltschaft zurückfällt. Denn nur die Staatanwaltschaft ist Leiterin aller Ermittlungsverfahren. Was unter Ihnen anscheinend auch einige vergessen haben. Nicht wahr, Frau Severin?“

Anna traute ihren Ohren nicht. Gleichzeitig beobachtete sie, dass die Kieferknochen von Kriminaldirektor Mertens mehr und mehr mahlten. Seine Lippen waren nur noch ein einziger dünner Strich. Jetzt schien das Maß voll zu sein.

„Herr Oberstaatsanwalt Reichenbach“, unterbrach er den wetternden Juristen in scharfem Ton, „ich ging davon aus, dass Sie ermittlungsrelevante Sachverhalte mit meinen Mitarbeitern erörtern wollten. Für wenig qualifizierte Vorwürfe ist weder die Lagebesprechung der Kriminalpolizei noch dieser Personenkreis der richtige Rahmen. Ich darf Sie bitten, mich in mein Dienstzimmer zu begleiten.“ Mit einer unmissverständlichen Aufforderung wies er mit seinem Arm auf die Tür. Der Oberstaatsanwalt starrte den Kriminaldirektor mit hochrotem Kopf fassungslos an. Als von den Kripobeamten zudem noch zustimmendes Murmeln erklang und einige sogar klatschten, wandte er sich ab und verließ fluchtartig den Besprechungsraum. Der Leiter der Kripo folgte ihm, nicht ohne seinen Mitarbeitern gegenüber beschwichtigend die Hände zu heben. Bevor er den Raum verließ, blickte er zu Anna und deutete mit einem leichten Kopfnicken an, dass sie ihm folgen sollte.

„Sind Sie denn von allen guten Geistern verlassen, meine Autorität auf diese infame Weise zu untergraben?“ Anna hörte bereits, bevor sie das Dienstzimmer des Leiters der Kripo betrat, die überschnappende Stimme des Oberstaatsanwalts.

„Ich glaube, Herr Reichenbach, es ist an der Zeit, dass wir uns langsam wieder um einen gepflegteren Umgangston bemühen. Wir sind hier nicht auf dem Kasernenhof zu Kaisers Zeiten." Anna bewunderte die Disziplin ihres Chefs und seine unerschütterliche Souveränität, die er nach außen demonstrierte. Wohl wissend, dass er innerlich kochte.

„Setzen wir uns doch erst einmal", fordert er den Oberstaatsanwalt und Anna auf.

Oberstaatsanwalt Reichenbach blickte entgeistert von einem zum anderen. Wie es schien, konnte er nicht begreifen, dass man angesichts seiner gravierenden Vorhaltungen so unangefochten und gelassen reagierte. Dennoch kam er der Aufforderung des Kripochefs nach und setzte sich.

„Herr Mertens, ich kann und werde die Machenschaften Ihrer Leute nicht dulden. Es ist für mich unerträglich …"

„Herr Oberstaatsanwalt Reichenbach", unterbrach der Kriminaldirektor sein Gegenüber, „bevor sie erneut zu allgemeinen Rundumschlägen ausholen, werden Sie doch endlich konkret. Wer hat sich über wen beschwert?" Anna musste innerlich darüber schmunzeln, dass sich ihr Chef einer für ihn unüblichen Wortwahl bediente. Vermutlich glaubte er, auf andere Weise den Oberstaatsanwalt nicht wieder auf den Teppich holen zu können.

Wieder blickte der so Gebremste irritiert um sich. Widerspruch war er anscheinend nicht gewohnt.

„Das will ich Ihnen gerne verraten." Er wandte sich Anna zu. „Haben Sie Ferdinand von Bahrenfeld angedroht, ihn zur Vernehmung nach Lübeck zu zitieren, falls er nicht aussagewillig ist? Ebenso wie auch Manfred von Stackelberg, den Schwager des Grafen?"

„Aha, daher weht der Wind", war Annas erste Reaktion, „wie Sie wissen, Herr Reichenbach, befragen wir die Betroffenen zunächst in ihrer vertrauten Umgebung. Sollten sie sich allerdings außer Stande sehen, unsere Fragen korrekt zu beantworten, sind weitere Vernehmungen in dienstlichen Räumlichkeiten durchaus üblich. Ich bedaure sehr, dass ich Ihnen diese simplen Selbstverständlichkeiten gängiger Ermittlungsarbeit noch erklären muss."

Bevor der Oberstaatsanwalt sich wieder aufplustern konnte, hakte der Kriminaldirektor nach. „Wenn ich Sie richtig verstehe, haben sich Angehörige der Familie von Bahrenfeld bei Ihnen über unsere Ermittlungstätigkeit beschwert?"

„Nicht nur das. Sie haben sogar mit Klage gedroht", ereiferte sich der Oberstaatsanwalt.

Der Leiter der Kripo wischte den Einwand mit einer einfachen Handbewegung zur Seite. „Nun, dem sehen wir durchaus gelassen entgegen."

„Es ist schon erstaunlich," schaltete sich Anna wieder ein, „welche Energie die Familie von Bahrenfeld aufwendet, die Polizei zu diffamieren, obwohl sie im Glashaus sitzt und man eigentlich erwarten kann, dass auch sie an der Aufklärung des Mordes von Henriette von Bahrenfeld interessiert sein müsste. Dabei schrecken sie nicht einmal vor Verleumdungen und Beleidigungen zurück, deren Wiederholung ich Ihnen allein aus Taktgründen nicht zumuten möchte. Eine ganz persönliche Frage noch an Sie, Herr Reichenbach. Haben Sie schon einmal daran gedacht, aufgrund Ihrer Freundschaft zum Hause von Bahrenfeld eine eigene Befangenheit einzuräumen?"

Oberstaatsanwalt Reichenbach starrte Anna mit offenem Mund an. „Sind Sie den vollkommen wahnsinnig geworden, Sie überdrehtes Weibsbild …"

„Schluss jetzt, Herr Reichenbach." Kriminaldirektor Mertens Geduld schien erschöpft zu sein. „Unabhängig davon, dass Sie hier in meinem Dienstzimmer zu Gast sind, darf ich Sie bitte, sich zu mäßigen. Das einzige Faktum ist, dass wir in einem Mordfall ermitteln. Und der Einwand meiner Kollegin ist durchaus berechtigt. Jeder mäßig begabte Anwalt könnte uns vor Gericht sämtliche Ermittlungsergebnisse als irrelevant vor die Füße werfen, wenn sich herausstellt, dass der zuständige Staatsanwalt befangen war."

„Sie sind ja beide völlig verrückt geworden." Der Oberstaatsanwalt sprang auf und wandte sich der Tür zu. Dann drehte er sich wieder um. „Ich werde mich an das Innenministerium wenden, damit Ihnen der Fall entzogen wird."

„Mein Bericht an das Innenministerium hinsichtlich Ihrer möglichen Befangenheit wird sicherlich zeitgleich eingehen, Herr Oberstaatsanwalt." Die Antwort war ein abfälliges Schnaufen und ein lautes Knallen der Tür.

Kriminaldirektor Mertens atmete tief durch. Missbilligend schüttelte er den Kopf. „Sie glauben gar nicht, wie mir solche Scharmützel zuwider sind, Frau Severin."

„Es wäre schön, wenn man uns einfach nur unsere Arbeit machen lassen würde", stellte Anna ebenfalls kopfschüttelnd fest, „und wie soll es jetzt weitergehen?"

„Wie bisher, Frau Kollegin. Sie machen Ihren Job und ich kümmere mich darum, dass Ihnen keiner in die Quere kommt."

„Wie soll das denn gelingen? Der Oberstaatsanwalt wird doch nicht locker lassen."

Kriminaldirektor Mertens zeigte an diesem Tag das erste Mal sein väterliches Lächeln. „Das lassen Sie mal meine Sorge sein. Ich habe da schon so eine Idee."

Kapitel 14

Lindberg stützte seine Ellenbogen auf den Schreibtisch und nahm den Telefonhörer stöhnend in die andere Hand.

„Frau Windisch, wie oft habe ich Ihnen diese Passage schon erklärt? Mein Kriminalkommissar verdächtigt die Galeristin Haseloff zu diesem Zeitpunkt noch nicht, mit der Mordtat in Verbindung zu stehen. Folglich kann er auch keine Überwachung für die Frau anordnen. Erst vierundachtzig Seiten später erkennt er, dass das Alibi von der Galeristin nicht stimmt und sie somit auch zum Kreis der Verdächtigen gehört."

Lindberg hasste diese immer wiederkehrenden Auseinandersetzungen mit der neuen Lektorin seines Verlages. Manchmal glaubte er sogar, dass er gerade mit ihr ein Exemplar erwischt hatte, das sämtlichen logischen Gedankengängen fern war. Der alte Lektor Clasen hatte sich vor einem Jahr zur Ruhe gesetzt. Ein erfahrener Mann, der seine Schriftsteller liebte und peinlichst darauf bedacht war, durch seine Korrekturvorschläge den eigentlichen Schreibstil der Autoren nicht zu zerstören. Zudem war er ein humorvoller Mensch, der literarische Höhenflüge ebenso liebte wie auch derbe Hausmannskost. Er wusste genau, was Bücherfreunde lesen wollten und wer sie mit ihren Werken entsprechend bedienen konnte. Die rechthaberische Neue ging Lindberg vollkommen gegen den Strich. Vielleicht war es doch an der Zeit, einmal ein grundlegendes Gespräch mit dem Verlagsleiter zu führen. Schließlich hatte der Verlag mit ihm schon gutes Geld verdient und von einer verklemmten und selbstgerechten Emanze wie der Windisch musste er sich wahrhaftig nicht ans Bein pinkeln lassen.

„Herr Lindberg, dieser Abschnitt erschließt sich mir und somit auch dem Leser einfach nicht …"

„Das habe ich sehr wohl gemerkt", unterbrach Lindberg die Lektorin. Seit fast zehn Minuten eierten sie jetzt schon um das Thema herum. Er hatte langsam die Nase voll. „Ich schlage vor, Sie schreiben selbst ein Buch, darin können Sie alle Ihre traumhaften Ideen verwirklichen, aber für mein Manuskript trage ich die Verantwortung. Ich sehe hier keinen Änderungsbedarf. Guten Tag." Lindberg legte den Hörer auf und lehnte sich tief durchatmend zurück. Wie schön könnte die Welt sein, wenn es nicht immer wieder Menschen geben würde, die beim Verteilen von Hirn hinter der Tür gestanden haben, kam es Lindberg in den Sinn.

Die Melodie seines Telefons unterbrach seine Gedanken. Erleichtert erkannte er, dass es nicht wieder die ungeliebte Lektorin war.

„Tobias. Ich hätte nie gedacht, dass ich mich über einen Anruf von dir so freuen könnte. Wo brennt es, mein Freund?"

„Hast du schon am frühen Morgen zu tief in die Buddel geguckt, Lindberg. Oder was ist los?"

„Nee, ich hatte eben nur eines dieser unerfreulichen Gespräche mit meiner übereifrigen Lektorin."

„Die alte Zicke macht dir offensichtlich das Leben ganz schön schwer, oder? Na, da habe ich auch gleich das richtige Mittel um dich aufzumuntern."

Lindberg wurde neugierig. „Leg los, was hast du auf Lager?"

„Nicht am Telefon. Besser ist es, du schwingst dich auf dein Moped und kommst zu mir. Es gibt viel Neues zu berichten."

Eine halbe Stunde später war Lindberg in Schlutup und saß erwartungsvoll vor Tobias' Schreibtisch. „Was gibt es denn so Geheimnisvolles, das du mir am Telefon nicht verraten konntest?"

„Wie du ja weißt, bin ich momentan auf mehreren Feldern aktiv“, begann Tobias bedeutungsvoll, „fangen wir einmal mit dem sympathischen Ferdinand von Bahrenfeld an. So wie Anna berichtet hat, liebt er den Luxus und protzt damit auch herum. Folglich habe ich mich gefragt, woher hat er die Kohle?“

„Immerhin besitzt er dieses Luxus-Hotel in Grömitz“, warf Lindberg ein.

„Sehr gut, mein Freund. Also habe ich mich einmal um die Einkünfte seines Edeltempels gekümmert. Und siehe da, kein Geld da, um es im Keller umschaufeln zu können. Der gute Mann ist fast pleite. Kredite bei Banken, deren Tilgung und Zinsen kann er nicht mehr bedienen. Mag sein, dass sein russischer Kompagnon ab und zu noch etwas hineinwirft. Woher der allerdings sein Geld haben mag, steht in den Sternen. Oder mögliche russische Mafiafreunde helfen dabei. Wer weiß das schon so genau? Sicher ist, das Hotel wirft nicht so viel Geld ab, dass der brave Grafensohn sich diesen luxuriösen Lebensstil leisten kann.“

Lindberg runzelte die Stirn. „Woher kennst du denn die Finanzlage unseres Grafenschnösels so genau?“

Tobias grinste vielsagend. „Möchtest du jetzt mit mir in die Tiefen der digitalen Medien eintauchen, Lindberg? Oder sehnst du dich nach einem Crashkurse für Computerfreaks?“

„Ist ja schon gut. Ich will ja gar nicht wissen, welche illegalen Quellen du wieder angezapft hast“, wiegelte Lindberg ab. „Also der schneidige Grafensohn hat kein Geld, sagst du. Aber irgendwie muss er seinen Ferrari doch bezahlt haben. So ein Teil gibt es in den seltensten Fällen auf Raten.“

„Gemach, gemach, lieber Lindberg. Zur Beantwortung solcher gravierenden Fragen hast du ja mich. Ferdinand von Bahrenfeld und sein russischer Freund Antonow betreiben eine weitere Firma. ‚International Mobil' heißt der Laden und ist sogar im Handelsregister eingetragen. Was sagst du nun?"

Lindberg legte überlegend den Finger an die Nase. „Und womit handeln die?"

„Mit gebrauchten Autos. Alle Nase lang legen doch russische Frachter in Neustadt an und verladen Wagen, die in Deutschland keiner mehr fahren mag", wusste Tobias zu berichten.

Lindberg sah Tobias ungläubig an. „Mit den Rostlauben kann man so viel Geld verdienen?"

„Eben nicht. Also geh ich davon aus, dass es sich hier nur um eine Tarnfirma handelt und in Wahrheit ganz andere Sachen hin- und hergeschoben werden. Welche das sind, weiß ich noch nicht."

„Wenn es um großes Geld geht, können es eigentlich nur Waffen oder Drogen sein", dachte Lindberg laut. „Aber wie passt der Mord an seiner Schwester mit ins Spiel?"

„Keine Ahnung. Vielleicht ist sie ja hinter seine dunklen Geschäfte gekommen und musste beseitigt werden."

Lindberg schüttelte erneut den Kopf. „Das ist mir alles noch zu dünn. Mit der Info werden wir Anna kaum weiterhelfen."

„Vollkommen egal. Ich werde da am Ball bleiben. Nun zu der anderen Baustelle. Hast du gewusst, dass man auf dem Priwall schon vor rund fünfzehn Jahren einmal daran gedacht hat, einen Ferienpark zu bauen, es dann aber wieder verworfen hat?"

„Jetzt, wo du das sagst, meine ich mich daran zu erinnern. Wieso ist das wichtig?"

„Ich habe mir gedacht, es kann doch sein, dass der Gedanke von damals wieder erwacht ist und dass das Haus der Kleinschmidts für dieses Vorhaben im Weg steht. Verkaufen wollten sie es auf ihre alten Tage nicht, folglich musste man einen Weg finden, um an das Grundstück zu kommen. Daher die Abrissverfügung vom Bauamt."

„Das würde ja bedeuten, Tobias, dass der Bauamtsleiter und ein möglicher Investor gemeinsam mauscheln."

„Nicht nur das, Lindberg. Ich habe ein bisschen herumtelefoniert und in diesem Zusammenhang ist unter anderem auch der Name Müller-Haberfeld aufgetaucht."

Lindberg sah seinen Freund überrascht an. „Donnerwetter, das wird ja richtig brisant. Du meinst also, wenn deine Theorie stimmt, dass der Bauamtsleiter Semmelrogge nur aus dem Grund eine Abrissverfügung an die Kleinschmidts erfunden hat, weil Müller-Haberfeld freie Bahn für sein Bauvorhaben braucht?"

Tobias nickte bestätigend mit dem Kopf. „Nur so wird ein Schuh daraus …"

Das Klingeln des Telefons unterbrach die Unterhaltung der beiden. Tobias hob ab und meldete sich.

„Ah, Rosi, du Sehnsucht meiner schlaflosen Nächte …" Tobias hörte zu. „Moment, Lindberg sitzt gerade vor mir. Ich schalte dich mal laut."

„Hallo, Lindberg. Ich weiß gar nicht, was ich machen soll. Eben hat der Widerling Müller-Haberfeld mich angerufen und will sich wieder mit mir treffen. Ich bin doch froh, dass ich mit dem ganzen Laden nichts mehr zu tun habe."

Rosi klang völlig verstört und aufgeregt.

„Nun erst einmal ganz ruhig, Rosi", versuchte Lindberg sie zu beruhigen.

„Das sagst du so leicht. Dir ist sein Fahrer ja auch nicht an die Wäsche gegangen. Was ist, wenn der jetzt wieder hier auftaucht." Rosis Stimme zitterte.

„Rosi, du nimmst jetzt erst einmal eine Beruhigungspille. Ich rufe dich gleich wieder an. Ich muss erst mal was klären“, schaltete sich Tobias ein.

„Beruhigungspille, du Witzbold …“ Mehr war von Rosi nicht zu hören, da Tobias das Gespräch unterbrochen hatte.

Lindberg sah seinen Freund erstaunt an.

„Was hast du vor?“

„Abwarten.“ Tobias hackte auf der Tastatur seines PC's herum.

„Da haben wir ihn ja“, murmelte er vor sich hin und wählte gleichzeitig eine Nummer.

„Hier ist das Autohaus Hansa, Lehmann, mein Name. Guten Tag. Herr Paustian hat für den Wagen Ihres Chefs eine neue Freisprecheinrichtung bestellt. Dafür brauche ich von ihm noch ein paar Details. Kann ich Herrn Paustian bitte sprechen?“

Lindberg musste schmunzeln, während Tobias ihn pfiffig angrinste.

„Oh, das ist ungünstig für mich. Aber trotzdem herzlichen Dank. Auf Wiederhören.“ Tobias legte den Hörer auf.

„Was war das denn eben?“ Lindberg sah seinen Freund immer noch verwundert an.

„Was ich vermutet habe. Paustian, dieser fiese Sack, ist gefeuert worden. Er arbeitet nicht mehr für die Firma, wie mir die freundliche Dame der Baugesellschaft Müller-Haberfeld soeben mitgeteilt hat. Also keine Gefahr mehr für Rosi.“

„Tolle Nummer, Tobias. Aber wieso will Müller-Haberfeld Rosi wiedersehen?“

„Keine Ahnung. Doch mir kommt da ein ganz verwegener Gedanke. Was wäre denn, wenn wir Rosi ermuntern, sich mit ihm noch einmal zu treffen. Sie könnte bei der Gelegenheit versuchen, ein bisschen mehr über das mögliche Bauvorhaben auf dem Priwall zu erfahren.“

„Tobias, Tobias. Ich glaube nicht, dass du Rosi davon überzeugen kannst nach ihren traumatischen Erfahrungen mit dem Dreckskerl von Fahrer."

Tobias dachte nach. „Du magst recht haben. Was wäre, wenn Rosi dem Müller-Haberfeld von dem Überfall erzählt und noch einmal die Hand aufhält?"

Lindberg sah seinen Freund im ersten Augenblick erstaunt an, dann lachte er los. „Tobias, wenn ich nicht wüsste, dass du Rechtsanwalt bist, würde ich dich glatt in den Club der Ganoven einreihen."

„Wir werden sehen." Tobias ergriff den Telefonhörer und wählte.

„Hallo, Rosi. Ich hab erst einmal geklärt, ob es den Schweinehund von Fahrer bei Müller-Haberfeld noch gibt. Aber den hat er rausgeworfen. Also keine Gefahr mehr."

„Ich weiß aber gar nicht, was dieser Schleimbeutel von Bauheini noch von mir will und was ich machen soll."

„Ich hätte da einen Vorschlag und eine Bitte." Tobias versuchte, behutsam vorzugehen. „Wie es scheint, ist der Baufuzzi auf dich abgefahren. Was man als Mann durchaus verstehen kann …"

„Tobias, hör auf, rumzusülzen", unterbrach Rosi Tobias.

„Hör zu, Rosi. Du solltest dich mit ihm treffen. Wir hätten nämlich noch einen kleinen Auftrag für dich. Du müsstest ihn ganz vorsichtig aushorchen, ob er in Kürze auf dem Priwall bauen will."

„Ihr seid wohl total verrückt. Erst muss ich ihm die Show mit der Verletzung vorspielen, damit du deine Kohle bekommst. Dann fällt der Arsch von Paustian über mich her und jetzt soll ich einfach so weitermachen? Wie komm ich denn dazu?" Rosis Wut und Entrüstung kam förmlich durch den Hörer gekrochen.

„Rosi, beruhige dich", schaltete sich Lindberg ein, „es ist für eine gute Tat. Du hast doch gehört, dass das Haus des alten Ehepaars neben meiner Tante Gertrud auf dem Priwall abgerissen werden soll. Wir haben den Verdacht, dass Müller-Haberfeld und der Bauamtsleiter Semmelrogge ihre schmutzigen Finger mit im Spiel haben, weil dort eine Ferienanlage gebaut werden soll. Versuche einfach mal ganz behutsam auf den Busch zu klopfen. Vielleicht verrät er ja was."

Vom anderen Ende der Leitung war eine ganze Weile nichts zu hören.

„Rosi, bist du noch da?", fragte Tobias vorsichtig nach.

„Natürlich, du Torfkopp. Ich denke nach."

Tobias verdrehte die Augen. „Ich hätte da noch einen Vorschlag. Warum erzählst du Müller-Haberfeld bei der Gelegenheit nicht von Paustians Überfall. Du musst ihm ja nicht verraten, dass er den getürkten Autounfall bemerkt hat. Erzähl ihm einfach, dass der notgeile Bock auf dich abgefahren ist. Vielleicht lässt der Baumensch als Wiedergutmachung noch ein paar Tausender springen."

„Tobias Richter, was bist du bloß für eine hinterlistige Ratte." Wieder entstand eine kleine Pause. Tobias blinzelte Lindberg erwartungsvoll zu.

„Warum nicht", erklang es kurze Zeit später aus dem Lautsprecher, „was hab ich zu verlieren. Das ändert allerdings nichts an der Tatsache, dass ihre beide kriminell seid und ich mir sehr wohl überlegen werde, auf welche Weise ihr mein Wohlwollen wieder erlangen könnt."

„Rosi, auch wir lieben dich von ganzem Herzen", beteuerte Tobias eilig.

„Tobias hat recht. Unsere uneingeschränkte Herzenswärme ist dir auf immer und ewig sicher", pflichte Lindberg seinem Freund bei.

Rosi fing an zu lachen. „Ihr seid einfach völlig bekloppte Kindsköpfe. Eigentlich weiß ich gar nicht, weshalb ich euch so mag. Ich melde mich." Rosi hatte den Hörer aufgelegt.

Kapitel 15

Rosi war sich nicht ganz sicher, ob es richtig war, den Vorschlägen von Lindberg und Tobias zu folgen. Der Bauunternehmer Müller-Haberfeld gehörte nun wahrhaftig nicht zu den Männern, mit denen man sich gerne traf. Nicht nur, dass er abgrundtief hässlich war. Seine aalglatte Art rief bei Rosi allein bei einem Gedanken an ihn schon ein abstoßendes Schütteln hervor. Auch der Übergriff seines hinterlistigen Fahrers trug nicht dazu bei, mit Freude wieder seine Nähe zu suchen. Lindbergs Hinweis auf die missliche Lage des alten Ehepaars auf dem Priwall und der drohende Verlust ihres Hauses hatten Rosis Vorbehalte jedoch in den Hintergrund geschoben. Wenn sie dazu beitragen konnte, dem skrupellosen Bauunternehmer in dieser Sache Knüppel zwischen die Beine zu werfen, dann wollte sie nicht zurückstehen.

An Rosis Haustür wurde geklingelt. Sie meldete sich über die Sprechanlage.

„Guten Tag. Hier ist Wolters, der Fahrer von Herrn Müller-Haberfeld. Wir wollten sie abholen, Frau Kuchenbecker.“

„Ich komme sofort. Zwei Minuten nur.“

Rosi legte sich ein Seidentuch um und ergriff Handtasche, Jacke und Schlüssel. Ein Kontrollblick in den Spiegel auf dem Flur fiel zufriedenstellend aus.

„Sie sehen einfach bezaubernd aus, Rosi“, empfing Müller-Haberfeld sie vor dem Haus. Dabei deutete er einen Handkuss an. Rosi spürte seine feuchten Hände. Der neue Fahrer, ein junger Mann, schlank, blond und blassgesichtig, hielt ihr die Wagentür auf.

„Wohin wollen Sie mich denn entführen, Herr Müller-Haberfeld?“, fragte Rosi ihn, als er sich neben sie in seine

Luxuslimosine fallen gelassen und der Fahrer hinter dem Lenkrad Platz genommen hatte.

„Waren wir nicht schon beim Bernhard, meine liebe Rosi? Lassen Sie sich überraschen."

Das Smartphone von Müller-Haberfeld klingelte, während der Fahrer den Wagen wendete. Der Bauunternehmer hörte eine Weile zu. „Sie werden doch wohl eine Bauzeichnung lesen können. Was der Statiker erzählt, interessiert mich einen Scheißdreck. Ausschlaggebend für uns ist die Zeichnung." Wieder hörte er kurz zu. „Mein Gott, muss man denn alles alleine machen. Ist gut, ich komme vorbei." Müller-Haberfeld beendete das Gespräch.

„Es ist zum Haare raufen. Wolters, wir müssen kurz zum Bauplatz Schlüterstraße", wies er den Fahrer an.

„Es tut mir leid, Rosi, aber die Pflicht ruft. Es wird nur kurz dauern, dann kann ich mich Ihnen ganz alleine widmen."

„Kein Problem, ich habe Zeit."

„Wissen Sie, wenn man nicht alle Zügel straff in der Hand behält, dann springen die Pferde ganz schnell über jeden Straßengraben. Wenn Sie wissen, was ich meine?" Müller-Haberfeld fand seinen Vergleich überaus spaßig und lachte übertrieben. Im selben Augenblick bremste der Wagen urplötzlich, dass beide Personen im Fond nach vorne geschleudert wurden. Eine Mappe mit Unterlagen, die zwischen ihnen auf dem Sitz lag, flog in den Fußraum.

„Sind Sie denn vollkommen wahnsinnig, Sie Trottel? Haben Sie Ihren Führerschein im Lotto gewonnen?", pfiff der Bauunternehmer seinen Fahrer Wolters an.

Der reagierte jedoch ganz gelassen. „Tut mir leid, Chef. Aber so ein blöder Radfahrer ist mir in die Quere gekommen."

„Anscheinend bin ich heute nur von Idioten umgeben." Müller-Haberfeld besann sich. „Damit habe ich natürlich nicht Sie gemeint, liebe Rosi. Aber manche Tage sind einfach unerträglich.“ Rosi hatte damit begonnen, die losen Blätter aus dem Fußraum aufzusammeln und wieder in die Mappe zu legen. Müller-Haberfeld war aufgrund seiner Körperfülle dazu nicht in der Lage.

Kurze Zeit später hielten sie vor einem Bauzaun.

„Ich bin sofort wieder bei Ihnen. Dauert nicht lange.“ Beschwerlich quälte er sich aus dem Auto, dessen Tür der Fahrer bereits aufhielt.

Rosi atmete tief durch und setzte sich bequem hin. Ein Rascheln unter ihren Füssen irritierte sie. Sie bückte sich und entdeckte ein weiteres Blatt Papier, das aus der Mappe gefallen war. Als sie es aufhob und schon zu den anderen Unterlagen auf dem Sitz legen wollte, zögerte sie. Sie sah sich das Blatt genauer an. Es war eine Skizze, die Travemünde von oben zeigte. Deutlich waren der Verlauf der Trave und auch die Halbinsel Priwall zu erkennen. Kleine Quadrate und Linien konnte Rosi nicht deuten. Stimmen von draußen schreckten sie auf. Eilig faltete sie das Blatt zusammen und ließ es in ihrer Handtasche verschwinden. Keine Sekunde zu früh, denn Wolters riss bereits die Wagentür auf, um seinen Chef wieder einsteigen zu lassen.

„Nichts als Ignoranten und Dummköpfe“, war der erste Kommentar den Müller-Haberfeld fluchend abließ. „Los, Wolters, worauf warten Sie noch, geben Sie Gas.“

Sehr bald merkte Rosi, dass der Fahrer den Wagen Richtung Travemünde lenkte. „Sie haben mir immer noch nicht unser Ziel verraten?“

„Überraschung, Rosi, Überraschung.“ Mehr kam nicht aus dem Mund des Bauunternehmers. Anscheinend war er gedanklich noch zu sehr mit den Problemen auf dem Bau beschäftigt, vermutete Rosi. Mehr als ein paar belanglose Worte über das sonnige Wetter fielen nicht, bis sie am Fuße des Maritim-Hochhauses an der Travemündung anhielten.

„Wir beide wollen jetzt hoch hinaus“, verkündete Müller-Haberfeld bedeutungsvoll, als sie den Wagen verlassen hatten. Zielstrebig steuerte er den Fahrstuhl zum Restaurant und Café über den Wolken an.

Rosi war immer wieder begeistert von dem hinreißenden Blick, den man von der oberen Etage des Hochhauses über die Trave und die Ostsee hatte. Die Fähren, die Viermastbark Passat und der alte Leuchtturm sahen von hier oben so klein wie in einer Spielzeugwelt aus.

„Ist es nicht ein faszinierender Ausblick? Travemünde in seiner ganzen Pracht.“ Müller-Haberfeld präsentierte das beeindruckende Panorama mit einer ausholenden Armbewegung, als ob er es ganz allein erfunden und geschaffen hätte.

„Fürwahr hinreißend“, bestätigte Rosi anerkennend.

„Wenn wir in einem Jahr erneut hier stehen, wird der Ausblick noch ein ganz anderer sein, liebe Rosi. Travemünde wird sich verändern. In rasender Geschwindigkeit. Das neue Hotel zu unseren Füßen und die Waterfront auf dem Priwall sind erst der Anfang. Glauben Sie mir“, schwärmte der Bauunternehmer, nachdem sie sich an das Panoramafenster an der Traveseite gesetzt hatten.

„Sie werden selbst intensiv dazu beitragen, vermute ich?“, wagte sich Rosi behutsam vor.

„Die Zukunft zu gestalten, das Neue zu wagen, das ist das erstrebenswerte Ziel eines kreativen Menschen, zu denen ich mich in aller Bescheidenheit zähle. Aber wo wir bereits bei diesem Thema sind. Ich wünsche mir, dass Sie gemeinsam mit mir den Weg in diese bessere Welt beschreiten, liebe Rosi.“

Ein Kellner trat an den Tisch heran und fragte nach ihren Wünschen.

„Jetzt nicht“, fertigte Müller-Haberfeld den guten Geist kurzerhand ab und verscheuchte ihn mit einer abfälligen Handbewegung.

Rosi glaubte, nicht recht gehört zu haben. Machte der Widerling ihr etwa einen Antrag, verheiratet, wie er war? Oder was kam jetzt noch? „Wie darf ich das verstehen?“

„Wie Sie sich sicherlich vorstellen können, habe ich in meiner Position zahlreiche gesellschaftliche Verpflichtungen, die nicht immer ohne weibliche Begleitung erfüllt werden können. So habe ich mir gedacht, dass Sie mich zu solchen Anlässen begleiten könnten.“

Rosi musste schlucken. Der Kerl schreckte wirklich vor nichts zurück. „Aber ist das nicht eher die Aufgabe Ihrer Frau?“

„Wissen Sie, meine Frau orientiert sich gegenwärtig anderweitig und steht für solche repräsentativen Aufgaben weniger zur Verfügung. Natürlich würde ich Ihre Begleitung auch angemessen honorieren. Das versteht sich wohl von selbst.“

Rosi musste sich ein Schmunzeln verkneifen, wusste sie doch sehr gut von dem gespannten Verhältnis zwischen Müller-Haberfeld und seiner Ehefrau. Sie hatte wahrhaftig keine Lust, noch mehr zwischen die Zahnräder dieser zerstrittenen Ehe zu geraten. Mehr und mehr bestätigte sich auch ihr Unbehagen in der Nähe dieses selbstgefälligen Schleimers. Aber war es klug, ihn gegenwärtig mit einer generellen Absage zu brüskieren? „Ein äußerst interessantes Angebot.“ Rosi vermied es krampfhaft, ihr Gegenüber mit dem Vornamen anzureden. „Aber Sie werden sicherlich Verständnis dafür haben, dass ich eine solche Offerte erst einmal überdenken muss. Und jetzt hätte ich grenzenlosen Appetit auf einen Becher Schokolade und ein großes Stück Nusstorte.“

„Natürlich, liebe Rosi. Wie unaufmerksam von mir.“ Müller-Haberfeld wedelte ungeduldig mit den Armen herum, um beim Kellner auf sich aufmerksam zu machen. Der nahm gerade drei Tische weiter die Bestellung der

Gäste auf und ignorierte die unmissverständlichen Zeichen. Anschließend wandte er sich ab und ging zum Tresen.

Müller-Haberfeld kochte und wollte bereits aufstehen. Nur Rosis beruhigende Hand auf seinem Arm hielt ihn davon ab. „Er wird sicherlich gleich kommen."

„Was glaubt er denn, wen er hier vor sich hat?" In diesem Augenblick steuerte der Restaurantleiter auf ihren Tisch zu.

„Herr Müller-Haberfeld, es tut mir aufrichtig leid, dass wir Sie nicht angemessen begrüßt haben, aber ich war kurzfristig verhindert. Entschuldigen Sie bitte." Dabei verbeugte er sich leicht.

„Treten Sie Ihrem unfähigen Personal mal in den Hintern, Herr Roskowski. Eine gewisse Aufmerksamkeit seinen besten Gästen gegenüber kann man ja wohl erwarten."

„Selbstverständlich, Herr Müller-Haberfeld. Was können wir denn Ihnen und Ihrer charmanten Begleitung Gutes tun?" Der Restaurantleiter ließ sich nicht aus der Ruhe bringen. Ungeduldige und ungnädige Gäste gehörten zu seinem Beruf.

„Das Personal ist auch nicht mehr das, was es früher einmal war", grummelte Müller-Haberfeld, nachdem er die Bestellung aufgegeben hatte.

„Wo sie gerade vom Personal sprechen, wieso haben Sie eigentlich Ihren Fahrer gewechselt?", fragte Rosi wie nebenbei.

„Paustian? Den musste ich entlassen. Eine undurchsichtige Geschichte."

„Undurchsichtig? Was heißt das?" Rosi wollte bewusst mehr hören.

„Vor wenigen Tagen hat er sich krank gemeldet. Zudem brachte er meinen Wagen in einem völlig zerkratzen Zustand zurück. Später habe ich dann erfahren, dass er wohl in eine Schlägerei verwickelt war. Einer meiner Mitarbeiter verriet mir, dass er ein Veilchen und eine gebrochene Nase gehabt hätte. Angeblich sollten ihm sogar ein paar Zähne fehlen. Unmöglich. Auf solche unzuverlässigen Kandidaten kann ich gut und gerne verzichten."

Rosi hatte aufmerksam zugehört. Sie antwortet nicht gleich, da der Kellner ihre Bestellung brachte. Sie nahm einen Schluck von der dampfenden Schokolade und blickte Müller-Haberfeld über die Tasse an. „Ich weiß, wer ihn so zugerichtet hat."

Der Bauunternehmer hätte beinahe seine Kaffeetasse fallen lassen. „Wie bitte? Was hatten Sie denn mit dem Kerl zu tun?"

„Ganz einfach, er hat mich überfallen, wollte mehr von mir und meine Freunde haben ihm nachdrücklich gezeigt, was sie davon halten." Rosi nahm erneut einen Schluck.

Müller-Haberfeld stellte seine Tasse mit lautem Klirren auf die Untertasse und starrte Rosi fassungslos an. „Wie konnte so etwas denn nur passieren? Ich fasse es nicht. Und was ist Ihnen geschehen?"

„Wie schon gesagt, Gott sei Dank, waren meine Freunde rechtzeitig zur Stelle. Bis auf zerfetzte Kleidung, grauenvolle Angst und eine verletzte Seele ist nichts weiter passiert. Aber das reicht ja wohl auch."

„Mein Gott, wie schrecklich. Es tut mir so leid, Rosi." Müller-Haberfeld schien erschüttert zu sein. Er griff über den Tisch nach ihr. Anscheinend wollte er auf diese Weise Trost spenden. Jedoch erfolglos. Rosi zog ihre Hand demonstrativ zurück.

„Herr Müller-Haberfeld, vom ersten Augenblick an, wo ich mit Ihnen oder Ihren Leuten in Kontakt geraten bin, habe ich nur Ärger und Verdruss erlitten. Von körperlichen Schäden und seelischen Belastungen ganz zu schweigen. Sagen Sie mir einen stichhaltigen Grund, weshalb ich in Zukunft Ihre Nähe suchen sollte?"

Müller-Haberfeld blickte Rosi vollkommen irritiert an. Wie es schien, hatte er sich diesen Nachmittag gänzlich anders vorgestellt. „Rosi, ich bin vollkommen erschüttert. Eine solche schreckliche Erfahrung sollte kein Mensch machen. Haben Sie diesen Verbrecher wenigstens angezeigt?“

„Sind Sie verrückt? Ich habe keine Lust, meinen Namen im Zusammenhang mit einer versuchten Vergewaltigung in der Zeitung zu lesen. Oder wollen Sie, dass Ihr Name auf der Titelseite erscheint? ‚Fahrer des Bauunternehmers Müller-Haberfeld überfällt junge Frau‘.“

„Um Gottes Willen. Malen Sie bloß nicht den Teufel an die Wand. Dann kann ich ja gleich mein Geschäft abmelden.“

„Genauso sehe ich das auch. Daher meine ich, dass unsere zukünftige geschäftliche Basis, die Sie soeben in Aussicht gestellt haben, unter keinem guten Stern steht.“ An dem betroffenen Mienenspiel von Müller-Haberfeld stellte Rosi fest, dass sie ihn genau in die Ecke manövriert hatte, in der sie ihn haben wollte. Dieser mit allen Wassern gewaschene Baulöwe befand sich in einer ihm ungewohnten Position. Er fühlte sich zumindest indirekt für seinen ausgerasteten Fahrer und dessen Überfall auf Rosi verantwortlich. Außerdem sah er die Chancen schwinden, in der Zukunft ein paar gemeinschaftliche Stunden mit Rosi verbringen zu können. Es war ihm anzusehen, wie er händeringend nach einer Lösung suchte. Dann gab er sich einen Ruck und winkte den Kellner ungeduldig herbei.

„Herr Roskowski soll kommen“, befahl er ihm. Gleichzeitig holte er einen Stift hervor und kritzelte etwas auf eine Papierserviette, was Rosi nicht lesen konnte.

Es dauert keine Minute, bis der Restaurantleiter am Tisch erschien. „Herr Müller-Haberfeld, Sie haben nach mir verlangt. Was kann ich für Sie tun?“

Der Bauunternehmer reichte ihm die Serviette. „Sehen Sie darin ein Problem?“

Der Restaurantchef warf nur einen kurzen Blick auf das Gekritzelte. „Selbstverständlich nicht, Herr Müller-Haberfeld. Geben Sie mir nur ein paar Minuten Zeit. Ich bin gleich wieder da.“ Er eilte davon.

„Sie können sich sicherlich vorstellen, liebe Rosi, dass ich untröstlich bin über diese Entwicklung. Gewalt in jeglicher Art ist mir auf das Äußerste zuwider, müssen Sie wissen. Wenn es zudem noch meinen Interessen, ganz gleich ob geschäftlich oder persönlichen in die Quere kommt, kann ich äußerst ungemütlich werden. Ihnen gegenüber, liebe Rosi, möchte ich aber alles in meiner Macht Stehende tun, um einerseits ihr ergangenes Leid ein wenig zu lindern und andererseits Ihr Wohlwollen mir gegenüber zu erhalten.“ Rosi konnte den vollmundigen Ausführungen ihres Gegenübers nicht recht folgen. Es schien, als hätte er sich irgendwie wieder gefangen. Die Antwort sollte nicht lange auf sich warten lassen. Wenig später erschien der Restaurantleiter erneut. Er trug ein Silbertablett in der Hand, auf dem ein weißer unbeschrifteter Umschlag lag. Müller-Haberfeld nickte nur kurz, ergriff das Kuvert und legte es zwischen sich und Rosi auf den Tisch. Der Restaurantchef entfernte sich kommentarlos.

„Dieses, liebe Rosi, ist eine kleine Wiedergutmachung für alle Not, die Sie erlitten haben. Verbunden mit einem Hoffnungsschimmer für unsere gemeinsame Zukunft. Ich hoffe, dass ich sie damit wieder gütlich stimmen kann.“ Damit schob er das dicke Kuvert weiter zu Rosi hinüber und strahlte sie erwartungsvoll an.

Rosi wusste, dass dieser skrupellose Kerl nur eine Wiedergutmachung kannte. Geld! Folglich überraschte sie es nicht, dass er sie auf diese Weise freundlich stimmen wollte. Wenn sie ganz ehrlich zu sich war, hatte sie bewusst darauf gesetzt.

„Ich find es sehr großzügig von Ihnen. Ein kleines Trostpflaster ist es schon.“ Rosi warf dem Bauunternehmer einen dankbaren Blick zu und senkte anschließend bescheiden den Kopf. Du bist eine große Schauspielerin, attestierte sie sich selbst, während sie ganz nebenbei den Briefumschlag in ihrer Handtasche verschwinden ließ.

„Rosi, kann ich denn auch …“ Müller-Haberfelds Worte wurden durch das Klingeln seines Smartphones unterbrochen. Er nahm das Gespräch knurrend an.

„Muss das jetzt sein? Hat das nicht Zeit bis morgen?“, fragte er ungnädig. „Ja, ich bin in Travemünde. Ist gut. Wenn es nun gar nicht anders geht, in einer halben Stunde.“

„Es tut mir aufrichtig leid, Rosi, aber die Geschäfte. Ich habe gleich noch einen dringenden Termin. Ich werde Sie von Wolters nach Hause fahren lassen.“

„Das ist nicht nötig. Ich hatte schon länger vor, meine Freundin hier in Travemünde zu besuchen. Das passt ganz gut.“ Rosi war froh, dass sie auf diese Weise den bedrängenden Würgegriffen dieses Fieslings entfliehen konnte.

Vor dem Martim-Hochhaus, wo Wolters schon mit dem Wagen wartete, verabschiedete sich Müller-Haberfeld von Rosi überschwänglich, rauschte dann aber doch endlich zu seinem dringenden Termin.

Rosi atmete auf. Eigentlich war alles zu ihrer Zufriedenheit gelaufen. Nur wie es weitergehen sollte, wusste sie noch nicht so genau. Gemütlich schlenderte sie auf die Promenade zu und entschloss sich kurzerhand, den sonnigen Nachmittag in einem Strandkorb ausklingen zu lassen. Der Besuch bei einer Freundin war nur ein Vorwand gewesen, um den Fängen Müller-Haberfelds und seines Fahrers möglichst schnell entfliehen zu können.

Gemütlich legte sie sich kurze Zeit später in einem Strandkorb zurück, nicht weit vom Ufersaum der Ostsee entfernt. Kleine Kinder buddelten im Sand. Eine weiße Fähre durchpflügte das Wasser der Travemündung. Segelboote, blaues Meer und Schäfchenwolken. Ein Postkartenidyll.

Rosi suchte nach ihrem Smartphone in der Handtasche. Der Briefumschlag. Sie hatte ihn vollkommen vergessen. Behutsam nahm sie ihn heraus und öffnete ihn. Unfassbar starrte sie das Bündel Fünfhunderter an. Dann zählte sie. Zwanzig. Zehntausend Euro. Rosi schüttelte ungläubig den Kopf. Was erwartete dieser schmierige Kerl noch von ihr? Sie war doch keine Hure, die man im Voraus bezahlte. Doch wenn es Schmerzensgeld sein sollte? Warum nicht? Er schien ja Geld genug zu haben, wenn er so großzügig damit um sich warf. Rosi nahm ihr Smartphone.

„Tobias, ich sitze hier gerade im Strandkorb in Travemünde. Ich hätte das eine oder andere zu erzählen. Kannst du vorbeikommen?“

„Mit dir zusammen im Strandkorb sitzen, Rosi. Heute ist mein Glückstag. Ich fliege schon.“

„Du bist unmöglich. Vielleicht hat Lindberg ja auch Zeit.“

„Du raubst mir alle Träume. Aber gut, ich versuche ihn zu erreichen. Wo finde ich dich?“

„Es ist der erste Strandkorbvermieter am Maritim. Mein Korb ist nah am Wasser. Nummer 46.“

„Ist gut, Rosi. Ich bin unterwegs.“

Rosi wurde durch Stimmen geweckt. Sie musste eingenickt sein. Blinzelnd blickte sie in die Sonne, doch dann verdunkelte sich das Licht. Drei dunkle Gestalten standen unmittelbar vor ihrem Strandkorb.

„Man müsste dieses Bild einfach malen. ‚Venus im Strandkorb‘ würde ich es nennen. Guckt euch das an Jungs. Welch eine Augenweide.“

„Tobias, erzähl nicht so viel dummes Zeug. Außerdem steht ihr in der Sonne. Lindberg und Schrauber, ihr auch hier? Das freut mich aber."

„Uns auch. Ich war gerade beim Schrauber, als Tobias anrief. Deswegen sind wir auch so schnell hier", erklärte Lindberg.

„Und alleine konnte ich die beiden Chaoten ja nicht loslassen, als ich hörte, dass du gerufen hast", warf der Schrauber grinsend ein. Eine Erklärung hatte Rosi dafür nicht, aber irgendwie spürte sie ein Kribbeln im Bauch, als sie ihren Lebensretter so unvermutet vor sich sah. So bezeichnete sie den Schrauber im Stillen. Noch heute war sie beeindruckt von dem kurzen Prozess, mit dem er den widerlichen Fahrer von Müller-Haberfeld außer Gefecht gesetzt hatte. Sein kompromissloses Vorgehen, für kurze Zeit gepaart mit einer animalischen Brutalität, das hatte etwas. Vielleicht war es gerade dieser Kontrast, der ihn so anziehend machte. Nach außen hin wirkte der Schrauber stets ruhig und gelassen. Ein Fels in der Brandung. Doch, wenn es sein musste, dann handelte er. Ohne viel zu fragen. Unkonventionell, präzise und gnadenlos.

„Ich freue mich, dass du mitgekommen bist, Schrauber. Setzt euch doch", forderte Rosi die drei auf. Tobias war der Schnellste und ließ sich neben Rosi in den Strandkorb plumpsen. Der Schrauber sah sich um und ging auf einen nahestehenden Korb zu, der mit einem Vorhängeschloss und einem Holzgatter abgesichert war. Ohne zu zögern ergriff er das Schloss, drehte es mit einer schnellen Handbewegung nach links und warf es anschließend zerbrochen in den Sand. Dann zog er den Korb weiter vor und schob ihn mühelos neben Rosis Strandkorb. Nachdem er das Gatter entfernte hatte, lud er Lindberg mit einer einladenden Geste ein, Platz zunehmen und setzte sich dann selbst.

Rosi schüttelte den Kopf. „Schrauber, an deiner Strandkultur müssen wir noch ein bisschen arbeiten, glaube ich."

„Sollten wir uns nun setzen oder nicht?" Der Schrauber war sich keiner Schuld bewusst.

Ein älteres Ehepaar im Nachbarkorb, wenige Schritte entfernt, hatten die Aktion mit großen Augen beobachtet. Deutlich war ihre Entrüstung erkennbar. Wie es schien, konnte die ältere Dame ihren Begleiter nur mit Mühe zurückhalten, aufzustehen und gegen das rüpelhafte Verhalten der drei in schwarzem Leder gekleideten Rocker zu protestieren.

„Ist was, Opa? Kann ich dir helfen?", pfiff der Schrauber ihn an, als er den aufgeregten alten Herrn entdeckte. Der schreckte zurück und setzte sich schnell wieder.

„Es ist alles in Ordnung", versuchte Lindberg das Paar zu beruhigen, „wir werden später alles regeln. Keine Angst." Die Blicke der beiden verrieten Skepsis.

„So, nachdem wir auch das geklärt haben, leg los, Rosi. Was gibt es für Sensationen, dass du uns quer durch Schleswig-Holstein jagst?" Tobias konnte seine Neugier nicht mehr zügeln.

„Ich glaube, ich hätte da was." Rosi kramte in ihrer Handtasche und holte das gefaltete Blatt Papier hervor, das sie aus Müller-Haberfelds Auto mitgenommen hatte und reichte es Tobias. Er faltete es auseinander und betrachtete es genau. „Wo hast du das her?"

„Das hatte Müller-Haberfeld in seinem Auto in einer Mappe."

„Und dann hast du es einfach so mitgehen lassen?", wollte Tobias anerkennend wissen. Gleichzeitig reichte er es Lindberg hinüber.

„Es lag irgendwann herrenlos auf dem Fußboden", antwortet Rosi unbedarft lächelnd.

„Wie es aussieht, bestätigt sich dein Verdacht, Tobias", stellte Lindberg fest, nachdem auch er das Papier gesehen hatte, „die geplanten Häuser, die hier eingezeichnet sind, erstrecken sich eindeutig auch auf das Grundstück der Kleinschmidts."

„Also haben der Bauamtsleiter und Müller-Haberfeld beide Interesse daran, dass die Kleinschmidts verschwinden. Doch wie können wir das beweisen?", dachte Tobias laut. Lindberg sah sich das Papier erneut an. Dann gab er es Tobias wieder. „Guck mal in die untere rechte Ecke. Was liest du da?" Tobias nahm das Blatt. „Renneberg oder Brennerberg oder so ähnlich. Ist ein bisschen verwischt. Könnte es sein, dass das der Auftraggeber ist? Ich meine, der Betreiber der Ferienhausanlage? Ich werde mich nochmal dahinterklemmen, wenn ich zu Hause bin."

„Hat denn Müller-Haberfeld sonst noch etwas verraten, was unsere Vermutung bestätigen könnte?", wandte sich Lindberg Rosi zu.

„Er ist zwar nicht konkret geworden, aber er hat ununterbrochen davon geschwafelt, dass Travemünde spätestens im nächsten Jahr anders aussehen würde. Und er der Mann der Zukunft wäre und so einen Mist."

„Ja, der hängt damit drin. Das ist ganz offensichtlich. Woher sollte er sonst diese Papiere haben. Ich bleib da am Ball." Tobias war fest davon überzeugt. „Hast du ihm auch von dem Überfall erzählt?"

„Hab ich", war Rosis kurze Antwort.

„Und wie hat er reagiert?", hakte Tobias nach.

„Er war vollkommen von den Socken und hat sich tausend Mal entschuldigt."

„Und das war alles?", entrüstete Tobias sich.

„Nee." Rosi griff in ihre Handtasche und reichte Tobias den prallen Umschlag.

„Das glaube ich jetzt nicht“, stieß Tobias hervor, als er in das Kuvert hineingeguckt hatte. „Wie viel ist das?“

„Zehntausend.“ Rosi zuckte mit den Schultern, als wollte sie sagen, was kann ich denn dafür.

„Hunderttausend wären noch nicht genug, dafür, was das Arschloch dir angetan hat“, platzte es aus dem Schrauber heraus.

„Er hat gesagt, es sei zur Wiedergutmachung, aber er will auch, dass ich ihn in Zukunft zu gesellschaftlichen Anlässen begleite, dieser hässliche Schwabbel.“ Rosi schüttelte sich.

„Da hast du sicherlich begeistert ja gesagt“, stellte Tobias süffisant fest.

„Mir wird schon übel, wenn ich nur daran denke. Damit das klar ist, Jungs. Das war das letzte Mal, dass ich mit diesem Ekel etwas zu tun haben möchte.“ Rosi setzte eine trotzige Miene auf.

„Betrachte das Geld einfach als Schmerzensgeld, Rosi“, warf Lindberg ein, „und wenn er sich wieder melden sollte, schiebst du einfach Termine oder Krankheit vor. Ich gehe ohnehin davon aus, dass er sehr bald über seine eigenen Betrügereien stolpern wird. Dafür werden wir schon sorgen.“

Kapitel 16

Sie kennen sicherlich dieses Sprichwort: Der Ton macht die Musik. Was so viel heißen soll, es kommt nicht nur darauf an, was man sagt, sondern wie man es sagt. Mit der Sprache ist es ähnlich wie in der Musik. Eine Disharmonie beleidigt das Ohr ebenso wie auch eine falsche Tonlage bei dem gesprochenen Wort. Diese Misstöne haben den Vorteil, dass sie nur Sekunden im Raum schweben. Zugegeben, nicht selten mit gravierenden Folgen. Aber kaum sind sie erklungen, sind sie auch wieder fort. Anders ist es allerdings bei einem geschriebenen Wort. Schon sind wir wieder bei meiner Profession. Das einmal gedruckte Wort ist unverrückbar. Gut, Sie können das Buch in die hinterste Ecke Ihrer Bibliothek verbannen oder gar entsorgen, wenn Ihnen die Wortwahl nicht gefällt. Aber geschrieben ist geschrieben und somit immer wieder lesbar. Es liegt in der Freiheit eines Autors, jene Worte zu wählen, die er gerade für richtig hält. Letztlich sind seine Formulierungen stets auch von den Themen abhängig, die er in seinem Buch gerade behandeln möchte. Doch Hand aufs Herz, möchten Sie auf jeder zweiten Seite Begriffe aus der Fäkalsprache finden? Seine Sprache beschreibt jeweils auch den Charakter einer Figur in einem Roman. Ein derber Kerl drückt sich in wörtlicher Rede eben anders aus als eine Lady. Auch „Scheiße" muss mein enttäuschter Kommissar schon sagen dürfen. Doch in der richtigen Wahl der Worte liegt nicht nur die Kunst eines Schriftstellers, sondern auch seine Verantwortung seinen Lesern gegenüber. Wie schon gesagt, der richtige Ton macht die Musik.

Seit Tagen verspürte Lindberg eine innere Unruhe, die er nicht erklären konnte. Er hatte zwar momentan mit Lesungen und Korrekturen mehr um die Ohren, als ihm lieb war, aber dafür war er schon zu lange im Geschäft, als das ihn der Alltag eines Krimiautors beunruhigen würde. Erst das kurze Telefonat mit Anna am Vorabend hatte ihm die Augen geöffnet. Ihre bedrückte Stimmung, die er bereits bei dem gemeinsamen Grillabend erkannt hatte, war auch jetzt noch nicht verflogen. Auf unerklärliche Weise nagte der aktuelle Fall an ihrem Nervenkostüm. Vermutlich auch, da sich keine Ermittlungserfolge einstellten. Bisher hatte Lindberg noch nicht die Zeit gefunden, sich Gedanken darüber zu machen, auf welche Weise er ihr helfen konnte. Was hatte Tobias noch herausgefunden? Die eigenartige Firma von Ferdinand von Bahrenfeld mit dem Autohandel? Kurzerhand griff Lindberg zum Telefon.

„Schrauber, hast du heute Abend etwas vor?“, überfiel er seinen Motoradfreund, als der sich meldete.

„Willst du einen ausgeben oder warum rufst du an, Alter?“

„Auch darüber können wir reden, aber in erster Linie brauche ich deine Hilfe. Kannst du um zehn Uhr in Neustadt auf dem Parkplatz hinter der Polizei sein?“

„Kein Problem. Muss ich was mitbringen?“

„Nein, nur kein Aufsehen. Alles andere heute Abend.“

Als Lindberg am Abend sein Motorrad auf den Parkplatz in Neustadt lenkte, erkannte er seinen Freund sofort, der im Halbdunkel auf seiner Maschine saß. Das Glimmen seiner Zigarette sah wie ein einsames Glühwürmchen aus.

Lindberg stellte sein Motorrad ab und begrüßte den Schrauber.

„Erzähl, Lindberg, was liegt an?“

Lindberg informierte den Schrauber kurz über den Mordfall und den windigen Ferdinand von Bahrenfeld und dessen undurchsichtigen Geschäfte, die Tobias aufgedeckt hatte.

„Wir begeben uns jetzt möglichst unauffällig zum Hafen und gucken uns dort einmal um. Denn an den Handel von Gebrauchtwagen von Deutschland nach Russland glaubt keiner von uns so recht.“

Als sie in die Nähe des Hafens kamen, erkannten sie sofort das rege Treiben auf der rechten Seite vor den Lagerhallen. An einem Ladekran hing ein Auto, das langsam vom Kai zu einem Schiff herüber geschwenkt wurde. Scheinwerfer leuchteten den Arbeitsbereich aus. Ab und zu wurden Kommandos laut, die Lindberg und der Schrauber nicht verstehen konnten.

„Das würde ich mir gern etwas näher ansehen. Aber lass uns hinter den Hallen entlang gehen.“ Lindberg wusste nicht, weshalb er jetzt schon flüsterte, obwohl sie von dem Schiff und den Arbeitern noch weit entfernt waren.

Verdeckt durch die Lagerhallen näherten sie sich ungesehen dem Hafenbereich. Lindberg ging voraus. Am Ende eines schmalen Gangs hob er die Hand. Vorsichtig beugte er sich vor. Unmittelbar vor ihnen standen mehrere alte Autos unterschiedlicher Marken. Drei Männer waren damit beschäftigt, sie nacheinander in die Nähe des Schiffes zu schieben. Einige Fahrzeuge konnten noch gefahren werden. Jetzt waren auch die Stimmen der Arbeiter deutlicher zu hören. Russische Töne. Das Schiff hatte auch schon bessere Tage gesehen. Rostige Flecken überzogen den grünen Rumpf ebenso wie auch die grauen Aufbauten.

„Ich glaube einfach nicht, dass die nur Rostlauben über die Ostsee schippern“, flüsterte er dem Schrauber zu, „kannst du verstehen, was sie sagen?“

Der Schrauber schüttelte den Kopf. „Nur allgemeines Gelaber, nichts Konkretes. Das Schiff heißt übrigens ‚Chayka‘, das heißt ‚Möwe‘. Hilft uns wohl auch nicht weiter.“ Lindberg wusste, dass der Schrauber in der ehemaligen DDR aufgewachsen war und daher russisch konnte. Aus dem Augenwinkel erkannte Lindberg, dass zu seiner Linken zwei Männer beieinander standen, die anscheinend die Verladung beaufsichtigten und sich dabei angeregt unterhielten.

„An die müssen wir näher ran, um zu hören, was sie sagen", stieß Lindberg leise hervor. Sie duckten sich und schlichen im Schutz der alten Fahrzeuge noch vorn. Atemlos lauschten sie den beiden. Auch sie sprachen russisch. Der Schrauber fasste Lindberg nach einer Weile am Arm und bedeutete ihm mit einer Kopfbewegung, dass sie sich wieder zurückziehen sollten. Es waren nur noch wenige Schritte bis zu dem engen Gang, als unter Lindbergs Füßen ein metallisches Scheppern erklang. Er musste in der Dunkelheit versehentlich gegen ein herumliegendes Blech getreten sein.

„Scheiße", fluchte der Schrauber, „schnell weg hier."

Die Köpfe der Hafenarbeiter schnellten in ihre Richtung. Stimmen wurden laut. Die beiden Aufpasser liefen bereits auf sie zu. Das wurde eng. Auch wenn sie gegenwärtig noch von den im Weg stehenden Autos gebremst wurden, lange würde es nicht mehr dauern, bis auch sie die kleine Gasse erreicht hätten. Am Ende des Gangs liefen Lindberg und der Schrauber nach links und standen kurze Zeit später in einem Innenhof. Rundherum nur hohe Wände der Lagerhallen. Eine Sackgasse, aus der es kein Entrinnen mehr gab. Ein Hoffnungsschimmer. Zwei Türen hinter einer Bretterwand. Lindberg rüttelte an einer, doch sie war verschlossen. Auch die zweite ließ sich nicht öffnen. Die Schritte der Verfolger kamen näher. Lindberg hörte, kratzende Geräusche. Der Schrauber versuchte das Schloss der Tür, vor der sie standen, mit einem Dietrich zu öffnen. Russische Stimmen hallten durch den Hinterhof. Noch verdeckte sie die Bretterwand. Ein Knirschen. Die Tür sprang auf. Doch im selben Augenblick erfasste sie der Lichtstrahl einer Taschenlampe.

„Los rein da!“, hörte Lindberg hinter sich. Der Schrauber sprang an ihm vorbei und schlug mit der Linken die Taschenlampe zur Seite und zeitgleich dem Russen seine rechte Faust ins Gesicht. Wie ein gefällter Baum kippte er zur Seite und schlug mit dem Kopf gegen die Wand. Im Dämmerlicht der am Boden liegenden Taschenlampe sah der Schrauber, dass der zweiten Verfolger verwundert einen kurzen Augenblick zögerte. Ein Tritt zwischen die Beine und zwei kurze Faustschläge an Schläfe und Kinn brachten auch ihn zu Boden und in das Land der Träume.

Mit drei Sätzen war der Schrauber in der Halle verschwunden und schloss die Tür hinter sich. „Wir müssen die Tür verrammeln, um Zeit zu gewinnen“. Im Dunkel der Halle war kaum etwas zu erkennen. Lindberg holte sein Smartphone hervor und schaltete die Taschenlampe ein. „Ist gut, das reicht. Mach wieder aus!“, befahl der Schrauber. Sie hatten genug gesehen. Mit vereinten Kräften schoben sie eine Arbeitsbank vor die Tür, die auch die Klinke blockierte.

„Es wird nicht lange dauern, bis die anderen ihre schlafenden Kumpels gefunden haben. Es gibt nur zwei Möglichkeiten für uns. Eine Außentür am anderen Ende der Halle oder verstecken“, beschrieb der Schrauber ihre missliche Lage. „Leuchte noch mal kurz!“

Lindberg schaltete seine Taschenlampe wieder ein. In der Halle standen weitere Autos, die jedoch mit Planen abgedeckt waren.

„Das reicht. Mach wieder aus, Lindberg. Lass uns sehen, ob es da hinten einen Ausgang gibt.“

Im Dunkeln zwängten sie sich zwischen den Autos durch. Doch einen Ausgang fanden sie am anderen Ende der Halle nicht. Von draußen waren wieder Stimmen zu hören.

„So ein Mist. Mach noch mal kurz Licht an“, kam es vom Schrauber aus der Dunkelheit.

„Da an der Seite ist nur ein Rolltor. Wenn wir das aufmachen, haben sie uns gleich“, stellte Lindberg fest. Dann stutzte er. „Das glaub ich jetzt nicht. Guck dir das mal an, Schrauber.“ Lindberg kniete sich hin und leuchtete ein Fahrzeug an, dessen Plane etwas verrutscht war. Der Schrauber schob die Plane noch ein wenig mehr zur Seite. Dann drehte er sich um und hob die Abdeckung eines weiteren Autos an.

„Alte Gebrauchtwagen sehen anders aus“, war sein lapidarer Kommentar. Die beiden Autos, die sie entdeckt hatten, waren ein Audi R8 und ein Mercedes SLR. Luxusfahrzeuge, die zu den ganz teuren ihrer Art gehörten.

„Ich gehe einmal davon aus, dass die Besitzer dieser Autos nicht wissen, wo ihre Karossen jetzt stehen“, stellte auch Lindberg nüchtern fest. „Einfach geklaut und in Russland versilbert.“

Vom anderen Ende der Halle war lautes Hämmern zuhören. Die Russen versuchten, gewaltsam die verbarrikadierte Tür aufzubrechen. Lindberg holte sein Smartphone aus der Jackentasche und tippte hastig eine Nummer ein.

„Anna, frag jetzt nicht. Das ist eine Notlage. Schick sofort ein paar Streifenwagen mit Blaulicht und Horn in den Neustädter Hafen. Die Russen hängen uns im Nacken. Die verladen hier nicht nur alte Autos. Alles andere später.“ Lindberg beendete abrupt das Gespräch, ohne auf eine Antwort von Anna zu warten.

„Tolle Idee. Aber jetzt erst einmal ab unter die Autos“, stieß der Schrauber hervor, „wer weiß wie lange die Bullen brauchen.“ Lindberg und der Schrauber schlichen bis in die äußerste Ecke der Halle und krochen jeweils unter ein Auto. Vom anderen Ende war weiterhin lautes Hämmern zu hören, bis kurz darauf ein Bersten die Hammerschläge unterbrach. Metallenes Kreischen bewies, dass die Russen die Tür geknackt und den blockierenden Arbeitstisch zur Seite geschoben hatten. Mehrere suchende Strahlen von Taschenlampen tasteten sich langsam vor. Der Zustand der beiden angeschlagenen Genossen vor der Tür ließ die jetzigen Verfolger anscheinend vorsichtig sein. Doch sie kamen näher. Lindberg versuchte sich krampfhaft vorzustellen, wie lange Anna benötigen würde, die rettende Kavallerie auf den Weg zu bringen. Nicht auszudenken, wenn sie seinen Anruf als Scherz aufgefasst hatte. Sicherheitshalber hatte er sein Smartphone noch auf lautlos gestellt, bevor er unter das Auto gekrochen war. Ein Rückruf von Anna käme gegenwärtig einem Todesurteil gleich. Die russischen Stimmen kamen bedenklich näher. Auch das unruhige Licht der Taschenlampen wurde heller. Lindberg hielt den Atem an. Schwarze Stiefel standen plötzlich im Gang zwischen den Autos keinen halben Meter vor seinem Gesicht. Was könnte er tun, wenn der Russe sich bückte, unter das Auto sah und ihn entdeckte? Lindberg schloss die Augen.

War es ein Traum oder hörte er tatsächlich Martinshörner in der Ferne? Jetzt war er sicher. Sie kamen näher. Auch die Russen mussten es gehört haben. Plötzlich entstand Hektik in der Halle. Aufgeregte Rufe erklangen. Die bedrohlichen Stiefel in Lindbergs Nähe verschwanden. In kürzester Zeit waren nur noch die lauter werdenden Hörner der Streifenwagen zu hören.

Lindberg krabbelte unter dem Auto hervor und stieß mit dem Schrauber zusammen, der sich ebenfalls aufgerichtet hatte. Beide fielen sich in die Arme und klopften sich auf die Schultern.

„Das war knapp, Alter. Die Nummer sollten wir nicht zu oft wiederholen“, erklärte der Schrauber lachend. In ihrer Euphorie stießen sie gegen eines der Autos und die Plane rutschte halb herunter.

Auch Lindberg lachte erleichtert. „Damit Anna alles so antrifft, wie wir es vorgefunden haben, lass uns die Plane lieber wieder richten." Lindberg schaltete seine Taschenlampe ein. Dann stutzte er.

„Was ist los?" fragte der Schrauber, als er die zögernde Haltung seines Freundes bemerkte und Lindberg die Plane völlig entfernte, anstatt das Auto wieder abzudecken.

„Das ist doch ein 911er Targa oder irre ich mich da?"

„Das sieht doch jeder Blinde, Lindberg. Heißes Gerät, nur die Farbe ist richtig Scheiße", war der Kommentar des Schraubers. Der Porsche vor ihnen leuchtet im Taschenlampenlicht in grellem Orange.

„Wenn mich nicht alles täuscht, haben wir bei unserer etwas misslungenen Mission einen richtigen Treffer gelandet." Lindberg ging fast andachtsvoll um das Fahrzeug herum.

„Krieg dich mal wieder ein, Lindberg. So berauschend ist diese Karre ja nun auch wieder nicht. Oder hast du einen schwulen Freund?" Der Schrauber wusste immer noch nicht, weshalb Lindberg den Porsche so bewunderte.

„Anna hat erzählt, Henriette von Bahrenfeld, die Tote von dem Friedhof, hat einen Porsche 911 Targa in Orange gefahren und der ist bisher nirgendwo aufgetaucht."

„Und du meinst, diese Karre steht jetzt vor uns?"

„Passt alles zusammen, Schrauber. So viele Wagen in der Farbe gibt es sicherlich nicht. Wie es aussieht, verschieben die hier im Hafen nicht nur Rostlauben nach Russland, sondern auch geklaute Luxuswagen. Der beste Weg auch ein Beweisstück in einem Mordfall verschwinden zu lassen."

„Klingt logisch", meinte der Schrauber lakonisch.

„Aber jetzt haben wir erst einmal ein anderes Problem. Wie sollen wir Anna erklären, was wir hier machen?"

„Wie ich dich kenne, wird dir schon etwas einfallen."

Lindberg und der Schrauber horchten auf. Von draußen waren laute Stimmen zu hören. Vorsichtig gingen sie zwischen den Autos auf den Ausgang zu. Lindberg sah, dass die Tür offen stand. Sekunden später blendete sie ein gleißendes Licht.

„Stehen bleiben und Hände hoch!“, befahl eine Stimme hinter dem Scheinwerfer. Lindberg und der Schrauber befolgten die Anordnung sofort. „Wir sind die Guten. Wir haben die Russenbande aufgedeckt“, versuchte Lindberg ihre Situation zu erklären.

„Kommen Sie ganz langsam heraus!“, war der nächste Befehl. Lindberg und der Schrauber gingen hintereinander mit erhobenen Händen zur Tür und traten ins Freie. Sofort wurden sie ergriffen, gegen die Wand gedreht und von oben bis unten nach Waffen untersucht. Bevor sie sich versahen, klickten die Handschellen.

„Wie schon gesagt, wir haben Sie alarmiert. Wir haben mit der ganze Sache sonst nichts zu tun“, startete Lindberg erneut einen Versuch.

„Das können Sie uns alles später erklären. Zunächst sind Sie vorläufig festgenommen“, kam die routinierte Antwort eines uniformierten Polizeibeamten.

„Lass nach, Lindberg. Die kapieren das nicht. Anna wird schon alles richten“, meinte der Schrauber resignierend.

Fest im polizeilichen Griff wurden die beiden durch den schmalen Gang zum Kai geführt, wo sie ein blickendes Blaulichtfeuerwerk empfing. Lindberg sah, dass einige Russen in Handschellen zu einem Mannschaftswagen der Polizei gebracht wurden. An Bord des Schiffes suchten Beamte nach weiteren Verdächtigen.

„Was habt ihr denn da für komische Vögel?“ Den Polizisten, die Lindberg und den Schrauber festgenommen hatten, trat ein Uniformierter mit drei silbernen Sternen auf der Schulter in den Weg, der sie belustigt musterte. Durch ihre schwarze Lederkluft unterschieden sie sich deutlich von den Russen. Lindberg reagierte schneller als einer der Beamten.

„Herr Hauptkommissar, wir waren es, die Anna Severin von der Kripo in Lübeck alarmiert haben. Wir können die Situation zweifelsfrei erklären. Mein Name ist Karl-Magnus Lindberg und das ist“, Lindberg zögerte. Er wusste einfach nicht, wie der Schrauber hieß, „Herr Schrauber.“ Prustend fing der Schrauber an zu lachen. Die Polizeibeamten starrten ihn irritiert an.

„Für Witze haben wir hier keine Zeit, Sie Komiker. Abführen!“, ordnete der Polizeibeamte mit den drei Sternen an. Lindberg und der Schrauber wurden wie die Russen zu dem Mannschaftswagen der Polizei geführt.

„Rein da!“, befahl einer der Polizisten. In dem Wagen saßen bereits sechs Russen, die Lindberg und den Schrauber aus zusammengekniffenen Augen anfunkelten. Unter ihnen auch die beiden Aufpasser.

„Nur über meine Leiche“, murmelte der Schrauber vor sich hin und stemmte einen Fuß gegen die Wagentür, sodass die beiden Beamten, die ihn führten, ins Straucheln gerieten und beinahe rücklings gestürzt wären. Bevor die Beamten reagieren konnten, hörte Lindberg, wie der Schrauber den Russen im Wagen ein paar Sätze in ihrer Sprache zuwarf. Wie auf ein Kommando sprangen die sechs Russen auf und wollten sich auf den Schrauber stürzen. Nur ihre Handfesseln hinderten sie daran, ihm an die Kehle zu gehen. Die Polizisten zerrten Lindberg und seinen Freund von der Wagentür fort, während weitere Beamte die Russen wieder in das Innere drängten und die Tür schlossen.

Der Hauptkommissar, der Lindbergs Auffassung nach die Polizeiaktion leitete, hatte die Aktion von ferne beobachtet.

„Bringt sie in den Bus“, rief er seinen Kollegen zu.

Wenig später saßen Lindberg und der Schrauber alleine in einem Kleinbus.

„Das hätte eben aber noch schief gehen können", stellte Lindberg erleichtert fest, „was hast du denn den Russen gesagt?"

„Ich habe ihnen lediglich angeboten, dass ich ihnen Medizin besorgen würde, damit sie den Tripper von ihren Schwestern behandeln könnten." Dabei grinste der Schrauber schelmisch.

Lindberg schüttelte amüsiert den Kopf. „Du bist einfach unmöglich, Schrauber."

„Ja, was meinst du denn, was die mit uns gemacht hätten, wenn wir in deren Nähe gekommen wären? Handschellen hin, Handschellen her."

„Du hast ja recht. Geniale Idee. Aber das mit dem Tripper ihrer Schwestern war schon ein wenig heftig."

„Kann schon sein, aber mir ist in der Eile das russische Wort für Syphilis nicht eingefallen."

Im selben Augenblick wurde die Schiebetür des Kleinbusses geöffnet.

„Das sind die beiden Experten, die behaupten, dass sie für die ganze Chose hier verantwortlich wären, Frau Kollegin." Der Polizeihauptkommissar und Anna Severin musterten die beiden Festgenommenen in schwarzem Leder.

„Die beiden kenne ich nicht", bemerkte die Kriminalhauptkommissarin todernst und mit unbewegter Miene. Lindberg und der Schrauber sahen sich verwirrt an.

„Aber Anna, was soll das denn …" Weiter kam Lindberg nicht, da Anna seine Worte mit einer unmissverständlichen Handbewegung abschnitt.

„Ist gut, Herr Kollege", wandte sie sich dem Polizeihauptkommissar zu, „ich wollte mir nur einmal den dümmlichen Gesichtsausdruck dieser beiden Dilettanten gönnen." Anschließend nahm sie Lindberg und dem Schrauber die Handschellen ab, setzte sich ihnen im Kleinbus gegenüber und blickte sie todernst an. „Jetzt bin ich aber auf eure Erklärung gespannt."

„Das Ganze mag für dich vielleicht etwas eigenartig aussehen, aber wir haben die Russen bei ihren dubiosen Geschäften ertappt", begann Lindberg überzeugt.

„Moment, Moment", unterbrach Anna ihn, „erst einmal will ich wissen, was ihr beide hier um diese Zeit zu suchen habt?"

„Na ja. Eigentlich hatten der Schrauber und ich die Idee", druckste Lindberg herum. Sollte er Anna sagen, dass sie ihr doch nur bei der festgefahrenen Ermittlung in der Mordsache helfen wollten?

„Lindberg! Klartext! Hör auf, rumzuschwafeln." Anna wirkt ungeduldig, sogar ein wenig angefressen.

„Also gut. Tobias hat herausgefunden, dass das Hotel von Ferdinand von Bahrenfeld und seinem russischen Kompagnon in Grömitz fast pleite ist. Woher nimmt er also das Geld für sein Luxusleben? Hier die Antwort. Die beiden betreiben auch eine Firma namens ‚International Mobil'. Schwerpunkt Autohandel. Da Tobias und ich uns aber nicht vorstellen konnten, dass die sich nur mit dem Verschieben von alten Autos begnügen würden, wollten der Schrauber und ich einfach nur mal gucken, ob es hier im Hafen alles mit rechten Dingen zugeht."

„Genauso war es!", bekräftigte der Schrauber Lindbergs Worte.

Anna sah beide abwechselnd an und schüttelte nur den Kopf.

„Über Tobias' Schnüffelei reden wir später noch. Auf die Idee, dass diese Art der Ermittlung ausschließlich Aufgabe der Polizei ist, seid ihr Schlichtköpfe nicht gekommen, oder?"

Lindberg runzelte die Stirn. „Anna, nun sei nicht unfair. Du hast doch selbst erzählt, dass es nicht so recht vorangeht und dass der blöde Oberstaatsanwalt dir ständig Knüppel zwischen die Beine wirft. Es ist ja auch nicht das erste Mal, dass wir versucht haben, dir auf unsere Weise zu helfen."

„Ja, das habe ich erzählt. Ich bereue es auch schon. Aber bisher musste ich euch auch nicht aus solchen bedrohlichen Lagen herauspauken." Lindberg hatte den Eindruck, dass Anna gar nicht wegen ihrer Extratour sauer war, sondern weil sie sich ernsthaft Sorgen um ihr Wohl gemacht hatte.

„Wir geloben Besserung", bemerkte der Schrauber nüchtern. Lindberg musste grinsen. Auch Anna konnte ein Lächeln nicht verbergen. „Aus deinem Mund klingt das äußerst überzeugend, Schrauber. Aber nun verratet schon. Was habt ihr herausgefunden?"

„Das Beste wird sein, dass du dir die ganze Sache vor Ort ansiehst", empfahl Lindberg. Gemeinsam verließen sie den Kleinbus und gingen durch den schmalen Gang zu der Lagerhalle, in der sich Lindberg und der Schrauber vor den Russen versteckt hatten.

Inzwischen war die Halle hell erleuchtet.

„Scheint eine exklusive Sammlung zu sein, Frau Kollegin", merkte der Einsatzleiter an, als die drei die Halle betraten. Er hatte vier Fahrzeuge bereits von ihren Planen befreit. Lack und Chrom funkelten im Neonlicht. „Aber ich glaube, das ist eher eine Aufgabe für die Kollegen vom Diebstahl, oder?"

„Da gebe ich Ihnen grundsätzlich recht." Sie wandte sich Lindberg und dem Schrauber zu. „War es das, was Ihr mir zeigen wolltet?"

„Komm mit!", war die kurze Antwort von Lindberg. Er ging zwischen den Autos hindurch an das andere Ende der

Halle, drehte sich um und zeigte dann auf den orangefarbenen Porsche. „Was sagst du dazu, Anna?“

Annas Augen weiteten sich. „Wenn es das ist, was wir beide jetzt denken, dann ist es fürwahr eine kleine Sensation.“

„Lindberg meinte, so viele von diesen hässlichen Karren würde es nicht geben, sodass die Wahrscheinlichkeit groß sei, dass das die Kutsche ist, die ihr sucht“, schaltete sich der Schrauber ein.

„Schau’n wir mal.“ Anna holte zwei Gummihandschuhe aus ihrer Jackentasche, zog sie an und öffnete die Fahrertür, soweit die Enge der Halle das zuließ. Mit einer Taschenlampe leuchtet sie den Fußraum ab. Als sie den Fahrersitz nach vorne klappte, zögerte sie und bückte sich tief in den Wagen.

Ein stöhnendes „Bingo“ erklang aus dem Wageninneren, bis Anna sich langsam rückwärts wieder herauswand. In der Hand hielt sie zwei Nummernschilder. OH-HB 1. „Das ist zweifelsfrei das Auto der Toten.“

Kapitel 17

Noch am selben Abend hatte Anna von Neustadt aus ihren Kollegen Clemens Korthals und einen Streifenwagen nach Grömitz bestellt. Als sie vor dem Hotel „Albatros" vorfuhr, wurde sie bereits erwartet.

„Habt ihr tatsächlich den Wagen der Toten gefunden?", begrüßte Oberkommissar Korthals seine Chefin.

„So ist es, Clemens. Unser stolzer Hotelbesitzer handelt nicht nur mit gestohlenen Edelkarossen, sondern war auch drauf und dran, den Porsche seiner ermordeten Schwester in den Weiten Russlands verschwinden zu lassen."

Über das Gesicht des Oberkommissars huschte ein zufriedenes Grinsen. „Na, dann wollen wir ihm mal einen Besuch abstatten, unserem unwiderstehlichen Freund."

Gemeinsam mit den beiden Beamten des Streifenwagens betraten sie das menschenleere Foyer des Hotels. Lediglich ein älterer Nachtportier blickte beunruhigt auf, als die vier auf den Rezeptionstresen zutraten.

„Guten Abend. Ich bin Kriminalhauptkommissarin Anna Severin und möchte Ferdinand von Bahrenfeld umgehend sprechen."

„Soviel ich weiß, ist er in seiner Suite. Aber ich glaube kaum, dass ich ihn um diese Zeit stören darf." Der Portier schien verunsichert zu sein.

„Für das Penthouse Ihres Bosses haben Sie doch sicherlich einen Universalschlüssel, guter Mann. Den hätten wir ganz gern", befahl Clemens Korthals in unmissverständlichem Ton.

„Den darf ich Ihnen nicht geben …"

„Herr …" Der Oberkommissar warf einen kurzen Blick auf das Namensschild des Portiers. „Herr Riemenschneider wir ermitteln hier in einem Mordfall. Wenn ich Sie nicht wegen Behinderung von Ermittlungen festnehmen soll, dann geben sie uns unverzüglich die Chipkarte. Haben wir uns verstanden?“ Der Nachtportier begann zu zittern. Griff aber nach kurzem Zögern unter den Tresen und reichte dem Oberkommissar die gewünschte Karte.

„Ich werde Sie sicherheitshalber telefonisch ankündigen“, bemerkte er gleichzeitig und wollte bereits zum Telefonhörer greifen.

„Das werden Sie schön bleiben lassen“, pfiff Anna ihn in scharfem Ton an. Erschrocken zog er seine Hand zurück. Anna nickte einem Kollegen des Streifenwagens kurz zu, um ihm zu signalisieren, dass er den Portier im Auge behalten sollte, während sie nach oben fuhren.

Als sich die Tür des Fahrstuhls geräuschlos öffnete und sie das Penthouse betraten, herrschte absolute Stille. Der Raum, den sie von ihrem ersten Besuch bereits kannten, lag halb im Dunklen. Lediglich durch eine Tür zur Linken fiel ein schwacher Schein. Die drei Polizeibeamten folgten dem Licht. Anna hörte einen leisen anerkennenden Pfiff, als auch Clemens Korthals die Szenerie des angrenzenden Raumes erblickte. Ein überdimensionales Bett füllte das Schlafzimmer zur Hälfte aus. Die Decke bestand aus einer durchgehenden Spiegelfläche. Der Raum war in ein mildes rotes Licht getaucht. Auf dem Bett lagen malerisch hingegossen und umschlungen Ferdinand von Bahrenfeld und eine langbeinige Blondine. Beide waren vollkommen unbekleidet und schliefen fest. Auf dem Boden lagen verstreut Kleidungstücke. Auf dem Nachttisch zwei Gläser und eine Champagnerflasche. Daneben eine verdächtige Spur weißen Pulvers.

„Ein bolivianischer Luxuspuff ist gar nichts dagegen“, verkündete Clemens Korthals lautstark.

Das vereinte Liebespaar erwachte stöhnend. Deutlich erkannten die Beamten, dass es eine Weile dauern würde, bis das drogenbenebelte Gehirn der beiden aus dem Land der Träume in die grausame Welt der Realität zurückgefunden hätte.

„Ferdinand von Bahrenfeld, ich verhafte Sie wegen des dringenden Verdachts, Ihre Schwester Henriette ermordet zu haben. Gleichzeitig wird Ihnen der gewerbsmäßige Handel mit gestohlenen Fahrzeugen vorgeworfen“, eröffnete Anna dem Grafensohn, nachdem sie annehmen konnte, dass er sie in seinem berauschten Hirn auch verstehen würde.

„Sind Sie denn vollkommen wahnsinnig, Sie aufgeblasene Kuh? Das ist Hausfriedensbruch. Ich werde Sie verklagen.“ Ferdinand von Bahrenfeld war jetzt wach. Er sprang aus dem Bett und ging auf Anna los, unbekleidet wie er war. Doch bevor er sie erreichen konnte, traten Clemens Korthals und sein Kollege vor und ergriffen ihn.

Anna beobachtete den Sohn des Grafen kopfschüttelnd. „Ich nehme an, Herr von Bahrenfeld, dass Sie zum Katalog Ihrer Straftaten nicht auch noch Beamtenbeleidigung und Widerstand gegen Vollstreckungsbeamte hinzufügen möchten? Wenn Sie sich wieder beruhigt haben, ziehen Sie sich etwas über.“

„Wenn Sie es wünschen, können wir Sie allerdings auch gleich so mitnehmen“, ergänzte Clemens Korthals verächtlich.

„Das werden Sie bereuen. Das verspreche ich Ihnen“, stieß Ferdinand von Bahrenfeld hervor, während die beiden Beamten ihn immer noch fest im Polizeigriff hatten.

„Mit oder ohne Kleider, wie hätten Sie es denn nun gern? Oder wollen wir uns langsam beruhigen?“ Annas Kollege ließ sich nicht aus der Ruhe bringen. Nur zu oft hatte er schon mit renitenten Kandidaten zu tun gehabt. Langsam schien der Grafensohn seine missliche Situation zu begreifen. Anna wies ihren Kollegen an, den Festgenommenen beim Ankleiden nicht aus den Augen zu lassen.

„Und wer sind Sie?“, wandte sich Anna der blonden Gespielin zu, die die Situation ängstlich mit weit aufgerissenen Augen verfolgt hatte. Krampfhaft umklammerte sie das Bettlaken, um ihre Blöße zu bedecken.

„Ich heiße Jennifer Schulz. Ich bin eine gute Freundin von Ferdinand“, wisperte sie.

„Können Sie sich ausweisen?“, hakte Anna nach.

„Ja, natürlich.“ Wie eine Elfe mit wehendem weißen Gewand sprang sie aus dem Bett, lief in den Vorraum und präsentierte Anna wenig später ihren Personalausweis.

„Seit wann waren Sie heute Abend mit Herrn von Bahrenfeld zusammen?“

„Seit acht ungefähr. Wir haben erst unten im Restaurant etwas gegessen und sind dann raufgefahren“, kam die folgsame Antwort, ergänzt von weiteren wütenden Attacken ihres Liebhabers. „Das können Sie nicht machen. So kann man mit mir nicht umspringen.“ Ferdinand von Bahrenfeld trug inzwischen Schuhe, Hemd und Anzug, aber ebenfalls auch Handschellen.

Anna hatte in dieser Nacht nur wenig geschlafen. Der Einsatz im Neustädter Hafen und die Festnahme in Grömitz erlaubten nur ein paar Stunden Ruhe.

Die Kriminaltechnik hatte den Porsche der Toten zur Untersuchung noch in der Nacht nach Lübeck transportiert. Ergebnisse konnte Anna frühestens in ein paar Tagen erwarten. Andere Kommissariate kümmerten sich bereits um die gestohlenen Fahrzeuge und die Vernehmung der Russen.

„Guten Morgen, Clemens. Warst du gar nicht im Bett?“, begrüßte Anna ihren Kollegen am Morgen im Büro.

„Nicht der Rede wert. Ich hab den Festnahmebericht geschrieben und dann ein wenig auf der Tischplatte gedruselt. Das muss reichen für heute. Vielmehr interessiert mich, was unser gräflicher Schnösel heute Morgen verkünden wird."

„Das werden wir gleich erfahren." Annas Telefon klingelte. Sie meldete sich.

„Guten Morgen, Frau Severin. Ich höre gerade, Sie hatten eine erfolgreiche Nacht?"

„Guten Morgen, Herr Mertens", begrüßte Anna den Kripo-Leiter, „das wird sich noch zeigen. Wir werden Ferdinand von Bahrenfeld gleich vernehmen." Anschließend schilderte Anna ihrem Chef in kurzen Zügen die Ereignisse der Nacht. Peinlich darauf bedacht, Lindbergs und des Schraubers Alleingang nicht zu erwähnen.

„Es wird Sie sicherlich nicht verwundern, wenn der Rechtsbeistand des Hauses von Bahrenfeld, ein Herr Dr. Grünwald, in wenigen Minuten auftauchen und bei der Vernehmung zugegen sein wird", informierte der Leiter der Kripo Anna, „aber das dürfte für Sie ja kein Problem sein."

Als Anna und Clemens Korthals eine halbe Stunde später den Vernehmungsraum betraten, saßen Ferdinand von Bahrenfeld und sein Anwalt bereits beieinander und unterhielten sich angeregt.

„Das ist die Dame, die sich auf meine Kosten profilieren will", plusterte sich der Grafensohn auf, als er die beiden Kommissare sah.

Anna überging die Bemerkung und setzte sich. „Guten Morgen meine Herren. Ich bin Kriminalhauptkommissarin Anna Severin, die ermittelnde Beamtin in der Mordsache Henriette von Bahrenfeld und das ist mein Kollege Kriminaloberkommissar Clemens Korthals."

„Grünwald", knurrte der Rechtsanwalt kurz und schob Anna seine Visitenkarte über den Tisch. „Was werfen Sie meinem Mandanten vor?"

„Nur billige Verdächtigungen. Nichts als Verleumdungen und Lügen." Ferdinand von Bahrenfeld glaubte anscheinend durch seine lautstarken Ausfälle, die Kommissare einschüchtern zu können.

Anna ließ sich nicht aus der Ruhe bringen. „Ich wäre Ihnen dankbar, wenn wir uns auf einer sachlichen Ebene unterhalten könnten. Zu Ihrer Frage, Herr Rechtsanwalt, Ferdinand von Bahrenfeld wird dringend verdächtigt, seine Schwester Henriette umgebracht zu haben."

Der Bruder der Toten sprang entrüstet auf. „Das ist doch das reinste Affentheater." Clemens Korthals reagierte blitzschnell. Mit drei kurzen Schritten stand er unmittelbar vor Ferdinand von Bahrenfeld. „Setzen Sie sich, aber sofort", sprach er ihn scharf an, „oder wir werden Ihnen wieder Handschellen anlegen müssen."

„Bitte, Herr von Bahrenfeld, mäßigen Sie sich", schaltete sich der Anwalt ein. Sein Mandant setzte sich widerwillig.

„Was veranlasst Sie zu diesem Verdacht, Frau Kommissarin?"

„Ihr Mandant konnte uns bis heute kein stichhaltiges Alibi für den Zeitpunkt des Mordes nachweisen …"

„Ich habe Ihnen doch schon gesagt, dass ich auf der Yacht von meinem Kompagnon gewesen bin", unterbrach der Grafensohn Anna.

„Das ist richtig, doch bisher konnte kein Zeuge diese Behauptung bestätigen. Ihr Kompagnon, Igor Antonow, ist nicht im Lande und auch nicht telefonisch erreichbar, um Ihr Alibi zu bestätigen. Des Weiteren haben wir am gestrigen Abend in einer Lagerhalle des Neustädter Hafens das Fahrzeug der toten Henriette von Bahrenfeld gefunden."

Anna und Clemens Korthals blieb nicht verborgen, dass Ferdinand von Bahrenfeld stutzte und seinen Anwalt hilfesuchend ansah. Bevor er etwas sagen konnte, fuhr Anna fort. „Diese Halle ist gemietet von der Firma ‚International Mobil', die Herrn von Bahrenfeld und Igor Antonow gehört. Unabhängig davon, dass neben dem Wagen der Toten noch ein Dutzend gestohlener Luxuslimousinen auf den heimlichen Abtransport nach Russland warteten, müssen wir davon ausgehen, dass Ihr Mandant das Fahrzeug seiner Schwester auf eben diesem Weg auch verschwinden lassen wollte, um eine Straftat, nämlich den Mord an ihr, zu vertuschen."

„Das darf doch alles nicht wahr sein. Die Alte spinnt doch total", brauste Ferdinand von Bahrenfeld erneut auf. Der Anwalt legte seine Hand beruhigend auf seinen Arm.

„Herr von Bahrenfeld, ich sage es jetzt nur noch einmal. Sollten Sie nicht in der Lage sein, sich kooperativ und einigermaßen gesittet zu verhalten, werde ich die Vernehmung abbrechen und Sie wieder in Ihre Zelle bringen lassen, bis Sie sich beruhigt haben. Haben wir uns verstanden?" Ferdinand von Bahrenfeld nickte nur, funkelte Anna aber giftig an.

„Dann zur Sache", schaltete sich Oberkommissar Korthals ein, „haben Sie Ihre Schwester Henriette am 16. August auf dem Friedhof in Altenkrempe ermordet?"

„Nein! Wie kommen Sie denn bloß auf diese wahnwitzige Idee? Ich bringe doch nicht meine Schwester um."

„Nun, dieser Verdacht erscheint mir auch sehr weit hergeholt und ist durch nichts zu belegen", warf der Rechtsanwalt ein.

„Unterstellen wir einmal, dass Ihre Schwester Ihren kriminellen Machenschaften auf die Spur gekommen ist", schilderte Anna ihre Vermutungen, „vielleicht sind die gestohlenen Autos ja auch nur der Tropfen auf den heißen Stein. Meine Kollegen durchleuchten gerade Ihren russischen Kompagnon und seine Verbindungen in Russland. Da wird eine Mitwisserin doch sehr schnell lästig."

„Dummes Zeug, alles dummes Zeug", murmelte Ferdinand von Bahrenfeld vor sich hin.

„Das sind doch wirklich nur Hypothesen, Frau Kommissarin, die keine Anklage überstehen werden", bemerkte der Anwalt missbilligend.

„Dann erklären Sie uns doch bitte einmal, wie das Fahrzeug der Toten in Ihre Halle kommt?“, wollte Clemens Korthals jetzt wissen.

„Das weiß ich doch nicht, wer das Auto da abgestellt hat“, entrüstet sich der Grafensohn erneut, „ich weiß überhaupt nichts von irgendwelchen Autos. Ich werde hier vollkommen zu Unrecht verdächtigt.“

„Herr von Bahrenfeld, beleidigen Sie nicht unsere Intelligenz. Die Unschuld vom Lande nimmt Ihnen nun wirklich keiner ab“, stellte Anna lächelnd fest, „wenn ich Ihre Worte richtig interpretiere, wollen Sie zur Sache keine Aussage machen.“

„Wenn das alles ist, was Sie gegen meinen Mandanten vorbringen können, werden wir Sie jetzt verlassen.“ Rechtsanwalt Grünwald erhob sich und forderte Ferdinand von Bahrenfeld mittels einer Handbewegung auf, ihm zu folgen.

„Das sehen wir ganz anders, Herr Anwalt“, stoppte Anna ihn. „Wir werden Ihren Mandanten noch heute dem Haftrichter vorführen. Der wird dann über die Anordnung einer Untersuchungshaft entscheiden. Vergessen Sie nicht den nicht unerheblichen Aspekt der Verdunklungsgefahr.“

„Das können Sie nicht machen. Ein Tag in diesem Loch hat mir gereicht.“ Ferdinand von Bahrenfelds gehetzte Blicke sprangen von den Kommissaren zu seinem Anwalt und zurück. Clemens Korthals verließ den Vernehmungsraum. Kurze Zeit später kam er mit einem Polizeibeamten zurück, der ohne ein Wort Ferdinand von Bahrenfeld Handschellen anlegte.

„Machen Sie doch was“, schrie er verzweifelt seinen Anwalt an.

Anna war sich darüber im Klaren, dass sie von Ferdinand von Bahrendfeld kein Geständnis erwarten konnte. Doch die Puzzleteilchen, die jetzt auf dem Tisch lagen, ließen ansatzweise ein Bild erscheinen. Jetzt ging es nur noch darum, die einzelnen Stücke zusammenzufügen.

„Clemens, mach bei der KTU einmal Druck. Mögliche Spuren im Wagen der Toten könnten uns weiterhelfen. Außerdem möchte ich wissen, wie das Hotel in Grömitz finanziell dasteht. Und Sie, Herr Bockmann, versuchen weiter den Kompagnon von Ferdinand von Bahrenfeld, Igor Antonow, aufzutreiben.“ Anna brachte ihre Kommissare auf Trab. Kaum hatten sie ihr Büro verlassen, um ihren Aufträgen nachzugehen, klopfte es an Annas Tür.

„Herr Bruckner, was verschafft mir die Ehre Ihres Besuchs?“ Vor ihr stand ein Mann mittleren Alters im eleganten Anzug mit Dreitagebart und Hornbrille, der sie freundlich anlächelte. Er schloss die Bürotür.

„Ich wollte mich persönlich in die Niederungen der polizeilichen Ermittlungsarbeit begeben. Darf ich?“ Er wies auf einen Besucherstuhl hin.

„Selbstverständlich, Herr Staatsanwalt.“ Anna hatte bisher noch nicht unmittelbar mit Staatsanwalt Bruckner zu tun gehabt. Fragend sah sie ihn an.

„Um gleich auf den Punkt zu kommen, Frau Severin, Sie müssen im Mordfall Henriette von Bahrenfeld jetzt mit mir Vorlieb nehmen.“

Anna hob erstaunt die Augenbrauen. „Oh, das ist fürwahr eine Überraschung. Ist Oberstaatsanwalt Reichenbachs Interesse an der befreundeten gräflichen Familie erloschen? Das würde mich wundern.“

„Der Herr Oberstaatsanwalt wurde kurzfristig für ein paar Tage als Dozent an die Polizeiführungsakademie nach Münster berufen.“ Anna schmunzelte. Hatte der alte Fuchs, Kriminaldirektor Mertens, anscheinend seine Verbindungen zum Justizministerium spielen lassen und den lästigen Oberstaatsanwalt erst einmal aus dem Verkehr gezogen.

„Mir soll es recht sein. Und jetzt möchten Sie, dass ich Sie auf den aktuellen Stand bringe?“

„So ist es. Wenn es keine Mühe macht. Es gefällt mir besser, es aus kompetenten Mund zu hören, als mich durch die Akten wühlen zu müssen.“

„Das kann ich gut verstehen. Also, in Kurzform. Henriette von Bahrenfeld, fünfunddreißig Jahre alt, wurde am 17. August auf dem Friedhof in Altenkrempe tot aufgefunden.“ Anna informierte den Staatsanwalt anschließend über den Stand der Ermittlungen. Sie ließ nichts aus. Auch nicht die Querelen mit Oberstaatsanwalt Reichenbach und das wenig kooperative Verhalten der Familienmitglieder. „Ferdinand von Bahrenfeld haben wir gestern festgenommen. Er steht auf der Liste der Verdächtigen gegenwärtig ganz oben. Der Sohn vom Pastor aus Altenkrempe, Dennis Bornemann, sitzt ebenfalls in Haft. Er ist ein abgewiesener Verehrer der Toten und hat kein Alibi. Zusätzlich interessieren sich auch noch unsere Kollegen vom Rauschgift für ihn, da er vermutlich eine ansehnliche Hanfplantage betrieben hat. Meine Kollegen arbeiten sich gegenwärtig immer noch durch die Geschäftsunterlagen der Toten. Henriette von Bahrenfeld scheint keine Freundin von Kompromissen gewesen zu sein. Ihre Mitarbeiter beschreiben sie als gnadenlos und kaltschnäuzig. Es hat auch Drohungen gegen die Firma gegeben. Unter anderem ist ein Matthias Sarkwitz, ehemaliger Chef einer Elektrofirma, die ‚Gabelstein Consulting‘ seinerzeit abgewickelt hat, durch massive Drohungen aufgefallen. Auch diesen Mann haben wir noch im Focus.“

„Das hört sich wenig erfreulich an, aber ich sehe, Sie haben alles fest im Griff.“ Staatsanwalt Bruckner erhob sich. „Sie wissen, wo Sie mich erreichen, wenn Not am Mann ist.“

Kapitel 18

Verzweifelt wühlte Tobias seinen Schreibtisch durch. „Wer Ordnung hält, ist nur zu faul zum suchen“, murmelte er vor sich hin. „Irgendwo muss dieser blöde Zettel doch sein.“ Nach zehn Minuten vergeblicher Suche lehnte sich Tobias zurück. Noch einmal ganz von vorne, überlegte er. Plötzlich sprang er auf und eilte zu seiner Garderobe, wenn man die vier Nägel in der Wand so nennen konnte. Er griff in die Innentasche seiner Motorradjacke und hielt das Objekt seiner Begierde in der Hand. Es war das Blatt, das Rosi dem Bauunternehmer Müller-Haberfeld entwendet hatte. Tobias setzte sich wieder, nahm eine Lupe aus der Schublade und untersuchte den etwas unleserlichen Schriftzug am Rand des Blattes. „Renneberg Immo …“ konnte er entziffern. Kurzerhand tippte er den Namen auf seinem Computer in die Suchmachine.

„Treffer“, brummte er zufrieden. Schon die dritte Anzeige wies auf eine Firma namens „Renneberg Ferienimmobilien“ mit Sitz in Wien hin. Tobias blätterte die Seiten durch und suchte eine Telefonnummer. Er griff zum Hörer, wählte und schaltete gleichzeitig sein Aufnahmegerät ein. Eine freundliche weibliche Stimme meldete sich nach dreimaligem Klingeln.

„Bauamt der Hansestadt Lübeck, Kirchstätter mein Name. Guten Tag. Ich bräuchte einmal Ihren Projektleiter, der das Bauvorhaben in Travemünde auf dem Priwall betreut“, erklärte Tobias mit Nachdruck.

„Einen kleinen Moment, bitte. Das ist der Herr Jablonski. Ich werde versuchen, ihn zu erreichen“, kam die geschäftsmäßig freundliche Antwort. Tobias wartete gespannt.

„Jablonski, wie kann ich helfen?“, meldete sich wenig später eine etwas genervt klingende Stimme.

„Bauamt der Hansestadt Lübeck, Kirchstätter. Guten Tag, Herr Jablonski. Es tut mir leid, dass ich Sie störe, aber hier im Rathaus geht es gerade drunter und drüber. Ich habe nur eine kurze Frage. Für wann hatten Sie den Baubeginn des Priwallprojektes in Travemünde terminiert?"

„Sind Sie denn total betrunken? Das ist in den Verträgen doch genau fixiert. Die müssen Sie nur einmal genau lesen", reagierte der Projektleiter entrüstet.

„Sie haben ja recht, Herr Jablonski. Wie schon gesagt, es geht hier gerade alles ein wenig durcheinander. Die Bürgermeisterwahl steht an. Sie wissen schon. Ich kann doch aber davon ausgehen, dass Herr Müller-Haberfeld von dem Bautermin auch Kenntnis hat, oder?"

„Na, freilich. Der hat doch den Vertrag auch unterschrieben. Aber sagen Sie mal …" Bevor der Projektleiter misstrauisch nachfragen konnte, hatte Tobias aufgelegt.

„Hab ich es doch gewusst. Diese hinterlistige Bande." Tobias griff erneut zum Telefon.

„Lindberg, wir haben sie", fiel Tobias mit der Tür ins Haus, als er seinen Freund am anderen Ende der Leitung hörte.

„Nun werde mal konkret, Tobias. Du klingst ja fürchterlich aufgeregt."

„Ich habe auch allen Grund dazu. Ich glaube, wir können das Ehepaar Kleinschmidt retten. Dazu müssen wir allerdings eine größere Bombe platzen lassen." Lindberg musste lachen. So aufgedreht kannte er seinen Freund gar nicht.

„Tobias, komm runter. Erzähl doch erst einmal, was los ist."

„Ganz einfach. Die Firma Renneberg Ferienimmobilien will auf dem Priwall bauen und darüber gibt es bereits Verträge mit der Hansestadt und Müller-Haberfeld. Was sagst du nun?"

„Und woher weißt du das?", fragte Lindberg ungläubig.

„Die Firma sitzt in Wien und da habe ich eben angerufen."

„Und die haben dir auch ohne weiteres alles erzählt?"

Anschließend berichtete Tobias nicht ohne Stolz von seinem erfolgreichen Telefonat. „Wenn du das nächste Mal hier bist, kannst du alles ganz genau hören, ich hab es aufgenommen."

„Tobias, ich spreche dir Lob und Anerkennung aus. Du bist und bleibst ein abgebrühtes Schlitzohr. Aber es hilft in der Sache. Jetzt müssen wir nur überlegen, wie wir die korrupte Bande ins Messer laufen lassen."

„Ich sehe da gar kein Problem, Lindberg. Wenn wir die Skizze, die Rosi Müller-Haberfeld geklaut hat und die Infos, die wir von der Firma aus Wien erhalten haben, deinem Schulfreund Havelmann bei der Zeitung zukommen lassen, dann wird der schon nachbohren."

„Du hast recht, Tobias, dann ist es nur eine Frage der Zeit, dass die Verantwortlichen auf die Nase fallen. Eine Frage noch, hat die Sache mit der Abrissverfügung für das Haus der Kleinschmidts dann möglicherweise auch noch eine strafrechtliche Komponente?"

„Grundsätzlich schon. Aber du weißt ja, wie solche Mauscheleien ausgehen. Einer Person gezielt nachzuweisen, dass sie eine Baugenehmigung bewusst unterschlagen hat, um ein Bauprojekt durchführen zu können, ist äußerst schwierig."

„Wichtig ist einfach, dass wir den Stein ins Rollen bringen und die Kleinschmidts ihr Haus behalten können. Ich werde so schnell wie möglich versuchen, Gernot Havelmann zu erreichen, damit er die Bombe platzen lassen kann."

Lindberg erreichte seinen Schulfreund bei der Zeitung am nächsten Tag und schilderte ihm die Hintergründe, die Tobias aufgedeckt hatte. Gernot Havelmann stürzte sich auf die Informationen wie ein Ertrinkender auf den Rettungsring. Nicht nur, dass er ein wissbegieriger Redakteur war, er verabscheute wie Lindberg Ungerechtigkeiten und verfolgte mögliche Machenschaften der vermeintlich Herrschenden mit Argusaugen.

„Lindberg, wir werden diesen windigen Typen auf die Finger klopfen. Verlass dich drauf", versprach er. Lindberg war sicher, dass er auch tat, was er versprach. Jetzt musste er nur abwarten und verfolgen, wie viel Staub der Artikel von Gernot Havelmann in der Hansestadt aufwirbeln würde. Ob möglicherweise die Staatsanwaltschaft auch einen Hebel ansetzen könnte? Vielleicht konnte Anna helfen. Er wählte ihre Nummer.

„Lindberg, was hast du jetzt wieder verbrochen, dass du mich im Dienst anrufst?", meldete sich Anna, als sie seine Nummer auf dem Display sah.

„Anna, ich habe mir gedacht, dass du heute mit einem guten Freund zusammen einen stimmungsvollen Abend verbringen solltest. Ich lade dich ein. Griechisch, Italienisch oder Spanisch, du darfst entscheiden."

Anna lachte. „Und der gute Freund bist du?"

„Wenn du einen besseren hast, trete ich sofort zurück. Ich bin der Letzte, der deinem Glück im Wege stehen möchte."

„Ach, Lindberg, meinst du, dass in meinem hektischen Leben zwischen Mördern und Leichen noch Platz für die große Liebe ist?"

„Eines Tages, liebe Anna, warte ab, da kommt auch dein Prinz auf einem weißen Pferd. Aber bis dahin werde ich dein stolzer Ritter sein, der dich vor allen bösen Drachen der Welt beschützen wird."

„Lindberg, du bist ein einsamer Träumer. Abendessen ist gut, aber nicht in der Fremde. Ich möchte einfach die

Füße hochlegen können und mich in meine Sofaecke kuscheln."

„Kein Problem. Ich räume den Italiener um die Ecke leer und bringe alles mit, was unser Herz begehrt. Du musst dich um nichts kümmern."

Kurz vor acht Uhr klingelte Lindberg an der Wohnungstür bei Anna in der Untertrave.

„Mein Gott, was hast du denn alles mitgebracht?", empfing Anna ihn, als sie sah, wie er einen überdimensionalen Karton in ihre Küche bugsierte. „Essen auf Rädern für notleidende Mädels. Du setzt dich wieder hin und lässt dich bedienen."

Anna drückte Lindberg einen Kuss auf die Wange. „Du bist ein Schatz."

Gemeinsam machten sie sich anschließend über die italienischen Köstlichkeiten her, die Lindberg serviert hatte. Antipasti, Tortellini Salat, Spaghetti Frutti di Mare und Nougat-Tiramisu, dazu ein 2012er Barolo.

„Ich danke dir, mein lieber Lindberg. Es hat vorzüglich geschmeckt." Anna hob ihr Glas und prostete ihm zu.

„Immer gerne zu Diensten. Wie ist die Lage an der Verbrecherfront?", fragte Lindberg, nachdem auch er einen Schluck getrunken hatte.

„Dank eures aufopferungsvollen Einsatzes im Neustädter Hafen gibt es viel zu tun. Ferdinand von Bahrenfeld sitzt in Untersuchungshaft. Wir haben ihn mehrfach vernommen, aber er behauptet nach wie vor, seine Schwester nicht umgebracht zu haben."

„Hat denn die Untersuchung des Wagens der Toten etwas ergeben?", wollte Lindberg wissen.

„Nein, nichts von Bedeutung. Keine verwertbaren Spuren. Alles abgewischt und leergeräumt. Bis auf ein paar Fährtickets, die wir noch nicht so recht einordnen können."

„Fährtickets?“

„Ja, wenige Tage vor ihrem Tod muss Henriette von Bahrenfeld nach Schweden gereist sein. Ihr Mann erzählte uns, dass sie öfter einmal eine Tante in Ängelholm besucht hätte.“

„In Ängelholm? Das glaube ich doch jetzt nicht.“ Lindberg sah Anna verdutzt an.

„Was verwundert dich so daran?“

„Ängelholm kenne ich wie meine Westentasche. Ich bin dort früher öfter mit meinen Eltern und Geschwistern in den Ferien gewesen und auch später immer wieder einmal hingefahren. Eine herrliche Ecke und einen traumhaften Strand haben die dort.“ Lindberg kam ins Schwärmen.

„Das ist ja wirklich ein Zufall. Was die Tote dort allerdings gemacht hat, wissen wir nicht. Wir haben versucht, die Tante zu erreichen, aber bisher erfolglos“, berichtete Anna weiter.

„Wie heißt denn die Tante?“

„Gunilla Nilsson. Vielleicht müssen wir noch die schwedischen Kollegen bitten, nach der Tante zu suchen.“

Lindberg zuckte mit den Schultern. „Alles ein wenig undurchsichtig. Was war mit den Edelkarossen, die wir im Hafen entdeckt hatten?“

„Alle gestohlen. Meine Kollegen von den anderen Kommissariaten sind da am Ball. Wie es scheint, war der ganze Ablauf gut durchorganisiert. Ob Ferdinand von Bahrenfeld der Kopf der Bande ist oder sein russischer Kompagnon, wird sich zeigen. Aber was mich viel mehr interessiert, ist dein bewegtes Leben. Wann muss ich dich wieder erretten, weil du deine Nase in Sachen gesteckt hast, die dich nichts angehen?“

„In der Betrachtung dieser Dinge trennen uns Welten, liebste Freundin“, entgegnete Lindberg übertrieben theatralisch, „aber im Ernst, ich gehe davon aus, dass in den nächsten Tagen in Lübeck eine Bombe platzen wird, wie unser Freund Tobias sagen würde."

„Was habt ihr nun wieder ausgeheckt?"

„Du hast doch auch von dieser bodenlosen Frechheit gehört, dass das Haus des Ehepaars Kleinschmidt auf dem Priwall abgerissen werden soll, weil es angeblich vor Jahren keine Baugenehmigung gegeben hat."

„Ja. Das ist doch da, wo deine Tante Gertrud wohnt."

„Genau. Jetzt haben wir herausgefunden, dass der wahre Grund dieser Schweinerei ein geplanter Ferienpark ist. Nur noch das Haus der Kleinschmidts steht im Weg."

Anna sah Lindberg fassungslos an. „Du willst damit sagen, dass die Stadt die ganze Sache erstunken und erlogen hat?"

„So ist es. Es gibt sogar schon Verträge zwischen dem Ferienparkbetreiber, der Stadt und dem Bauunternehmer Müller-Haberfeld."

„Moment mal. Der Müller-Haberfeld hängt auch damit drin?"

Lindberg stutzte. „Ja, warum fragst du? Der hat doch schon immer mit dem Bauamtsleiter Semmelrogge herum gemauschelt."

„Müller-Haberfelds Name ist mir erst gestern über den Weg gelaufen. Meine Kollegen kämpfen sich immer noch durch die Akten von Gabelstein Consulting. Unsere Tote hat vor gut einem Jahr mit der Baufirma zu tun gehabt. Irgendein skandinavisches Konsortium wollte Müller-Haberfeld schlucken. Seine Finanzlage scheint gegenwärtig nicht die beste zu sein."

„Das ist ja ein Ding. Rutscht er dadurch bei dir auch auf die Liste der Verdächtigen?"

„Das kann ich noch nicht sagen. Da müssen wir nachbohren. Ausschließen kann ich es nicht. Das nötige kriminelle Potential scheint ja bei ihm vorhanden zu sein."

„Was meinst du, Anna, könntest du nicht deinen Kollegen so ganz nebenbei mal einen Tipp geben? Vielleicht interessiert sich ja auch irgendwann einmal die Staatsanwaltschaft für diesen profitgierigen Abschaum."

Anna schmunzelte. „Lindberg, mein Robin Hood der Neuzeit. Aber eine Andeutung in der Teeküche unter Kollegen wäre schon möglich. Doch was habt ihr nun konkret vor?"

Lindberg lehnte sich selbstgefällig zurück. „Unser geballtes Wissen hat bereits mein Schulfreund Havelmann von der Zeitung. Nun müssen wir nur noch auf die detonierende Bombe warten."

Lindberg konnte am Abend nicht einschlafen. Annas Hinweis über die Tante der Toten in Ängelholm brachte ihn gedanklich in seine Kindheit zurück. Jahr für Jahr war er mit seinen Eltern, seiner Schwester und seinem Bruder für drei Wochen in das schwedische Haus gezogen. Es gehörte einem Kunstmaler, der die Räume auch mit seinen Werken bestückte, aber als Handwerker zwei linke Hände hatte. Das Gebäude lag mitten in den Dünen und vermittelte stets den Eindruck, dass es sich darin verstecken wollte, weil es äußerlich nicht sehr vorzeigbar war. Für die Kinder jedoch ein riesengroßer Spielplatz voller Abenteuer direkt am Meer. „Lang, lang ist es her", dachte Lindberg. Sein zwei Jahre älterer Bruder Alexander war Arzt geworden und verhalf seit Jahren als Chirurg den Reichen in Kitzbühel zu einem vermeintlichen schöneren Aussehen. Britta, seine Schwester, hatte einen echten Lord geheiratet, war Mutter von drei Töchtern und betrieb eine erfolgreiche Galerie in Cornwall.

Ängelholm, direkt am Kattegat, keine dreißig Kilometer von Helsingborg entfernt. Bewacht vom Leuchtturm des Kullen, jener Landzunge, die die Bucht vom Öresund trennte. Ängelholm …

Am nächsten Morgen hatte Lindberg einen Entschluss gefasst. Noch vor dem Frühstück griff er zu seinem Smartphone und wählte die Nummer von Tobias.

„Lindberg, es ist kurz nach Mitternacht. Bist du verrückt?“, meldete sich sein Freund verschlafen.

„Komm aus den Federn, Dr. Watson. Dein Meister hat Größeres vor. Pack deine Zahnbürste ein und mach deine ‚Susi‘ startklar. In einer Stunde bin ich bei dir. Wir müssen nach Schweden.“

Möwen schwebten über ihren Köpfen und bewegten kaum ihre Flügel. Ein monotones Brummen des Schiffsmotors erfüllte die Luft. Auf den Wellen waren kleine Schaumköpfe zu sehen. Die Insel Fehmarn verschwand im morgendlichen Dunst.

Lindberg und Tobias standen an Deck der Fähre „Prins Richard“ zwischen Puttgarden und Rödby und ließen sich den Wind um die Nase wehen.

„Du meinst wirklich, dass wir die Tante von der toten Henriette finden werden?“ Tobias war sich nicht ganz sicher, ob der hastige Aufbruch nach Schweden auch den gewünschten Erfolg bringen würde. An ihm sollte es nicht liegen. Er war ohnehin ein Mensch spontaner Entschlüsse. Als Lindberg am Morgen angerufen und ihm von dem geplanten Motorradtrip in den Norden erzählt hatte, war er sofort dabei gewesen. Zumal es aller höchste Zeit für einen gemeinsamen größeren Ausritt wurde, nach der langen Zeit, die Lindbergs Maschine in der Garage gestanden hatte.

„Die Tante wird ja nicht verloren gegangen sein. Vielleicht muss ich meine alten Verbindungen wieder auffrischen. Wir werden sehen.“ Lindberg klang ganz zuversichtlich.

„Alte Verbindungen? Männlicher oder weiblicher Art?“ Tobias blinzelte seinen Freund neugierig an.

„Musst du wirklich alles wissen, du schamloser Schnüffler?“

„Ein Sherlock Holmes kann nur brillant sein, wenn auch sein Dr. Watson voll im Bilde ist. Also wie heißt sie?“

Lindberg fing an zu lachen. „Wie ich dich kenne, wirst du immer weiter bohren. Nun gut. Sie heißt Sofia und war für zwei Sommer in einem anderen Leben meine große Liebe. Zufrieden?“

„Und du meinst, wenn du heute bei ihr auftauchst, dann schmilzt sie sofort dahin und erzählt dir alles, was du wissen willst. Lindberg, du spinnst. Wie lange ist das her? Zwanzig Jahre? Die ist längst Mutter von fünf Kindern, dreimal geschieden und wohnt in Uppsala.“ Tobias tippte sich mit dem Zeigefinger an die Stirn.

Lindberg schmunzelte. „Vielleicht hast du recht, Tobias. Vielleicht aber auch nicht.“

„Nun gut. Aber ganz was anderes. Nehmen wir an, wir finden die Tante. Was dann?“

„Ich werde sie fragen, ob es einen bestimmten Grund gab, weshalb ihre Nichte in Schweden war. Was Anna augenscheinlich beunruhigt, ist der Umstand, dass Henriette von Bahrenfeld wenige Tage nach ihrem Besuch ermordet wurde. Rein theoretisch könnte hier ein Zusammenhang bestehen“, erläuterte Lindberg seine Absichten.

„Ist das nicht ein bisschen weit hergeholt?“ Tobias hatte Zweifel.

„Ich weiß es nicht. Auf jeden Fall werden wir unseren Ausflug nach Schweden genießen. Was immer dabei herauskommen mag.“

„Hast du dir eigentlich schon Gedanken darüber gemacht, wo wir heute Abend unser Haupt niederlegen können?“, wandte sich Tobias ganz praktischen Überlegungen zu.

Lindberg sah seinen Freund schelmisch an. „Da du in der Eile des Aufbruchs das Zweimannzelt vergessen hast, werden wir wohl am Strand oder im Wald schlafen müssen.“

„Ich hab es gewusst. Vermutlich mit Lagerfeuer, Dünnbier und Stockbrot. Welche traumhaften Aussichten. Vielleicht hat ja deine Sofia, wenn es sie denn noch gibt, irgendwo noch eine Kemenate für uns.“

„Tobias, mein Freund, da ich nicht möchte, dass irgendwelche schwedischen Elche einen Schock fürs Leben bekommen, weil sie über einen deutschen schnarchenden Rechtsanwalt gestolpert sind und es noch zu internationalen Verwicklungen führt, habe ich uns ein Hotelzimmer direkt am Meer gebucht. Lass dich überraschen.“

Nach einer problemlosen Fahrt über Dänemarks Inseln Lolland, Falster und Seeland und einer kurzen Fährfahrt über den Öresund erreichten die beiden Freunde am Nachmittag Ängelholm. Tobias folgte Lindberg auf seiner „Susi“, schließlich kannte dieser sich in der Gegend bestens aus. Wieso sie allerdings kurz hinter Ängelholms Bahnhof in ein Gewerbegebiet einbogen, wusste er nicht. Lindberg stellte seine Maschine zwischen zwei Lagerhallen ab. Zu seiner Rechten erblickte Tobias ein großes Werbeschild, auf dem „Fyndet“ zu lesen war.

„Was wollen wir denn in einem Trödelladen?“, fragte er Lindberg, nachdem sie sich ihre Helme abgenommen hatten.

„Recherche, Tobias. Ab hier beginnt unsere Recherche.“ Lindberg ging zielstrebig auf ein Tor zu, das von alten Möbeln eingerahmt war. Tobias folgte ihm. Das Innere der Halle bestand aus verschiedenen Räumen, die bis zur Decke mit Antiquitäten und Trödel vollgestellt waren. Nur vorsichtig konnten sie durch schmale Gänge gehen, wollten sie nicht irgendwo anstoßen. Am Ende der ersten Halle stand ein langer Verkaufstresen, hinter dem eine Frau mittleren Alters sich mit einem jungen Mann unterhielt. Offenbar ein Kunde, der sich für eine Stehlampe interessierte. „Wie kann man nur ein solches hässliches Ding haben wollen?“, kam es Tobias in den Sinn. Anscheinend wurden die beiden sich jedoch nicht einig. Der junge Mann verschwand ohne die Lampe. Doch dann traute Tobias seinen Augen und Ohren nicht.

Lindberg trat auf die Frau hinter dem Tresen zu und hörte ihn sagen: „Lange ist es her, Sofia.“ Die Frau musterte Lindberg irritiert und zögerte einen Augenblick. Dann aber erhellte sich ihre anfänglich umwölkte Stirn. Mit wenigen Schritten kam sie hinter dem Tresen hervor und fiel Lindberg um den Hals. „Lindberg, es ist eine Ewigkeit her“, hörte Tobias, „was machst du in Ängelholm?“

„Nenne es einfach Sehnsucht. Das ist übrigens mein Freund Tobias“, wandte sich Lindberg um.

„Hej, Tobias“, begrüßte Sofia auch Lindbergs Freund, guckte danach aber Lindberg fragend an.

„Wir brauchen deinen Rat, Sofia. Kennst du eine Gunilla Nilsson?“

„Ja, natürlich. Warum fragst du?“

„Es ist eine komplizierte Geschichte. Sie könnte möglicherweise etwas für uns Wichtiges wissen.“ Tobias erkannte, dass Lindberg nicht bereit war, ihr etwas über den Mordfall zu verraten. Sofia runzelte die Stirn. Offensichtlich war sie mit der Antwort nicht ganz zufrieden.

„Nun gut. Gunilla Nilsson wohnt direkt an der Küste. Nicht weit von dem Haus, in dem du mit deiner Familie immer die Ferien verbracht hast. Früher hatte sie dort eine kleine Galerie.“

„Die Galerie kenne ich noch“, erinnerte sich Lindberg.

„Aber Gunilla ist nicht mehr die Jüngste. Ich habe gehört, sie soll sehr krank sein“, wusste Sofia weiter zu berichten. „Oh, das ist übrigens mein Mann, Gunnar.“ Neben Sofia war ein Mann mit schütterem Haar und einem Zopf getreten, der Tobias und Lindberg kritisch beäugte. „Und das sind Lindberg aus Deutschland, den ich schon vor vielen Jahren kennengelernt habe und sein Freund Tobias.“

„Auf einen mehr oder weniger aus deiner unendlichen Sammlung kommt es nun auch nicht mehr an.“ Gunnar machte kein Hehl daraus, dass er Lindberg und Tobias nicht mochte. Anscheinend hatte Sofia ihm in ihrer Ehe schon zu viele ehemalige Freunde vorgestellt.

„Hej, Gunnar. Wir freuen uns auch, dich kennengelernt zu haben. Aber jetzt müssen wir wieder.“ Tobias erkannte, dass Lindberg diese plötzlich auftauchende dicke Luft zügig verlassen wollte.

„Vielleicht können wir uns noch einmal sehen“, versuchte Sofia die angespannte Lage zu retten.

„Vielleicht.“ Lindberg war schon auf dem Weg nach draußen. Tobias konnte ihm kaum so schnell folgen.

„Das war also Sofia. Willst du sie wirklich noch mal treffen?“, fragte Tobias ungläubig, als sie wieder bei ihrem Motorrädern angekommen waren.

„Ganz bestimmt nicht. Auf ein Messer zwischen den Rippen von ihrem eifersüchtigen Gunnar verzichte ich gerne.“

„Ich dachte, die Schweden sind ein so friedliebendes Volk“, bemerkte Tobias grinsend.

Lindberg und Tobias wurden am nächsten Morgen vom Schrei der Möwen und dem Rauschen der Wellen geweckt. Das Hotel „Klitterhus“ lag unmittelbar an Ängelholms kilometerlangem Sandstrand, keine zwanzig Meter vom Meer entfernt.

„Langsam kann ich nachvollziehen, weshalb es deine Eltern und dich immer wieder hierher gezogen hat“, bemerkte Tobias kauend, als sie beim Frühstück saßen. Der freie Blick auf die Bucht, Dünen, Strand und weiße Segel am Horizont vermittelten auch im Spätsommer ein ansprechendes Ferienidyll. „Und unser Quartier kann sich auch sehen lassen.“

„Welch ein Lob aus deinem Munde. Ja, es ist schon ein schönes Fleckchen Erde hier“, bestätigte Lindberg. „Übrigens ich habe vor, nach dem Frühstück Gunilla Nilsson ein Besuch abzustatten und was steht bei dir auf dem Plan?“

„Mach dir um mich keine Sorge. Ich gucke mir einmal Ängelholm genauer an. Du kannst mich ja anrufen, wenn du fertig bist.“

Lindberg verzichtete an diesem Morgen auf sein Motorrad. Er zog Schuhe und Strümpfe aus und schlenderte den Ufersaum entlang. Er konnte sich noch gut daran erinnern, wo die kleine Galerie in den Dünen gewesen war. Nicht weit von ihrem damaligen Ferienhaus entfernt. Während er unbekümmert einen Schritt vor den anderen setzte und die Meeresluft genoss, erschrak er plötzlich. Sein Blick über die Dünen blieb an drei bedrohlich aufragenden Häusern hängen. Unmittelbar neben ihrem damaligen Feriendomizil, das sich wie die meisten Dünenhäuser in die hügelige Sandlandschaft einfügte, standen hoch aufragende, in Backstein gemauerte, mehrstöckige Häuser. Das kleine Holzhaus des Kunstmalers, das so viele Jahre ihr geliebtes Urlaubsziel für drei Wochen gewesen war, wirkte heute wie ein verschrecktes Wesen, das sich vor Angst vor den bedrohlichen Backsteinmonstern im Sand verkriechen wollte. Lindberg schüttelte den Kopf. Das war nicht mehr sein Paradies.

Wütend stapfte er durch den Sand und hielt nach der einstigen Galerie Ausschau. Als er sie fand, stellte er fest, dass das Haus auch schon bessere Tage gesehen hatte. Die Farbe der Bretter bröckelte. Nur wenig von dem einstigen Blau war noch zu erkennen. Neben der Eingangstür stand eine alte Bank. Lindberg setzte sich, befreite seine Füße vom Sand und zog sich Schuhe und Strümpfe wieder an. Dann klopfte er an die Tür. Kurze Zeit später erschien eine junge Frau und sah ihn fragend an.

„Hej, ich bin Karl-Magnus Lindberg aus Deutschland. Kann ich Gunilla Nilsson sprechen?"

„Hej", begrüßte sie Lindberg freundlich, „worum geht es denn?"

„Es geht um ihre Nichte Henriette von Bahrenfeld", antwortete Lindberg wahrheitsgemäß.

„Oh, mein Gott. Die ist doch tot, oder?" Die junge Frau wirkte erschüttert.

„Ja, so ist es. Weiß ihre Tante davon?"

„Ja, natürlich. Irgendjemand aus Deutschland hat sie angerufen und es ihr gesagt. Aber komm doch herein. Ich bin übrigens Jette. Ich wohne nebenan und helfe Gunilla ein wenig. Sie war die letzten Tage im Krankenhaus. Es geht ihr noch nicht so gut. Warte bitte einen Augenblick."

Nach kurzer Zeit kam sie zurück. „Sie möchte dich sehen."

Lindberg trat in einen Raum, der mit einer breiten Fensterfront versehen war, die einen freien Blick auf das Meer erlaubte. In einem Lehnstuhl saß eine alte Dame, die ihr graues Haar zu einem Knoten zusammengebunden hatte und Lindberg aus aufgeweckten Augen ansah.

„Du kommst aus Deutschland, sagt Jette?", fragte sie Lindberg erwartungsfroh.

„Ja, ich heiße Karl-Magnus Lindberg. Ganz herzlichen Dank, dass Sie mich empfangen, Frau Nilsson." Lindberg wusste, dass sich die Schweden grundsätzlich duzten, aber er wusste auch, dass es üblich war, ältere Menschen aus Respekt mit dem Sie anzusprechen.

„Kannst du mir mehr über den fürchterlichen Tod von der armen Henriette erzählen?“

„Viel weiß ich auch nicht.“ Lindberg hatte nicht vor, die alte Dame mehr zu beunruhigen als nötig. „Wer hat Sie denn vom Tod Henriettes informiert?“

„Das weiß ich nicht mehr. Irgendjemand rief an. Dabei war sie doch vor wenigen Tagen erst bei mir, das arme Ding.“ Gunilla Nilsson schüttelte den Kopf, als könnte sie die Welt nicht mehr verstehen.

„Gab es denn einen besonderen Grund, weshalb sie Sie besucht hat?“ Lindberg konnte seine Neugier nicht mehr zurückhalten.

„Du musst wissen, ich bin eine alte Frau und habe nicht mehr lange zu leben. Ich hatte Henriette angerufen, dass sie kommen sollte. Es gab da noch einiges zu bereden, bevor ich vor den Herrgott trete. Sie hat sich doch nicht etwa selbst etwas angetan?“ Die alte Dame schien plötzlich äußerst beunruhigt zu sein. Nervös zupfte sie an ihrem Taschentuch herum.

„Nein, davon hat die Polizei nie etwas berichtet. Sie gehen von Mord aus.“

„Schrecklich. Wer tut denn so etwas? Henriette hat doch keinem etwas getan.“

Lindberg hatte den Eindruck, dass Gunilla Nilsson die Nachricht über den Mord eher beruhigte. Zumindest passten ihre Worte nicht zu ihrem Verhalten.

„Die Polizei steht auch vor einem Rätsel.“ Lindberg wusste von Anna, dass die Tote nicht nur Freunde hatte, aber er wollte bewusste nicht das verträumte Bild zerstören, das die alte Dame offensichtlich von ihrer Nichte hatte. „Ist es zu indiskret, wenn ich frage, was Sie mit Henriette zu besprechen hatten?“

Gunilla Nilsson legte den Kopf schief und blickte Lindberg eine Weile schweigend an. „Karl-Magnus Lindberg, warum bist du den weiten Weg von Deutschland nach Schweden gefahren? Wer bist du? Und warum stellst du mir diese Frage?“ Lindberg war im ersten Augenblick überrascht. Gunilla Nilsson mochte wohl alt und gebrechlich wirken, doch ihr Geist schien hell wach zu sein.

„Ich möchte ganz aufrecht zu Ihnen sein, Frau Nilsson. Anna Severin ist die Kommissarin der Kriminalpolizei, die den Todesfall Ihrer Nichte bearbeitet. Sie ist eine gute Freundin von mir. Manchmal helfe ich ihr bei der Aufklärung ihrer Fälle. Nicht selten profitiere ich dabei als Schriftsteller von Kriminalromanen auch davon. Als bei der Ermittlung die Fährtickets nach Schweden auftauchten und in diesem Zusammenhang Ängelholm erwähnt wurde, habe ich mich sofort auf mein Motorrad geschwungen und bin hergefahren. Nicht zuletzt auch, um ein paar Erinnerungen aufzufrischen.“

Gunilla Nilsson erhob interessiert die Augenbrauen. „Erinnerungen? Woran?“

„An Ängelholm und viele Jahre unbekümmerte Ferien in dieser herrlichen Gegend.“

„Du hast hier Ferien gemacht?“

„Ja, mit meinen Eltern und Geschwistern. Auch später bin ich immer einmal wieder für kurze Zeit hier gewesen. Wir haben in dem kleine Haus von Thomas Ekström gewohnt.“

„Ah, ja, der Maler. Ich glaube, du bist ein ehrlicher Mann, Karl-Magnus Lindberg. Deswegen werde ich dir die Geschichte erzählen, die mich seit vielen Jahren belastet. Und da Henriette nicht mehr lebt, würde ich die Wahrheit mit ins Grab nehmen und das will ich nicht.“ Lindberg fiel auf, dass die anfängliche Gelassenheit der alten Dame von einer gewissen Unruhe überdeckt wurde.

„Ich habe Henriette bei ihrem letzten Besuch eröffnet, dass Ruprecht von Bahrenfeld nicht ihr leiblicher Vater ist.“ Lindberg sah Gunilla Nilsson mit offenem Mund an. „Das muss für sie aber ein harter Schlag gewesen sein. Und davon hat sie nichts gewusst?“

„Nein. Es war ein wohl gehütetes Familiengeheimnis. Niemand sprach darüber. Ihr Vater ist mein Cousin Martin Dahlberg.“

„Wo lebt der jetzt?“, wollte Lindberg wissen.

„Martin ist noch vor Henriettes Geburt gestorben. Man behauptet, es war ein Jagdunfall. Doch das stimmt nicht.“

„Wollen Sie damit sagen, dass er erschossen wurde?“ Lindberg konnte gar nicht glauben, was er da hörte.

„Martin ist mit seinen damaligen Freunden aus Deutschland regelmäßig zur Elchjagd gegangen. Das waren Ruprecht von Bahrenfeld, Manfred von Stackelberg und Dietmar Reichenbach.“

„Moment“, unterbrach Lindberg die alte Dame, „damit ich es richtig verstehe. Der Graf, sein Schwager und der heutige Oberstaatsanwalt kamen hier her nach Schweden, um mit Ihrem Cousin Martin auf die Elchjagd zu gehen?“

„So war es. Eine fröhliche Zeit. Wir waren jung und verrückt. Irgendwann hat sich Martin dann in meine Freundin Victoria verliebt. Es war ein schönes Paar. Sie verstanden sich prächtig und schmiedeten bereits Pläne für die Zukunft. Ruprecht von Bahrenfeld machte sich allerdings auch Hoffnungen und versuchte ebenfalls sein Glück bei ihr, aber ohne Erfolg. Er dachte wohl, weil er schon länger mit Manfred von Stackelberg befreundet war, dass er ältere Anrechte hätte. Victoria war ja dessen Schwester. Dann geschah das Unglück. Martin wurde bei der Elchjagd erschossen. Eine verirrte Kugel wurde behauptet. Die drei Freunde sagten gemeinsam aus, dass Martin irgendjemandem in die Schussbahn gelaufen sein musste. Alles

Lügen. Mein Cousin kannte sich von Kindesbeinen mit den Gepflogenheiten einer Jagd aus. Mein Onkel und mein Vater hatten ihn schon in jungen Jahren mit auf die Jagd genommen."

„Sie gehen davon aus, dass Ihr Cousin von einem seiner drei Freunde erschossen worden ist?", fragte Lindberg erschüttert.

„Ich bin mir ganz sicher. Nur beweisen kann ich es nicht. Ich hatte den Eindruck, dass die Untersuchungen durch die Polizei sehr oberflächlich waren. Die Formulierung Jagdunfall schien allen sehr gut zu gefallen. Auf jeden Fall hatte Ruprecht von Bahrenfeld sein Ziel erreicht. Er heiratete wenige Wochen später Victoria. Zu diesem Zeitpunkt war sie schon schwanger." Gunilla Nilsson atmete heftig. Die Geschichte regte sie sehr auf, wie Lindberg sah.

„Wusste der Graf denn, dass Henriette nicht seine Tochter war, als sie geboren wurde?"

„Selbstverständlich wusste er das. Der ist ja nicht blöd. Victoria wird es ihm auch erzählt haben. Für sie war es die beste Lösung. Eine nicht verheiratete Frau mit Kind war zu jener Zeit eine Schande. In den adeligen Kreisen einmal mehr. Man musste das Gesicht und den Ruf wahren. Auf jeden Fall hatte der Graf das erreicht, was er schon immer wollte, nämlich Victoria zu besitzen. Das Kind, das nicht von ihm war, hat er als unvermeidliches Beiwerk mit in Kauf genommen."

„Unglaublich. Und der Bruder der Gräfin, wie passt der mit ins Spiel?"

„Manfred von Stackelberg war schon immer ein Parasit. Zusammen mit Victoria konnte er sich auf diese Weise bei den von Bahrenfelds ins gemachte Nest setzen. Der Graf hatte ihm aus alter Verbundenheit gleich nach der Hochzeit die Aufsicht über den gräflichen Forst übertragen."

Lindberg schwieg eine Weile. „Wie hat denn Henriette diese dramatische Geschichte aufgenommen?"

„Natürlich war sie anfangs entsetzt und fassungslos. Besonders das mangelnde Vertrauen ihr gegenüber hat sie erschüttert. Aber jetzt, mein Lieber, werde ich müde. Komm doch morgen noch einmal vorbei. Dann können wir uns weiter unterhalten." Die alte Dame wirkte erschöpft. Wie auf Kommando stand Jette, die Nachbarin, wieder in der Tür. Sie hatte ihnen beiden zu Beginn des Gespräches nur eine Kanne Tee gebracht und sich dann zurückgezogen. Lindberg verabschiedete sich und versprach am nächsten Morgen wieder hereinzuschauen.

Lindberg hatte Tobias versprochen, am Nachmittag mit ihm einen Ausflug zum Leuchtturm des Kullen zu machen. Aber er konnte sich schon während der Fahrt kaum konzentrieren. Auf den Straßen gab es trotzdem keine Probleme. Die Routine des langjährigen Motorradfahrens half ihm dabei. Doch seine Gedanken kreisten unaufhörlich um die Geschichte, die Gunilla Nilsson ihm erzählt hatte. Ohne Mühe ließe sich daraus ein Familiendrama schreiben. Vorrangig drängte sich die Frage auf: Wie war Henriette von Bahrenfeld mit dieser erschütternden Nachricht umgegangen? Nachdem sie zu ihrem Hotel zurückgefahren waren, hatte Lindberg Tobias beim Abendbrot ausführlich von den Neuigkeiten berichtet. Aber ob und wie diese beklemmenden Erkenntnisse möglicherweise im Zusammenhang mit dem Mordfall stehen könnten, dafür hatten sie beide auch keine Antwort.

Lindberg war nach einer unruhigen Nacht schon sehr früh auf den Beinen. Er hatte das Gefühl, dass Gunilla Nilsson noch weitaus mehr wusste.

Als er an diesem Morgen ihr Haus in den Dünen betrat, empfing ihn wieder Jette und die alte Dame saß auch bereits in ihrem Lehnstuhl am Fenster.

„Nun, Karl-Magnus Lindberg, hattest du eine ruhige Nacht“, begrüßte sie Lindberg mit einem schelmischen Funkeln in den Augen.

„So ganz ruhig war sie nicht, Frau Nilsson. Dafür war die Geschichte, die Sie mir erzählt haben, zu bewegend.“

„Auch ich habe mir heute Nacht so meine Gedanken gemacht. Wie ich schon gestern sagte, keiner würde mehr von den Ereignissen aus dieser Zeit berichten, wenn ich einmal nicht mehr bin. Die anderen haben guten Grund zu schweigen. Deshalb habe ich heute früh der lieben Jette einen Brief diktiert, in dem alles das steht, was du gestern erfahren hast. Ich habe ihn auch unterschrieben. Den kannst du mitnehmen. Was immer du auch damit anfangen willst.“ Jette kam auf Lindberg zu und überreichte ihm ein Kuvert.

„Noch etwas sollst du wissen. Ich habe Henriette bei ihrem letzten Besuch ein Amulett an einer goldenen Kette geschenkt. Es gehörte einst Martins Mutter, also Henriettes Großmutter, und ist nach Martins Tod in meine Hände gefallen. Man kann es aufklappen und darin ist das Bild von Henriettes Vater in jungen Jahren enthalten. Sie hat es gleich umgehängt.“ Gunilla Nilsson wandte sich wieder Jette zu. „Hast du die beiden Fotos?“

Jette überreichte Lindberg zwei vergilbte Fotos. Er sah die alte Dame fragend an.

„Das eine ist Martin mit seiner Mutter. Du kannst das Amulett gut erkennen. Sie trägt es. Auf dem anderen Foto sind die vier Jagdfreunde abgebildet. Das muss kurz vor Martins Tod aufgenommen worden sein.“

Lindberg sah sich die Fotos an. Das erste zeigte eine Frau und einen jungen Mann, die beide ernst in die Kamera guckten. Das ovale Amulett zeigte ein stilisiertes Rosenmotiv. Auf dem anderen Foto waren Graf von Bahrenfeld, Manfred von Stackelberg und Oberstaatsanwalt Reichenbach in jüngeren Jahren abgebildet. Der vierte musste Martin Dahlberg sein.

„Auch die Fotos kannst du mitnehmen. Ich brauche sie nicht mehr."

„Ich danke Ihnen ganz herzlich, Frau Nilsson. Ob das, was Sie mir erzählt haben, meiner Freundin Anna, der Kriminalkommissarin, bei ihren Ermittlungen weiterhelfen wird, kann ich nicht sagen. Aber es verschafft ihr zumindest ein Bild von dem Familienhintergrund. Nochmals meinen aufrichtigen Dank." Lindberg drückte der alten Dame die Hand.

„Du bist ein guter Mensch, Karl-Magnus Lindberg. Pass auf dich auf."

Kapitel 19

Schriftsteller sind auch nur Menschen. Zugegeben, bei einigen Werken fällt es schwer, es zu glauben. Doch die meisten meiner Kollegen leben nicht unter einer Käseglocke, bekommen von der Welt nichts mit oder verkriechen sich zum Schreiben in tiefe Kellergewölbe. Genau so wenig wie ich. Folglich erreichen uns auch die Reize des Alltags. Wir reagieren, bewerten, entscheiden und fühlen. Auch Sie, liebe Leser, wissen natürlich, wie sich Menschen in bestimmten Lebenssituationen verhalten. Aber gerade hierin liegt die besondere Aufgabe für einen Schriftsteller. Wie vermittle ich Emotionen? Zwei kleine Beispiele: „Hubert Martens war erschüttert, nachdem er von seiner Frau erfuhr, dass sie eine Affäre mit dem Sohn des Nachbarn hatte." Gut, wir wissen jetzt von dem Fehltritt der Gattin und dass sich die Begeisterung Ihres Mannes in Grenzen hält. Hier nun dieselbe Geschichte noch einmal: „Hubert Martens starrte seine Frau mit offenem Mund an. Hatte er gerade richtig gehört? Dieser arrogante Flegel des Nachbarn war ihr Liebhaber?" Merken Sie den Unterschied? Gefühle und Emotionen bestimmen unser Leben. Sie sind Ausdruck unseres Empfindens, unserer Leidenschaften, unserer Liebe aber auch unserer Wut und unseres Hasses. Im Gesicht und an den Gesten Ihres Gegenübers können Sie es ablesen, aber auf den nüchtern bedruckten Seiten eines Buches? Hierin liegt die Kunst des Schreibens. Gute Schriftsteller erlauben es Ihnen, mit den Hauptakteuren zu weinen und zu lachen. Sie erwecken die Personen zum Leben und sie beschreiben sie so, wie auch Sie sie möglicherweise schon selbst einmal erlebt haben. Menschen wie du und ich.

„Heute ist mein freier Tag", hatte sich Rosi kurzerhand entschlossen, als sie gegen halb Zehn die Augen aufschlug.

Die Nacht war zu kurz gewesen. Sie war erst spät mit dem Zug aus Hamburg gekommen. Die Agentur „Lollo Production“ hatte den Erfolg ihres Werbefilms für Damenunterwäsche ausgiebig gefeiert. Als Hauptdarstellerin war Rosi natürlich mittendrin gewesen.

Gähnend schlürfte Rosi ihren Kaffee und blätterte die Zeitung auf. „Ach, du Scheiße!“, entfuhr es ihr, als ihr auf der dritten Seite ein riesengroßes Portrait von Müller-Haberfeld entgegensprang. „Bauunternehmer im Zwielicht“, „Komplott im Rathaus!“, „Baurat in Erklärungsnot!“, waren die Überschriften. Auf zwei Seiten wurde ausgiebig über mögliche Machenschaften zwischen dem Bauamt und Müller-Haberfelds Firma spekuliert. „Stichhaltige Beweise“ würden der Redaktion vorliegen, hieß es. Auch eine Firma „Renneberg Ferienimmobilien“ aus Wien wurde erwähnt, deren Sprecher eine geplante Ferienhausanlage auf dem Priwall in Travemünde der Zeitung gegenüber bestätigt hatte. Auf die Frage der dubiosen Abrissverfügung für das Haus des Ehepaares Kleinschmidt in diesem Zusammenhang hatte das Rathaus bisher noch keine Stellungnahme abgegeben. Als Rosi allerdings die Skizze erblickte, die das Bauprojekt auf dem Priwall zeigte, überkam sie ein ungutes Gefühl. Es war genau jenes Blatt Papier, das sie Müller-Haberfeld aus dem Auto gestohlen hatte. Käme sie in Verdacht, wenn er es jetzt in der Zeitung wiedersehen würde? Rosi atmete tief durch und versuchte sich zu beruhigen. Wie es aussah, wussten doch anscheinend mehrere Leute von dem Bauprojekt. Außerdem würde Müller-Haberfeld durch den Artikel genug Trubel um die Ohren haben, dass er sich an die verrutschte Mappe im Auto bestimmt nicht mehr erinnern könnte, geschweige denn Rosi verdächtigen würde. Außerdem geschah es diesen hinterhältigen Typen ganz recht, wenn ihnen endlich jemand auf die schmierigen Finger klopfte. Genau genommen hatte sie nicht unerheblich dazu beigetragen. Zugegeben, es war in erster Linie Lindbergs und Tobias Idee gewesen, aber ohne ihren unermüdlichen Einsatz hätten ohne Frage bedeutende Beweise gefehlt. Da war sich Rosi ganz sicher. Während sie weiter mehr oder weniger interessiert durch die Zeitung blätterte, summte ihr Smartphone. Rosi meldete sich.

„Hallo, Rosi, wir müssen uns unbedingt sehen.“ Rosi starrte entgeistert auf das Display. Müller-Haberfeld. Mit zitteriger Hand führt sie das Smartphone wieder an ihr Ohr.

„Ja, wer ist da?“

„Bernhard Müller-Haberfeld natürlich. Ich muss dich heute noch treffen. Bist du zu Hause? Ich komme vorbei.“ Seine Stimme klang fordernd.

„Ich habe gleich einen Termin. Tut mir leid“, beendete Rosi das Gespräch, ohne auf eine Antwort zu warten. Leichenblass stierte sie auf ihr Smartphone. Keine halbe Minute später erschien wieder Müller-Haberfelds Name auf dem Display. Sie drückte den Anruf weg und tippte die Kurzwahl von Lindbergs Nummer ein. Nur die Mailbox. Auch Tobias meldete sich nicht. Welche Nummer hatte der Schrauber? Sie wusste es nicht. Wie hieß seine Werkstatt? Stand sie überhaupt im Telefonbuch? Sie wählte Annas Nummer.

„Hallo, Rosi. Was kann ich für dich tun?“, meldete sich Anna.

„Hallo, Anna. Hast du zufällig die Nummer vom Schrauber?“ Rosi versuchte ganz ruhig zu klingen, was ihr anscheinend nicht ganz gelang, denn Anna fragte nach. „Ist bei dir alles in Ordnung? Du klingst so komisch.“

Rosi beeilte sich zu antworten. „Doch, doch, es ist alles gut. Ich habe nur eine technische Frage, kann aber die Nummer vom Schrauber nirgendwo finden.“

„Augenblick. Hier ist die Nummer von unserem Altrocker.“ Anna gab die Nummer durch. „Hast du in letzter Zeit eigentlich etwas von Lindberg oder Tobias gehört? Ich versuche sie schon eine ganze Zeit vergeblich zu erreichen.“

„Nee, Anna, tut mir leid. Ich war auch in den vergangenen Tagen viel unterwegs. Wir sehen uns. Tschüß.“ Sie wollte Anna nicht verraten, dass sie die beiden Freunde auch schon erfolglos angerufen hatte. Die ganze Sache musste geheim bleiben. Nicht auszudenken, wie Anna reagieren würde, wenn sie von ihren Schwindeleien mit Müller-Haberfeld erfahren würde. Bei aller freundschaftlichen Verbundenheit durfte sie nicht vergessen, dass Anna auch Kriminalbeamtin war.

Rosi fuhr zusammen. An der Haustür klingelte es. Vorsichtig schlich sie zum Küchenfenster und blickt hinaus. Peinlich darauf bedacht, nicht gesehen zu werden. Rosi stockte der Atem. Vor dem Haus stand die Protzlimousine von Müller-Haberfeld. Sie schrak zurück. „Ich bin nicht da. Ich bin nicht da“, flüsterte sie vor sich hin. „Ganz ruhig, Rosi. Ganz ruhig“, machte sie sich selbst Mut. „Die Haustür wird er schon nicht eintreten und irgendwann zieht er auch wieder ab.“ Wieder erklang die Haustürklingel. Rosi rührte sich nicht und wartete. Nach einer Minute oder waren es zwei oder drei hörte sie einen Motor starten. Ein vorsichtiger Blick aus dem Fenster. Der Wagen war fort. Mit fliegenden Fingern wählte sie die Nummer vom Schrauber.

„Wer stört?“, hörte sie nach dreimaligem Klingeln seine vertraute Stimme.

„Schrauber, hier ist Rosi. Ich brauche mal wieder deine Hilfe. Kannst du mich abholen? Möglichst schnell?“

Der Schrauber fragte nicht lange nach dem Warum. „Bin gleich da.“ Dann hatte er aufgelegt.

Rosi stürzte ins Bad, kramte ein paar Sachen zusammen und zog sich hastig an. Mit zwei Handgriffen band sie sich die Haare zum Pferdeschwanz und zog kurz die Lippen nach. Das musste reichen. Während sie noch einige Kleidungsstücke in eine kleine Tasche warf, hörte sie bereits das sonore Brummen eines Motorrades vor der Tür. Sie lief zum Fenster, winkte dem Schrauber zu und war in einer Minute auf der Straße.

„Was ist denn los?“, begrüßte der Schrauber sie fragend, als sie sich ohne Worte auf den Sozius schwang.

„Fahr ersteinmal los. Alles andere später“, stieß sie hervor und guckte sich dabei hektisch um.

„Wie du willst.“ Der Schrauber startete die Maschine, knackte den Gang ein und brummte los. Ohne Rosi nach einem gewünschten Ziel zu fragen, steuerte er seine Werkstatt in Schlutup an. Als er sein Motorrad abgestellt hatte, sah er Rosi an. „Und?“

„Können wir irgendwo ungestört reden?“

„Überall, wo du willst. Die Jungs sind heute nicht da. Sind auf'm Bikertreff in Rostock. Hast Glück gehabt, dass du mich erwischt hast. Wollte ich auch hin, muss aber noch das Moped von Atze wieder aufhübschen. Hatte 'nen kleinen Crash, der Pechvogel. Schieß los, Rosi. Wo brennt es?“

„Hast du ein Bier für mich?“

Der Schrauber schmunzelte. „Auch das.“

Gemeinsam setzten sie sich in zwei Gartenstühle, die vor der Werkstatt standen, nachdem der Schrauber zwei Flaschen Bier aus dem Kühlschrank geholt hatte.

„Schrauber, ich habe einfach Schiss“, begann Rosi zögernd.

Der Schrauber runzelte die Stirn. „Wovor oder vor wem?“

„Vor Müller-Haberfeld, dem Baufuzzi. Heute steht doch ein großer Artikel über seine windigen Geschäfte mit der Stadt in der Zeitung.“

„Ich lese schon seit Jahren keine Zeitung mehr“, bemerkte der Schrauber brummend.

„Aber du hast doch mitbekommen, dass Lindberg und Tobias den Kleinschmidts auf dem Priwall helfen wollen? Die Stadt will denen doch das Haus abreißen, bloß weil da ein Ferienpark gebaut werden soll.“

„Ja, das weiß ich. Da habt ihr in Travemünde schon drüber geredet“, bestätigte der Schrauber und nahm einen Schluck Bier.

„Weil ich doch dem Müller-Haberfeld, dem schmierigen Kerl, die Skizze stibitzt habe und die heute in der Zeitung abgedruckt ist, will der mich unbedingt sprechen.“

„Du meinst, das ist der Grund?“ Der Schrauber hatte seine Zweifel.

„Na klar. Was denn sonst? Er hat doch schon zwei Mal angerufen und er stand auch schon mit seiner Karre vor meiner Tür. Ich hab bloß nicht aufgemacht.“ Rosi zappelte auf ihrem Gartenstuhl herum und hatte hektische Flecken im Gesicht.

„Vielleicht will er auch nur sein Kohle wiederhaben, die er dir in Travemünde zugesteckt hat“, überlegte der Schrauber laut.

Rosi schüttelte den Kopf. „Das ist mir völlig egal. Auf jeden Fall habe ich Angst, dass er mir was antut.“

„Ist ja gut. Ich hab dich ja verstanden. Und was machen wir jetzt?“

„Ich weiß es nicht. Nach Hause kann ich nicht mehr. Der lauert mir bestimmt auf. Ich hab auch schon versucht, Lindberg und Tobias zu erreichen, aber da meldet sich immer nur die Mailbox. Weißt du, wo die beiden sind?“

„Nee, keine Ahnung. Ich kann’s ja mal versuchen.“ Der Schrauber holte sein Smartphone aus der Brusttasche seiner Lederjacke und wählte. „Mailbox“, sagte er nach kurzer Zeit. Er wählte erneut. „Du hast recht. Bei beiden nur die Mailbox. Ist schon eigenartig."

Rosi sah den Schrauber mutlos an. „Kann ich nicht eine Weile bei dir bleiben?"

Der Schrauber hob verblüfft die Augenbrauen. Er nahm wieder einen Schluck Bier und betrachtet Rosi eindringlich. Es sah aus, als ob er eine schwere Entscheidung treffen müsste. „Warum nicht? Geht wohl gerade nicht anders", knurrte er nach einer Weile, was nicht unbedingt wie eine willkommene Einladung klang.

„Ich mache dir auch keine Umstände, Schrauber. Ganz bestimmt nicht", sprudelte sie sichtlich erleichtert hervor und strahlte ihn an, „Hauptsache, du hast irgendwo ein Ecke, wo ich schlafen kann. Das reicht mir schon. Wenn du willst, kann ich auch für dich kochen." Rosi war es in ihrer bedrohlichen Lage vollkommen gleichgültig, wo sie unterkommen konnte. Nur nach Hause wollte sie auf gar keinen Fall. Sie war sich darüber im Klaren, dass der Schrauber ihr in seiner Werkstatt zwischen alten Reifen, Ersatzteilen und ölverschmierten Lappen keinen Komfort bieten konnte. Aber darauf wollte sie gegenwärtig gerne verzichten. Hauptsache, sie konnte in seiner Nähe sein. Schließlich war es ja nicht das erste Mal, dass er sie beschützt hatte. Auf irgendeine Weise mochte sie diesen graubärtigen Brummbär. Einerseits konnte er kräftig zupacken, wenn es nötig tat, aber gleichzeitig strahlte er eine gelassene Ruhe aus. „Geborgenheit" war das richtige Wort, sagte sich Rosi. Bevor sie sich weitere Gedanken über ihren Gastgeber machen konnte, stand der Schrauber auf.

„Dann komm mal mit, Rosi. Damit du weißt, wo du pennen kannst." Rosi folgte dem Schrauber durch die Werkstatt. Hinter einem Reifenstapel blieb er vor einer Blechtür stehen. „Hochspannung! Lebensgefahr!" stand auf einem gelben Warnschild, das die Tür zierte. Der Schrauber zog eine Kette mit mehreren Schlüsseln aus seiner Hosentasche hervor und schloss die Blechtür auf.

„Vorsicht Stufe. Ich mach erstmal Licht“, hörte Rosi ihn sagen, „dann komm man rein in die gute Stube.“

Rosi trat über die Schwelle und blieb wie angewurzelt stehen. Eigentlich hatte sie ein miefiges Loch erwartet. Eine Junggesellenbude, die seit Wochen nicht mehr gelüftet worden war und in der sich leere Pizzakartons und Bierdosen stapeln würden. Doch sie betrat einen Raum, der ihr wie eine andere Welt erschien. Die Wände der ehemaligen Fabrikhalle waren weiß getüncht. Über einer braunen Ledercouch prangte eine überdimensionale Leuchtreklame eines Indianerkopfes. Gleich daneben stand ein älteres auf Hochglanz poliertes Motorrad. Eine Indian. Ein gußeisernes Panoramafenster erlaubte einen Blick in einen Birkenwald. Der Fußboden bestand aus Terrakottafliesen. Eine Regalwand trennte den Raum zu einer modernen Küchenzeile ab. Hier war kein verschmutztes Geschirr zu entdecken, kein überquellender Mülleimer. Alles wirkte sauber und aufgeräumt. Rosi bekam den Mund nicht mehr zu. Wo war sie hier gelandet? Zur Linken blinkte sie eine alte Musikbox mit ihren bunten Lichtern an. Eine echte Wurlitzer. Daneben ein Bord mit unzähligen Langspielplatten.

„Besser ist, wenn du deine Schuhe ausziehst“, wurde sie in ihrem andachtsvollen Erstaunen vom Schrauber gestört.

„Ja, natürlich.“ Rosi streifte ihre Stiefeletten ab. „Mein Gott, Schrauber. Das ist ja fantastisch, was du hier hast.“

„Findest du? Auf jeden Fall sollst du wissen, dass es nicht viele Menschen gibt, die mein Heiligtum betreten dürfen.“

„Das kann ich gut verstehen.“ Rosi konnte sich nicht sattsehen.

„Damit du weißt, wo es langgeht. Der Kühlschrank ist voll. Bedien' dich, wann immer du willst." Der Schrauber zeigte auf die Küche, ging anschließend auf eine Schiebetür mit Milchglas zu und öffnete sie. Dahinter lag das Schlafzimmer mit einem Balkenbett, auf dem eine sorgfältig zusammengelegte auberginefarbige Decke lag. An der Wand hing ein überdimensionales Foto, das die Route 66 zeigte, deren gerade Straße in einem feuerroten Abendhimmel endete.

„Ich hoffe, es stört dich nicht, dass du durch mein Schlafzimmer musst, um ins Bad zu kommen. Entweder bin ich noch nicht drin oder schon wieder raus, wenn du es brauchst." Dabei ging der Schrauber auf eine weitere Tür zu. Dahinter verbarg sich ein gefliestes Badezimmer in strahlendem Weiß mit Dusche und Wanne. Lediglich die blauen Handtücher bildeten kleine farbliche Kontraste.

„Du schläfst vorne. Das ist eine Schlafcouch. Bettwäsche, Kissen und was du sonst noch so brauchst ist im Bettkasten. Ich zeig es dir heute Abend", erklärte der Schrauber weiter.

„Jetzt kannst du es dir schon mal gemütlich machen. Ich muss noch arbeiten. Fernbedienung vom Fernseher liegt auf dem Tisch. Wenn was ist, ich bin vorne."

„Ich danke dir von ganzem Herzen, Schrauber." Rosi ging auf ihn zu, stellte sich auf die Zehenspitzen und drückte ihm einen Kuss auf die bärtige Wange.

„Schon gut, Kleine", brummte er vor sich hin, drehte sich um und stiefelte in die Werkstatt.

Angewidert schüttelte sich Anna. Der Kaffee schmeckte ihr an diesem Morgen überhaupt nicht. „Diese Bürobrühe ist ja ungenießbar. Wer hat denn bloß diesen Kaffee gekocht?"

„Bockhorn ist diese Woche der Herrscher über die Kaffeebohnen“, klärte Clemens Korthals seine Chefin auf.

„Den müssen wir aber schleunigst zur Fortbildung schicken, bevor er uns noch alle vergiftet. Wo ist er überhaupt?“

„Im Trainingszentrum zum Schießen“, kam die schnelle Antwort.

„Hoffentlich sind seine Ergebnisse dort besser als beim Kaffeekochen“, bemerkte Anna skeptisch.

„Da habe ich meine Zweifel, Chefin. Wer mit der einen Bohne nicht umgehen kann, kann es mit der anderen auch nicht.“

Die fröhliche Stimmung der beiden Kommissare wurde abrupt unterbrochen, als der Leiter der Kriminaltechnik in das Büro der Mordkommission hineinplatzte.

„Du bist ja wohl völlig vom Größenwahn befallen, Anna Severin“, pfiff er die Hauptkommissarin an.

„Heribert. Schön, dich zu sehen. Was können wir für dich tun?“ Anna kannte Heribert Anderlecht schon einige Jahre und daher auch sein großspuriges und selbstgefälliges Auftreten. Von ihm wollte sie sich nicht provozieren lassen.

„Ich bin zu Mertens befohlen worden, um mir einen Anschiss abzuholen. Und warum? Nur weil du nichts Besseres zu tun hast, als mich bei ihm anzuschwärzen. Was bist eigentlich für eine karrieregeile Ziege?“

Anna musterte ihren Kollegen von oben bis unten, der sich vor ihrem Schreibtisch wie ein Hahn auf dem Misthaufen aufplusterte. „Hast du noch mehr auf Lager, Heribert? Nur zu! Dafür sind wir ja da.“ Anna wusste überhaupt nicht, weshalb sich der Leiter der KTU so erregte.

„Ich hätte meine Arbeit nicht ordnungsgemäß gemacht. Meine Leute wären nicht schnell genug und würden die Ermittlungen verzögern. All so einen Scheiß habe ich mir anhören müssen. Das alles nur, weil ihr in der Mordkommission in der Luft herumstochert."

„Nun komm mal langsam wieder auf den Teppich, Heribert. Vielleicht ist Kriminaldirektor Mertens inzwischen auch aufgefallen, zu welchem hochnäsigen und eigenmächtigen Club sich deine KTU aufgeblasen hat. In deinen Augen sind doch alle Kommissariate nur Bittsteller. Umgekehrt wird ein Schuh daraus. Ihr arbeitet uns zu …"

„Bist du denn völlig verrückt geworden?", unterbrach Heribert Anderlecht Anna, „was wäret ihr denn ohne uns?"

„Ein Kommissariat, das in Ruhe arbeiten könnte", warf Clemens Korthals ein. Der Leiter der KTU drehte sich verduzt um. Von dieser Seite hatte er anscheinend keine Störung erwartet. Er wandte sich aber sofort wieder Anna zu.

„Das Ganze wird ein Nachspiel haben, Anna Severin. Du hinterhältige Schlange spuckst mir nicht noch einmal in die Suppe. Da kannst du Gift darauf nehmen."

Anna wunderte sich selbst, wieso sie bei so viel Unverschämtheit und Aggression so ruhig blieb. „Heribert, mach du korrekt und zügig deine Arbeit und verwende nicht zu viel Zeit für die Pflege deiner Eitelkeit, dann kommen wir in Zukunft bestens miteinander aus."

„Du wirst noch dein blaues Wunder erleben. Das verspreche ich dir …"

„Ich glaube, jetzt ist es allerhöchste Zeit für eine Entschuldigung."

Heribert Anderlecht drehte sich erbost um. In der Tür zu Annas Büro stand Lindberg und blickte den Leiter der KTU herausfordernd an.

„Was wollen Sie denn hier? Haben Sie sich verlaufen?" Es sah so aus, als habe Lindberg den hochfahrenden Kommissar mit seinem plötzlichen Erscheinen aus dem Konzept gebracht.

„Ich muss dringend in dienstlicher Angelegenheit mit Kriminalhauptkommissarin Severin sprechen. Da es bei Ihnen, wie ich Ihren letzten Worten entnehmen konnte, nicht mehr um ermittlungsrelevante Dinge ging, darf ich wohl bitten.“ Dabei machte Lindberg die Tür frei und forderte den Leiter der KTU mit einer Handbewegung auf, Annas Büro zu verlassen.

„Sind Sie denn …“

„Heribert, das reicht jetzt. Ich wäre dir sehr dankbar, wenn du uns alleine lassen würdest.“ Jetzt war auch Annas Geduld erschöpft. Heribert Anderlecht guckte wie ein gehetztes Tier von einem zum anderen. Als er sah, dass auch Oberkommissar Korthals von seinem Schreibtisch aufstand und auf Annas Büro zukam, verließ er fluchtartig die Mordkommission.

„Was war das denn eben?“, fragte Lindberg, als die Tür hinter dem erbosten Leiter der KTU lautstark zuknallte.

„Ach, nur ein cholerischer Kollege, dem unser Chef endlich einmal den Kopf gewaschen hat und der nun Schuldige für sein angekratztes Ego sucht.“ Anna wandte sich Clemens Korthals zu, der in der Tür stand. „Hast du dich über ihn höheren Ortes beklagt?“

„Niemals, Chefin. Ich habe zwar in der Sache mit unserer Toten vom Friedhof mehrmals Druck gemacht. Mehr aber nicht. Es brodelt schon eine ganze Zeit. Auch die anderen Kommissariate haben sich bereits über seine wichtigtuerische Art und die schleppende Arbeit der KTU beklagt.“

Anna nickte. Der Oberkommissar schloss die Tür.

„Lindberg, welche Überraschung. Das kommt ja wahrhaftig selten vor, dass du mich im Dienst besuchst. Wo hast du dich eigentlich die letzten Tage herumgetrieben? Ich habe mehrfach versucht, dich zu erreichen. Der Schrauber und Rosi suchten auch schon nach dir. Es war aber immer nur die Mailbox an.“

„Anna, auch auf die Gefahr hin, dass du jetzt ausrastest und mir Vorwürfe machst, Tobias und ich waren in Schweden."

Anna starrte Lindberg an, als hätte er ihr gerade die Freundschaft gekündigt. „Ihr wart was?"

Lindberg zuckte mit den Schultern. „Ja, wir waren in Ängelholm. Wie schon gesagt, mein Besuch bei dir hat ausschließlich dienstlichen Charakter."

Anna stützte ihre Arme auf die Schreibtischplatte und schlug die Hände vor das Gesicht.

„Womit habe ich das bloß verdient? Du bist einfach verrückt, Lindberg." Anna nahm wieder die Hände vom Gesicht und sah Lindberg an. „Was sollte das Ganze? Erklär es mir." Dabei sprach sie zu ihm, wie mit einem kleinen Kind, das zum wiederholten Mal eine Fensterscheibe eingeworfen hatte.

„Du hast dir doch selbst die Frage gestellt, was Henriette von Bahrenfeld kurz vor ihrem Tod in Schweden gemacht hat? Ihr habt heraus bekommen, dass sie ihre Tante besucht hat. Die konntet ihr aber nicht erreichen. Jetzt weiß ich, weshalb nicht. Sie war für einige Tage im Krankenhaus. Da ich schon immer wieder einmal nach Ängelholm wollte, dem Ferienziel meiner Jugend, haben Tobias und ich kurzerhand unsere Pferde gesattelt." Lindberg grinste Anna wie ein Lausbub an. Unwillkürlich musste sie lachen.

„Ihr seid wirklich Kindsköpfe, ihr beiden."

„Danke für das Kompliment. Aber das, was ich dir an Informationen mitgebracht habe, wird dich umhauen, liebe Anna."

Anna seufzte ergeben und lächelte. „Nun schieß schon los. Du machst dir vor Aufregung sonst noch in die Hose."

„Also. Gunilla Nilsson hat Henriette bewusst nach Ängelholm gebeten, da sie ihr Gewissen kurz vor ihrem Tod entlasten und ein Familiengeheimnis nicht mit ins Grab nehmen wollte. Der hoch wohlgeborene Graf von Bahrenfeld ist nämlich nicht Henriettes Vater."

„Donnerwetter. Und das wusste Henriette nicht?" Anna war überrascht und beeindruckt zugleich.

„Nach Aussagen ihrer Tante nicht. Aber es kommt noch dicker", fuhr Lindberg fort, „Ihr wahrer Vater, er heißt Martin Dahlberg und ist ein Cousin von Gunilla Nilsson, wurde noch vor Henriettes Geburt erschossen."

„Das hört sich wie aus einem deiner Krimis an", stellte Anna verblüfft fest.

„Offiziell soll es ein Jagdunfall gewesen sein, aber Gunilla Nilsson ist fest davon überzeugt, dass er zielgerichtet erschossen wurde."

„Und von wem?"

„Das weiß sie zwar nicht genau, aber der Personenkreis scheint überschaubar zu sein. Halte dich fest, Anna. Regelmäßig trafen sich Jahr für Jahr vier Freunde zur Elchjagd. Sie hießen Ruprecht von Bahrenfeld, Manfred von Stackelberg, Dietmar Reichenbach und Martin Dahlberg, der Vater von Henriette. Was sagst du nun?"

„Ich bin sprachlos. Der Oberstaatsanwalt war auch dabei? Wieso meint Gunilla Nilsson, dass einer von denen Henriettes Vater erschossen haben soll?"

„Victoria von Bahrenfeld, eine geborene von Stackelberg, also Manfred von Stackelbergs Schwester, war verliebt in Martin Dahlberg. Sie wollten sogar heiraten. Doch Ruprecht von Bahrenfeld hatte auch ein Auge auf sie geworfen. Ist aber abgeblitzt."

„Unfassbar. Sie meint nun, dass er seinen Nebenbuhler auf diese Weise ins Jenseits befördert hat, um selbst bei ihr zu landen?" Anna schüttelte ungläubig den Kopf.

„Der Tod von Martin Dahlberg wurde als Jagdunfall erklärt und kaum untersucht. Der Graf hat wenige Wochen später die damals bereits schwangere Victoria geheiratet und ihren Bruder gleich mit in die Ehe eingebracht."

Anna schwieg eine Weile. „Das hört sich alles aufregend an, aber rechtsverwertbar ist es kaum. Nichts als die Aussage einer alten Frau."

„Vielleicht nicht ganz. Alles was ich dir eben erzählt habe, hat Gunilla Nilsson schriftlich festgehalten und unterschrieben." Lindberg schob das Kuvert über den Schreibtisch. Anna öffnete es und warf einen kurzen Blick darauf.

„Dazu habe ich hier noch zwei Fotos. Einmal die vierköpfige Jagdgesellschaft und Martin Dahlberg mit seiner Mutter. Nicht unerheblich dabei ist das Amulett, was sie trägt. Gunilla Nilsson sagt nämlich, dass sie dieses Amulett mit Goldkette Henriette gegeben und die sich dieses auch gleich umgehängt hätte." Lindberg gab Anna die beiden Fotos.

„Bei Henriette haben wir nichts gefunden. Sie hatte nichts bei sich. Weder Schmuck noch irgendetwas anderes. Nicht einmal ein Taschentuch. Allerdings hat die Rechtsmedizin Schürfwunden festgestellt, als ob man ihr eine Kette vom Hals gerissen hätte", dachte Anna laut. „Lindberg, du weißt, was ich von deinen Alleingängen halte. Ich sitze hier jedes Mal wie auf Kohlen. Auch jetzt muss ich zusehen, wie ich erklären kann, woher ich diese Unterlagen habe. Wie sie mir im Einzelnen bei der Ermittlung weiter helfen können, weiß ich noch nicht."

„Anna, ich will dir doch nur helfen. Nichts anderes." Lindberg zeigte sich reumütig.

„Ja, das weiß ich. Aber das ist ja gerade das Schlimme. Du meinst es gut, bringst mich dabei aber immer wieder in Teufels Küche."

„Ich kann dir auch für die Zukunft noch nicht einmal Besserung geloben", warf Lindberg mit seinem unwiderstehlichen Lächeln ein.

„Das habe ich befürchtet. Ganz etwas anderes. Hast du schon von dem Artikel gehört, den dein Schulfreund Havelmann geschrieben hat?“

„Nein. Du meinst die Sache mit Müller-Haberfeld und die Mauscheleien der Stadt?“

„Genau. Da jagt eine Anfrage die nächste. Im Rathaus fängt bereits die Suche nach den Schuldigen an. Die überregionale Presse hat das sofort aufgegriffen. Selbst im Fernsehen haben sie schon davon berichtet. Müller-Haberfeld war bisher für eine Stellungnahme nicht zu erreichen, wie es heißt. Ihr habt wirklich ins Wespennest gestochen.“

Noch bevor Lindberg seinen Helm aufsetzte und den Parkplatz der Polizeidirektion in Lübeck verließ, wählte er die Nummer des Schraubers.

„Was ist los, alte Socke? Anna sagt mir gerade, du hast sehnsüchtig nach mir gefahndet“, begrüßte er seinen Freund.

„Wo warst du, du treulose Tomate? Lübeck brennt und du bist nicht zu erreichen und der verarmte Rechtsverdreher auch nicht“, kam die prompte Antwort des Schraubers.

„Geheime Mission im Land der Elche. Erzähl ich dir später. Wo brennt es denn?“

„Rosi ist in hoher Not wegen des Berichts in der Zeitung. Ich hab ihr schon Asyl gewährt, weil Müller-Haberfeld, der fiese Sack, ihr offensichtlich an die Wäsche will“, berichtete der Schrauber.

„Wo ist Rosi jetzt?“

„Hier, bei mir natürlich. Wo sonst? Nach Hause traut sie sich nicht.“

„Ist gut, Schrauber. Kriegsrat bei dir in einer halben Stunde. Ich versuche Tobias noch zu erreichen.“

Als Lindberg wenig später vor der Werkstatt des Schraubers in Schlutup sein Motorrad abstellte, wurde er lautstark begrüßt.

„Mein Gott, was ist denn bloß los heute? Gibt´s hier was umsonst?“, begrüßte Rudi, einer von den Bikerkumpels des Schraubers, Lindberg.

Tobias war auch schon da und kam auf seinen Freund zu. „Die Jungs sind heute alle ein bisschen aufgedreht.“

„Was für ein Wunder, wo der Schrauber sich doch jetzt so ’ne tolle Wärmflasche zugelegt hat“, ließ Biker Nase den nächsten Spruch los.

„Abflug für euch Tiefflieger.“ Der Schrauber war zusammen mit Rosi aus dem Tor getreten. „Hier müssen sich jetzt gebildete Menschen unterhalten.“ Die drei Kumpel, die auf den Gartenstühlen vor dem Tor herumlungerten, maulten zwar, schwangen sich dann aber doch auf ihre Motorräder und knatterten davon. Sie wussten genau, mit dem Schrauber war jetzt nicht zu spaßen.

„Ich bin so froh, euch zu sehen“, begrüßte Rosi Lindberg und Tobias überschwänglich.

„Nun erzähl doch erst einmal, was los war“, forderte Tobias Rosi auf, nachdem sie sich um den provisorischen Tisch aus Reifen und einer Hartfaserplatte unmittelbar unter den mächtigen Indianerkopf an der Hauswand gesetzt hatten.

„Kaffee oder Bier?“, fragte der Schrauber.

„Kaffee ist gut, Schrauber. Wir müssen ja noch fahren“, antwortete Lindberg.

„Und du, Kleine. Wieder diese prickelnde Mädchenbrühe?“, wandte sich der Schrauber Rosi zu.

„Oh, ja. Zur Feier des Tages, wo meine besten Freunde alle wieder zusammen sind, ist Sekt angemessen.“ Rosi blinzelte dem Schrauber dankbar zu. Lindberg und Tobias sahen sich bedeutungsvoll an, als der Schrauber aufstand und ging, um die Getränke zu holen.

„Donnerwetter, Rosi. Kost und Logis mit Familienanschluss und persönlichem Service des Hausherrn? Oder wie sollen wir das werten?“, fragte Tobias schmunzelnd.

„Bist du etwa eifersüchtig, Tobias?“ Rosi setzte ihre Trotzmiene auf.

„Selbstverständlich. Was denkst du denn? Kaum bin ich ein paar Tage nicht da, schon vergnügst du dich aushäusig …“

„Nun hört mal auf, ihr Turteltauben“, unterbrach Lindberg die beiden, „erzähl mal, Rosi, was war los?“

Rosi berichtete ihren Freunden von dem Artikel in der Zeitung und dem bedrohlichen Versuch Müller-Haberfelds, sie zu erreichen. Inzwischen kam der Schrauber mit den Getränken zurück und setzte sich wieder zu ihnen.

„Dann hat der Schrauber mich mal wieder gerettet und mich hier wohnen lassen“, endete Rosi aufatmend.

„Das ist allerdings eine Ehre, die nur Wenigen zuteilwird“, stellte Lindberg anerkennend fest.

„Du mich auch“, brummte der Schrauber vor sich hin. Lindberg schmunzelte nachsichtig.

„Wenn ich die Lage richtig beurteile, versucht Müller-Haberfeld Rosi dringend zu erreichen. Der Schluss liegt nahe, dass das mit Havelmanns Zeitungsartikel zu tun hat. Ich hab ihn auch schon gelesen. Harter Tobak. Aber es trifft die Richtigen“, resümierte Tobias.

„Was immer Müller-Haberfeld auch will, so wie Rosi seine Stimmung geschildert hat, geht es dieses Mal nicht um ein weiteres harmloses Date“, setzte Lindberg den Gedanken fort, „daraus folgere ich, dass du in den nächsten Tagen lieber nicht nach Hause möchtest, oder Rosi?“

„Nee, ganz bestimmt nicht. Telefonisch kann ich ihn ja immer noch wegdrücken, aber wenn er vor der Tür steht, mache ich mir garantiert in die Hose. Ich traue mich doch dann gar nicht mehr aus dem Haus.“

„Gut. Beim Schrauber kannst du auch nicht länger bleiben. Das war ja nur eine Notlösung“, erklärte Tobias voll Überzeugung.

„So ist es“, knurrte der Schrauber.

„Aber ich habe mich hier sicher und wohl gefühlt“, kam wieder Rosis Trotzkopf durch.

„Das ist ja auch unbestritten“, versuchte Tobias Rosi zu beruhigen, „aber der Schrauber hat doch gar nicht den Platz für einen Dauergast.“

„Warst du schon mal in seinem traumhaften Reich hinter der Werkstatt, Tobias? Da kann man sich so richtig wohlfühlen“, protestierte Rosi heftig. Der Schrauber hörte den beiden nur regungslos zu. Lindberg stand plötzlich auf und ging ein paar Schritte zur Seite. Er holte sein Smartphone hervor, tippte eine Nummer ein und telefonierte kurz. Als er sich wieder hinsetzte, sahen die anderen ihn erwartungsfroh an.

„Ich glaube, ich habe eine Lösung für unser Problem gefunden.“ Er wandte sich Rosi zu. „Was hältst du davon, wenn du ein paar Tage Urlaub an der Ostsee machst?“

„In einem Hotel?“, fragte Rosi unwillig.

„Sagen wir mal, eher in einer Pension, in der du der einzige Gast bist und von der Pensionswirtin rund um die Uhr verwöhnt wirst.“ Lindberg lächelte geheimnisvoll.

„Nun sag schon. Wo soll das sein?“ Rosi rutsche ungeduldig auf ihrem Stuhl herum.

„In Travemünde auf dem Priwall bei meiner Tante Gertrud“, verkündete Lindberg sichtlich selbstzufrieden.

Rosi sah Lindberg zweifelnd an. „Ist das so eine tolle Idee? Was hast du ihr erzählt, warum ich nicht nach Hause will?“

„Eine meiner besten Ideen, liebe Rosi. Sie glaubt, dass du einen Wasserohrbruch hattest und deine Wohnung erst wieder renoviert werden muss. Von der Sache mit Müller-Haberfeld sollte sie nichts erfahren. Tante Gertrud ist außerdem überaus glücklich, dass mal wieder frischer Wind in ihre alte Bude kommt, hat sie gesagt. Ich bin fest davon überzeugt, dass ihr euch bestens verstehen werdet, denn sie war in ihren jungen Jahren ein ganz schön wilder Feger, wie sie selbst von sich behauptet. Bringe ihr eine Flasche Eierlikör mit und spätestens nach dem dritten Glas wird sie dir Geschichten erzählen, von denen selbst du noch etwas lernen kannst."

„Das hört sich vielversprechend an", kommentierte der Schrauber. Die ersten Worte nach langer Zeit aus seinem Mund.

Als Lindberg mit Rosi auf dem Priwall eintraf, war es bereits Nachmittag.

„Ihr kommt gerade rechtzeitig zum Kaffee", begrüßte Gertrud Mannstein Rosi und Lindberg freudig erregt.

„Ich bin Ihnen so dankbar, Frau Mannstein, dass ich für ein paar Tage bei Ihnen wohnen kann", bedankte sich Rosi und überreichte ihr eine Flasche Eierlikör, die sie unterwegs noch im Supermarkt gekauft hatten.

„Das ist lieb von dir, mein Kind. Aber das mit der Frau Mannstein, das lassen wir mal. Ich heiße Gertrud und wer Tante zu mir sagt, der bekommt Hausverbot. Dass ich alt bin, müssen mir die jungen Leute nicht auch noch unter die Nase reiben. Das weiß ich selbst. Aber nun gibt es erst einmal Kaffee und Kuchen." Tante Gertrud wackelte in die Küche. „Setzt euch man schon mal in die Veranda. Ich komme gleich. Hole nur noch den Kaffee", rief sie über die Schulter.

„Deine Tante ist wirklich nett", bemerkte Rosi, nachdem sie sich gesetzt hatten. Sie sah sich um. „Es ist alles so gemütlich hier."

Lindberg stimmte ihr zu. „Wie schon gesagt, ihr werdet euch gut verstehen. Bei ihr musst du überhaupt kein Blatt vor den Mund nehmen. Tante Gertrud kann gar nicht böse sein. Es sei denn, du nennst sie Tante."

„Habt ihr über mich geschludert?", fragte Gertrud Mannstein, als sie mit der Kaffeekanne in die Veranda kam.

„Natürlich. Wir hatten nur nicht genug Zeit", entgegnete Lindberg lachend.

„Lasst euch nicht aufhalten. Ich höre auch gar nicht hin." Tante Gertrud schenkte schmunzelnd den Kaffee ein. „Was sagt ihr denn bloß zu dem Zeitungsartikel. Ist das nicht eine Frechheit, was die vorhatten? Die Kleinschmidts sind ganz aufgeregt. Könnt ihr euch sicherlich vorstellen. Was meinst du, mein Junge, werden sie jetzt ihr Haus behalten können?"

„Ich glaube die Gefahr ist gebannt", erklärte Lindberg, „ich werde nachher noch einmal bei ihnen vorbeischauen."

Kapitel 20

Die Erkenntnisse, die Lindberg in Schweden gewonnen hatte, beschäftigten Anna eine Zeit lang. Unmittelbar nach Lindbergs Besuch hatte sie ihren schwedischen Kollegen in Ängelholm angerufen und sich mit ihm über Gunilla Nilssons Aussage über den vermeintlichen Jagdunfall unterhalten. Er hatte zugesagt, sich um die alte Akte zu kümmern. Wo aber gab es eine Verbindung zum aktuellen Mordfall? Wie hatte Henriette von Bahrenfeld auf die schockierende Neuigkeit reagiert? Hatte sie möglicherweise ihren Mord durch ihr Verhalten provoziert? Die einzigen Personen, die darauf zumindest in Teilen eine Antwort geben konnten, saßen auf Gut Hasselburg. Anna informierte Staatsanwalt Bruckner über den Stand der Dinge und über ihre Absicht, zusammen mit ihrem Kollegen Korthals die Familie von Bahrenfeld in Hasselburg am nächsten Tag zu befragen. Wie nebenbei ließ sie einfließen, dass es möglicherweise auch den Oberstaatsanwalt interessieren könnte. Sie hatte erfahren, dass er von seinem Abstecher nach Münster inzwischen wieder zurückgekehrt war. Auch wenn es möglicherweise zu Schwierigkeiten und massiven verbalen Angriffen kommen würde, hielt Anna es für sinnvoll, die komplette Grafenfamilie und den Oberstaatsanwalt in einem Raum zu befragen. Sie beauftragte Clemens Korthals damit, in Hasselburg anzurufen und ihren Besuch für morgen um zehn Uhr anzukündigen.

Als die beiden Kommissare am nächsten Tag in Hasselburg vorfuhren, musste Anna schmunzeln. „Es hat geklappt, Clemens."

„Was meinst du?"

„Ist das nicht der Wagen von unserem geliebten Oberstaatsanwalt?" Anna zeigte auf einen schwarzen Mercedes mit Lübecker Kennzeichen, der unmittelbar vor dem Herrenhaus geparkt war, während sie ausstiegen.

„Ja, das ist er. Na, dann können wir uns ja auf einen fröhlichen Vormittag freuen, Chefin“, bemerkte Clemens Korthals grinsend.

Frau Rotenburg, die Hausdame, hatte auch an diesem Morgen keinen freundlichen Gruß auf den Lippen, als sie die Tür öffnete. Obwohl sie die Kommissare inzwischen kannte, gehörten sie in ihren Augen zu lästigen Eindringlingen in das ehrenwerte Haus. Allein der Umstand, dass Anna und ihr Kollege lediglich ihrer beruflichen Aufgabe nachgingen, um den Mord an einem Familienmitglied des Hauses von Bahrenfeld aufzuklären, reichte nicht aus für eine Begnadigung. Mehr als ein spitzes „Sie werden erwartet“ war aus ihren verkniffenen Lippen nicht zu hören.

Auch die Begrüßung in dem bibliothekähnlichen Raum, den die Kommissare von ihren vorherigen Besuchen schon kannten, war von eisiger Kälte bestimmt. Mit Genugtuung registrierte Anna jedoch, dass die Personen, die sie erwartet hatte, alle versammelt waren. Neben Graf und Gräfin, Manfred von Stackelberg und dem Oberstaatsanwalt war auch der älteste Sohn, Alexander von Bahrenfeld, anwesend. Ein reserviertes Kopfnicken verbunden mit einem dezent gemurmelten „Guten Morgen“ schien den Herrschaften als Begrüßung ausreichend zu sein.

„Frau Severin, Sie müssen uns schon erklären, was dieser Unsinn soll. Wir haben alle, die wir hier sind, wahrhaftig anderes im Sinn, als Ihren sonderbaren Ermittlungsmethoden zu folgen.“ Oberstaatsanwalt Reichenbach hielt es für nötig, das Zepter in die Hand zu nehmen. Vermutlich erwartete er auch noch bewundernde Blicke seines erlauchten Publikums.

„Ich danke Ihnen allen, dass Sie die Zeit gefunden haben, um uns noch ein paar Fragen zu beantworten." Anna ignorierte die wichtigtuerischen Worte des Oberstaatsanwalts.

„Haben Sie denn nun schon herausgefunden, wer Henriette ermordet hat oder nicht?", polterte der Graf los, ohne auf die Bemerkungen des Oberstaatsanwalts einzugehen.

„Wir sind auf dem besten Weg, Herr von Bahrenfeld. Ich wäre Ihnen allen daher sehr dankbar, wenn Sie unsere Fragen, und mögen Sie Ihnen anfangs auch noch so eigenartig erscheinen, in Ruhe und exakt beantworten könnten." Anna wollte sich an diesem Morgen nicht provozieren lassen. Das hatte sie sich fest vorgenommen. Bevor sie mit der Befragung beginnen konnte, wurden sie durch ein Dienstmädchen unterbrochen, dass ihnen auf einem Tablett Kaffee und Gebäck servierte.

„Ist gut, Babette, du kannst jetzt gehen. Den Kaffee schenken wir uns schon selbst ein", entließ die Gräfin das junge Mädchen wieder.

„Ist es richtig, dass Sie, Herr von Bahrenfeld, Herr von Stackelberg und Sie, Herr Reichenbach, in früheren Jahren regelmäßig nach Schweden zur Elchjagd gefahren sind?", begann Anna mit der Befragung.

„Was soll das denn jetzt? Das hat doch nun wahrhaftig nichts mit dem Tod der armen Henriette zu tun", erregte sich Oberstaatsanwalt Reichenbach sofort. Anna ignorierte seine Entrüstung erneut und wartete keine Antworten ab. Aus dem Augenwinkel glaubte sie, eine gewisse Verunsicherung der Betroffenen erkennen zu können. Demonstrativ legte sie das Foto der vier Jagdfreunde auf den Tisch. „Wie das Foto eindeutig zeigt, kennen Sie auch Ihren damaligen Jagdfreund Martin Dahlberg."

Graf von Bahrenfeld richtete sich entrüstet im Sessel auf. „Jetzt habe ich aber langsam die Nase voll. Was geht

Sie das an, wie wir vor knapp vierzig Jahren unsere Zeit verbracht haben? Werden Sie mal konkret. Was wollen Sie von uns?“

Victoria von Bahrenfeld nahm das Foto in die Hand, ohne auf die Entrüstung ihres Mannes zu achten. Versonnen betrachtete sie das Bild. Einen Augenblick später hob sie den Kopf und sah Anna an. „Ja, natürlich kennen wir Martin, warum fragen Sie? Das ist doch alles schon so lange her.“

„Wie wir erfahren haben, ist Martin Dahlberg bei einem Jagdunfall ums Leben gekommen. Allerdings gibt es jetzt Hinweise, die berechtigte Zweifel an dieser Version aufkommen lassen“, erklärte Anna.

„Sind Sie denn von allen guten Geistern verlassen?“, brauste Graf von Bahrenfeld erneut auf, „Was fällt Ihnen eigentlich ein? Sie kommen hier her und kramen in uralten Sachen herum, anstatt sich um den Mord an Henriette zu kümmern.“

„Es ist eine Frechheit. Eine bodenlose Frechheit“, meldete sich das erste Mal auch der Bruder der Gräfin zu Wort.

„Könnten wir uns bitte jetzt wieder etwas beruhigen?“ Oberkommissar Korthals Machtwort mit erhobener Stimme zeigte Wirkung. Anna nickte ihm dankbar zu. „Fest steht, dass Martin Dahlberg ein versierter Jäger war. Die Möglichkeit eines Jagdunfalls klingt daher eher unwahrscheinlich. Dem steht allerdings eine einheitliche Aussage der drei Jagdfreunde, nämlich Ihre, meine Herren, entgegen.“ Anna blickte die drei Betroffenen nacheinander an.

„Sind Sie jetzt vollkommen wahnsinnig geworden? Ich befehle Ihnen als Ihr Vorgesetzter, unverzüglich diese haltlosen Anschuldigungen zu unterlassen. Wenn Sie sich nicht in der Lage sehen, sich auf das Wesentliche zu konzentrieren, werde ich Ihnen den Fall entziehen.“ Oberstaatsanwalt Reichenbach war aufgesprungen und zeigte mit drohendem Finger auf Anna.

„Herr Oberstaatsanwalt, darf ich Sie daran erinnern, dass Sie gegenwärtig nicht der Leiter des Verfahrens sind, sondern Staatsanwalt Bruckner.“ Der Oberstaatsanwalt starrte Anna entgeistert an und setzte sich wieder. Soviel geballte Impertinenz schien ihm noch nie begegnet zu sein.

„Um zu dem Wesentlichen zu kommen, wie der Herr Oberstaatsanwalt, es wünscht. Henriette von Bahrenfeld hat wenige Tage vor ihrem Tod bei einem Besuch in Schweden von diesem vermeintlichen Jagdunfall erfahren …“

„Gunilla, die hinterhältige Hexe“, entfuhr es dem Grafen. „Ruprecht, ich bitte dich“, rief die Gräfin ihren Gatten zur Ordnung. Er fegte ihren Einwand mit einer abfälligen Handbewegung weg.

„Entschuldigen Sie, Frau Severin, aber auf welche Weise sollten diese Informationen aus vergangenen Tagen meine Schwester über Gebühr beunruhigen?“, schaltete sich jetzt Alexander von Bahrenfeld ein. Anna lächelte ihn an. „Darauf können Ihnen sicherlich Ihre Eltern und auch Ihr Onkel eine eindeutige Antwort geben.“ Die Gräfin wurde plötzlich leichenblass. Der Graf holte mehrmals tief Luft. Sein schon stark gerötetes Gesicht wechselte ins Violette. Manfred von Stackelbergs Augenlider flatterten während er das Grafenehepaar argwöhnisch musterte. Anna fiel auch auf, dass ihr Kollege neben ihr das Schauspiel offenbar genoss, denn er konnte sich kaum ein zufriedenes Grinsen verkneifen. Wohlwissend, dass der Höhepunkt an diesem Vormittag noch folgen würde.

„Um es kurz zu machen. Henriette hat bei diesem Besuch in Schweden auch erfahren, dass Graf von Bahrenfeld nicht ihr leiblicher Vater ist, sondern Martin Dahlheim."

Alle Anwesenden starrten Anna an, als ob sie den Weltuntergang verkündet hätte.

„Solchen Schwachsinn muss ich mir nicht länger anhören", erboste sich Graf von Bahrenfeld erneut, erhob sich und wollte den Raum verlassen.

„Ruprecht, ich bitte dich. Setzt dich wieder. Weglaufen ist keine Lösung." Anna blickte die Gräfin erstaunt an. Eine solche resolute und gefasste Reaktion hatte sie nicht von ihr erwartet. Alexander von Bahrenfeld verfolgte das Verhalten seiner Eltern mit Erstaunen und großen Augen. „Ja, Vater. Bitte, das müsst ihr mir erklären." Graf von Bahrenfeld zögerte, drehte sich um und setzte sich wieder.

„Es ist richtig, Frau Severin. Martin Dahlberg ist Henriettes leiblicher Vater", erklärte Gräfin von Bahrenfeld mit ruhiger Stimme. Es trat ein betretenes Schweigen ein.

„Und das hat Ihre Tochter bis zu ihrem letzten Besuch in Schweden nicht gewusst?", fragte Clemens Korthals nach.

„Nein, wir haben es ihr nie gesagt. Es gab auch keinen konkreten Anlass dafür. Sie hatte ja hier ein behütetes Zuhause und mein Mann war all die Jahre ein fürsorglicher Vater für sie", betonte die Gräfin voll Überzeugung.

„Aber das Ansehen dieses Hauses will die ehrgeizige Kommissarin ja anscheinend jetzt zerstören. Oder wie darf ich Ihre unsägliche Stocherei in der Vergangenheit verstehen?" Der Graf schien sich von dem ersten Schock erholt zu haben. Sein Sohn Alexander hingegen saß zusammengesunken in seinem Sessel und schüttelte unablässig den Kopf.

Auch jetzt reagierte Anna auf die Vorwürfe nicht. „Sie erzählten mir, dass Henriette kurz vor ihrem Tod nach Haselburg kam und es zu lautstarken Auseinandersetzungen zwischen Ihnen gekommen war", fuhr Anna fort, „angeblich sollte es um irgendwelche Dokumente gehen. Kann es nicht eher so gewesen sein, dass Ihre Tochter Sie hinsichtlich der wahren Vaterschaft zur Rede gestellt hat?“

„Und wenn es so gewesen wäre, was beweist das? Wollen Sie etwa damit unterstellen, dass ich sie anschließend umgebracht habe?“ Graf von Bahrenfeld pumpte nach jedem halben Satz vor Entrüstung wie ein Maikäfer kurz vor seinem Abflug. Schweiß stand auf seiner Stirn.

„Ich versuche nur die Frage zu beantworten, ob diese für Henriette neue Erkenntnis über ihre Herkunft möglicherweise auch in Verbindung zu ihrem Mord stehen könnte. Daher konkret meine Frage an Sie, Graf von Bahrenfeld, haben Sie Henriette getötet?“

Ein schrilles „Nein“ klang durch den Raum. Victoria von Bahrenfeld war zusammengezuckt, hielt ihre Hände vor den Mund und starrte ihren Mann entsetzt an. Ihre Reaktion zeigte den beiden Kommissaren, dass sie dem Grafen durchaus eine solche Tat zutrauen würde.

„Seid ihr denn alle total verrückt geworden. Ich bringe doch meine eigene Tochter, ich meine Henriette, nicht um. Sie hat mehr als dreißig Jahre unter meinem Dach gewohnt.“ Anna erkannte, dass der Graf bei diesen Worten gar nicht mehr so entrüstet wirkte, wie zu Beginn der Befragung. Offenbar hatte er sich in sein Schicksal gefügt. Wohl wissend, dass er die Tatsache nicht mehr ändern konnte. Jetzt ging es ihm nur noch darum, das Gesicht zu wahren.

Nach einem zarten Klopfen kam das Dienstmädchen wieder herein und sah die Gräfin fragend an. „Ist gut, Babette. Du kannst schon abräumen. Ich glaube, die Besprechung ist jetzt beendet.“

„Ich glaube auch, es reicht jetzt mit Ihren haltlosen Vorhaltungen, Frau Severin.“ Der Oberstaatsanwalt meldete sich zu Wort.

„Ich habe nur noch eine Frage an Sie." Anna nahm das zweite Foto von ihrem Kollegen entgegen und legte es auf den Tisch. „Hat jemand von Ihnen dieses Amulett schon einmal in der letzten Zeit gesehen? Vermutlich hat Henriette es getragen. Wir gehen davon aus, dass es jetzt ihr Mörder besitzt."

Ein infernalisches Scheppern und Klirren ließ alle Anwesenden zusammenschrecken. Babette, dem Dienstmädchen, war vor Schreck das Tablett mit dem Geschirr aus der Hand geglitten. Voller Entsetzten starrte sie Manfred von Stackelberg an.

In der Bibliothek in Hasselburg herrschte für kurze Zeit absolute Stille. Vorwurfsvolle Blicke trafen die vollkommen aufgelöste Babette. Was bedeutete diese heftige Reaktion? Anna erfasste die Situation in Sekundenschnelle. Doch bevor sie eingreifen konnte, stürzte Manfred von Stackelberg auf das Dienstmädchen zu, ergriff sie und umklammert sie mit seinem linken Arm. Gleichzeitig zog er einen Hirschfänger aus seiner Hosentasche und hielt ihr die scharfe Klinge an den Hals. „Keiner rührt sich von der Stelle oder das kleine Miststück ist tot", stieß er keuchend hervor. Anna und Clemens Korthals zogen zeitgleich ihre Waffen.

„Nehmen Sie die Waffe herunter, Herr von Stackelberg. Das hat doch keinen Sinn", forderte Anna den Bruder der Gräfin auf.

„Waffen weg! Legen Sie die Waffen weg oder es passiert ein Unglück", schrie dieser auf. Seine Stimme überschlug sich.

Behutsam legten Anna und ihr Kollege die Waffen auf den Boden.

„Was soll diese Posse, Manfred?" Graf von Bahrenfeld verstand die Welt nicht mehr.

„Nein! Nein!", erklang ein gellender Schrei durch den Raum. Victoria von Bahrenfeld schlug entsetzt ihre Hände vor den Mund. „Du hast meine Henriette umgebracht, du Scheusal." Voller Wut wollte sich die Gräfin auf ihren Bruder stürzen. Anna hielt sie zurück. „Noch einen Schritt weiter und es gibt noch eine Tote", drohte Manfred von Stackelberg. Schritt für Schritt wich er langsam über den Teppichläufer zurück. Dabei ließ er die anderen nicht aus den Augen. Wenige Schritte bevor er den Ausgang erreichen konnte, machte Clemens Korthals Anna mit einem leisen Zischlaut auf sich aufmerksam und blickte dabei nach unten. Anna nickte ihm unmerklich zu.

„Herr von Stackelberg, bitte lassen Sie das Mädchen frei", lenkte Anna die Aufmerksamkeit auf sich und trat einen Schritt vor. In diesem Augenblick bückte sich Clemens Korthals, ergriff den Teppichläufer und zog ihn kraftvoll zu sich heran. Manfred von Stackelberg geriet augenblicklich rückwärts ins Straucheln, als ihm urplötzlich die Füße unter den Beinen weggezogen wurden. Im selben Moment sprang Anna vor, fing das ebenfalls taumelnde Dienstmädchen auf und zerrte es vom Bruder der Gräfin fort. Mit rudernden Armen versuchte dieser seinen Sturz zu vermeiden, krachte dann aber in voller Körperlänge auf den Rücken. Der Hirschfänger flog im hohen Bogen durch den Raum und landete scheppernd unter dem Schreibtisch. Noch bevor Manfred von Stackelberg sich wieder aufrichten konnte, war der Oberkommissar über ihm. Mit einem versierten Griff drehte er ihn auf den Bauch. Sekunden später klickten die Handschellen.

Epilog

Anna konnte sich nicht mehr daran erinnern, wann sie das letzte Mal völlig entspannt an der Wakenitz entlang spaziert war. Geschweige denn an der Seite eines Mannes, dem sie grundsätzlich zugeneigt war und dessen Nähe sie stets als angenehm empfunden hatte. Auch wenn er zeitweise lästig und aufdringlich war, nicht losließ und ihr manchmal fürchterlich auf die Nerven ging, hatte er in ihrem Leben doch einen festen Platz, ein Fels in der Brandung, ein Baum, an den man sich im stärksten Sturm anlehnen konnte. Sie hakte sich beim ihm ein und er sah sie überrascht an.

„Lindberg, sag mal, sind wir nicht ein tolles Paar?"

„Anna, erschrick mich nicht. Soll das ein Heiratsantrag werden?"

„Um Gottes Willen. Wie kommst du denn darauf? Von solchen spießigen Gedanken sind wir beide doch weit entfernt."

„Da bin ich ja beruhigt. Kann es sein, dass deine aufgekratzte Stimmung mit der Lösung deines Mordfalls zu tun hat? Los, nun erzähl schon."

„Du kannst dir sicherlich vorstellen, dass die Familie von Bahrenfeld und auch der Oberstaatsanwalt aus allen Wolken fielen, als ich ihnen die Zweifel an dem Jagdunfall präsentiert habe. Natürlich wusste der Graf sofort, aus welcher Ecke der Wind wehte."

„Wie meinst du das?", wollte Lindberg wissen.

„Weil er gleich Gunilla Nilsson beschimpft hat. Wer sollte auch sonst davon wissen?"

„Meinst du denn, dass deine Kollegen in Schweden die Sache mit dem Jagdunfall wieder aufnehmen werden?", fragte Lindberg nach.

„Das weiß ich nicht. Auf jeden Fall haben sie die schriftliche Aussage von Gunilla Nilsson und die alte Akte wollten sie auch prüfen. Wer weiß?“

„Dann hat dein geliebter Oberstaatsanwalt aber auch schlechte Karten.“

„Die dienstlichen Buschtrommeln verkünden schon, dass er vermutlich aus gesundheitlichen Gründen vorzeitig in den Ruhestand versetzt werden soll. Aber ich glaube nicht, dass er gehen wird.“

„Es wäre ein Segen für dich und vermutlich sogar für die Menschheit.“ Anna nickte zustimmend.

„Das nächste Highlight bei der Befragung in Hasselburg war natürlich mein Wissen über die wahre Vaterschaft von Henriette …“

„Ich wäre so gerne dabei gewesen. Allein wenn ich mir die entgleisten Gesichtszüge der gräflichen Familie vorstelle“, unterbrach Lindberg Anna.

„Ja, Clemens Korthals und ich haben sie an diesem Morgen ganz schön durcheinander gewirbelt, nur den Mörder der Henriette hatten wir damit immer noch nicht. Bis ich das Foto mit dem Amulett auf den Tisch legte und mehr so nebenbei erwähnte, dass es nur der Mörder sein könnte, der das Amulett jetzt hat.“

„Und da gab es dann den richtige Knall, oder?“

„Im wahrsten Sinne des Wortes, mein lieber Lindberg. Babette Schulze, das Dienstmädchen, hat das Tablett mit dem Geschirr nur aus dem Grund fallengelassen, weil sie das Amulett wiedererkannt hat. Bei ihrer Vernehmung wurde klar, dass sie beim Ausbürsten der stackelbergschen Kleidung das Amulett in der Seitentasche entdeckt, aber wieder zurückgesteckt hatte.“

„Was hat Manfred von Stackelberg zu der Sache gesagt?“

„Sein Verhalten war doch sehr eindeutig. Seine Geiselnahme des Dienstmädchens und die Aussage, dass es ihm auf einen weiteren Mord nicht ankommen würde. Unabhängig davon, dass zudem sein Alibi Lücken hatte. Keiner der mitsaufenden Forstleute konnte sicher sagen, dass er während der Tatzeit durchgehend im Dorfkrug gewesen war."

„Hat er denn die Tat zugegeben?"

„Ja, zu guter Letzt hat auch er ein Geständnis abgelegt. Der Graf hatte ihm ja von Henriettes Auftritt erzählt. Angeblich soll sie dem Grafen gedroht haben, die Geschichte mit dem Jagdunfall und auch die Vaterschaftsache an die große Glocke zu hängen. Da hat Manfred von Stackelberg Angst bekommen, dass sein warmes Nest, in dem er nun schon seit Jahren saß, Schaden nehmen könnte. Das Ansehen der Familie wäre beschädigt worden und das Haus von Bahrenfeld zu Grunde gegangen. Mit ähnlichen Ausreden versuchte er noch seine Mordtat zu rechtfertigen."

„Menschliche Abgründe auf hohem Niveau", bemerkte Lindberg trocken.

„Als er dann am Abend bei der Sauftour mit den Forstleuten durch Zufall Henriettes Auto gegenüber des Dorfkruges stehen sah, wusste er sofort, dass sie wie so oft um diese Zeit das Grab ihrer Tochter besuchte. Er ist ihr nachgeschlichen, hat sie kniend vor dem Grab angetroffen und sie dann mit einem Spatenstiel erschlagen."

„Aus Pietätgründen hielt er es dann für nötig, sie in der kleinen Kapelle zu verstecken, oder?"

„Mit Pietät hatte das wohl nicht viel zu tun. Er wollte einfach nur seine Tat vertuschen. Das war auch der Grund, weshalb er ihr alle Taschen ausgeräumt und ihr den Schmuck abgenommen hatte. Es sollte wie ein Raubmord aussehen."

„Und was war mit dem Auto?", hakte Lindberg nach.

„Das hat er noch am selben Abend nach Neustadt gefahren. Er wusste doch von den Autoschiebereien seines Neffen und den Russen. Genauso, dass kein Schiff im Hafen lag und dass er keine Person dort antreffen würde, die dumme Fragen stellen konnten."

„Dann hat Manfred von Stackelberg, ohne das Ferdinand von Bahrenfeld davon wusste, ihm das Auto von Henriette untergejubelt, in der Hoffnung, dass es klamm heimlich nach Russland verschwindet?" Lindberg schien aufgrund von so viel Kaltblütigkeit geschockt zu sein.

„Aber genau so war es. Kaum zu glauben, aber wahr", antwortete Anna froh gelaunt.

Schweigend schritten sie am Wakenitzufer entlang. Langsam wurde es Herbst. Unter ihren Füßen raschelte bei jedem Schritt das Laub. Laut schnatternd stritten sich ein paar Enten um die Brotkrumen, die eine alte Frau ihnen zuwarf.

„Vielen Dank, liebe Anna, dass ich wieder dabei sein durfte", bemerkte Lindberg nach einer Weile, „weißt du eigentlich, wie mein neuer Kriminalroman heißen wird?"

Anna sah Lindberg fragend an.

„Was hältst du von ‚Verhängsvolle Schatten'?"

Weitere spannende Krimis aus dem Boyens Buchverlag

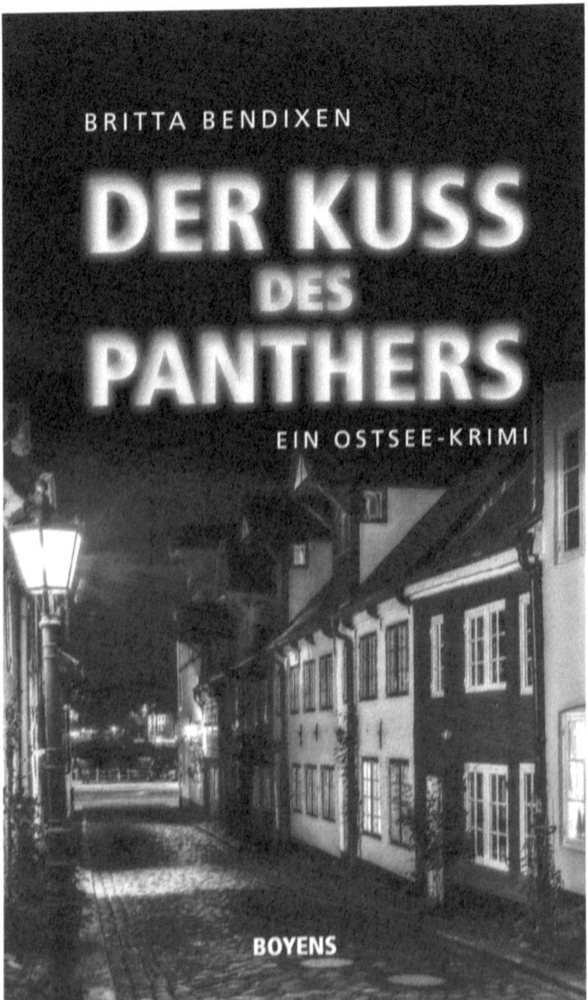

ISBN 978-3-8042-1454-5

ISBN 978-3-8042-1480-4

Über den Autor:

Jürgen Vogler, 1946 am Plöner See in der Holsteinischen Schweiz geboren, wohnt heute an der Ostseeküste. Nach seinem Dienst als Pressesprecher bei der Bundespolizei arbeitet er seit 1988 als freier Journalist und Autor.

Seine wöchentlichen Zeitungskolumnen über die Vergangenheit Ostholsteins erschienen 2007 als Buch unter dem Titel „Ostholstein gestern – 100 Geschichten über Land und Leute". 2009 entstand der Seeräuber „Bottelpott – Der beste Pirat aller Zeiten". „Jan-Peter, das Deichlamm" enthält fünf aufregende Geschichten von der Küste für die Kleinsten unter uns. Seine augenzwinkernden Kurzkrimis, die er seit 2011 schreibt, sind in „Kopflos im Strandkorb" (2018) erschienen, außerdem der Kriminalroman „Schwarzer Nebel" (2017). Jürgen Vogler ist ebenfalls Autor der historischen Romane „Der Mohr von Plön" (2012), „Der Narr von Eutin" (2014) und „Der Marquis von Lübeck" (2016).